COU HE JI
凑合集

EX-LIBRIS

COU HE JI

凑合集

广 军 著

岭南美术出版社

中国·广州

图书在版编目（CIP）数据

凑合集 / 广军著. —广州：岭南美术出版社，
2024. 7. —ISBN 978-7-5362-8037-3

I. I267.1

中国国家版本馆CIP数据核字第20245H7W69号

出 版 人：刘子如
策　　划：韩正凯
统　　筹：刘向上　韩正凯
责任编辑：韩正凯　钟俊锋　李宗阳
责任技编：谢　芸
插　　图：广　军
装帧设计：肖　勇　丁志荣

凑合集
COU HE JI

出版、总发行	岭南美术出版社（网址：www.lnysw.net）
	（广州市天河区海安路19号14楼　邮编：510627）
经　　销	全国新华书店
印　　刷	深圳市国际彩印有限公司
版　　次	2024年7月第1版
印　　次	2024年7月第1次印刷
开　　本	787mm×1092mm　1/32
印　　张	15
字　　数	179.7千字
印　　数	1—1500册

ISBN 978-7-5362-8037-3

定　　价：148.00元

前　　言

"寻找自己的旧迹，失望多。还是残旧的回忆好。"这是沈培大兄跟我说的。他已经把他的"残旧的回忆"印成两本书了，文章是一骨节儿、一骨节儿地短，读起来很轻松，加之讲的那些事十分有趣，拿起来能一口气读完。我喜欢他的文字，还欣赏他看似不经意而为之的那种散逸。于是，我也学他的样子捡拾我的那些"残旧的回忆"，指望收集起来或许也有趣。

不循旧迹地回忆，其实不容易，在我，就像拿把抓蝴蝶的抄网子，漫天地挥来挥去。其时，那虫儿根本就没在天空里。托住腮帮子硬想，往往无所获，最多的倒可能是在与朋友聊天的时候，他说的某句话勾出我的记忆，有时看书也会。但是，老了，记性的确不好了，忽然碰到的那件事，真会转头就忘的。后来，有了一点经验，口袋里常要放一支笔、几片纸，准备随时记录。但是，当着人家的面，总让人觉得你谈话不专心，抑或是在记他的话（"文革"落下的病，都怕告密）。所以，要心里不断地念叨，不能忘记，再找机会记下来。这样，确是记住一些，多数一不小心还会缩进脑子里去，那就只有等它何时出来再捉。

就这样，零零碎碎地也记下一些，没有时间顺序的，没有逻辑的，就像看玻璃杯里新沏的茶，茶叶梗子一会上一会下的。凑得多了兴许能成"集"，那么，就叫《凑合集》吧！

广　军

2018 年 5 月 15 日

目 录

"老龙头" 001
送礼 001
吃面 002
时差 003
收藏 003
求知欲 003
孝子 004
今不如昔 004
错入门 005
大蟒蛇 006
布老虎 006
总编改稿 008
失忆 009
小豆冰棍儿 009
好胡子 010
重名 011
风度靠后 011
心病 012
画像 013
自攒车 014
喝茅台 016

眼花	017
表态	017
真真假假	018
解围	018
不相干	020
成都人热情	020
讲卫生	020
支部任务	021
但愿还在	021
看电视	022
换工涨钱	024
选举	024
收缴凶器	025
马路不安生	025
打鼓好	026
疯娘们儿	026
邂逅指挥家	028
始知老	028
耳顺	029
取耳屎	030
起名	030
话不出口	031
放言等回收	032
画像	034

出过国的样儿	034
"坐不改姓"难	035
小狗通过	035
自己解决	036
人自醉	037
看得见的积攒	037
应时	038
高深的玩笑	040
恰巧	042
殷承宗	044
看胃病	044
陪喝茶	045
喝"化石"	046
胡同点心	047
虔诚	049
无心为之	050
早不知道	051
废钱	051
北大荒的拖拉机	052
长寿秘诀	054
角色转换	055
支招	056
不置可否	057
生发洋方	058

严肃音乐	060
过敏	061
"相人术"	062
听报告	064
空姐解幽默	064
天文所的那点事	065
偏方	065
被四分钱难倒	066
代表	067
泪弹	068
语言准备	070
法语好学	070
成见	071
"地道京味儿"	072
小时候让我佩服的人	074
留墨宝	074
调剂生活	076
皮带重要	076
慰问演出	078
柠檬黄加黑	080
解脱	081
来财有方	082
只吃不卖	083
变色眼镜	083

流行	084
在意和不在意	086
忍俊不禁	087
增肥	087
老农经验	088
走人	090
"无人驾驶飞机"	090
钟灵有才	091
肺部透视	092
习惯	093
处之泰然	093
安徽木匠	094
帮不了的忙	096
水獭帽子	097
大像章	098
"移风易俗"	100
随遇而安	100
斋号	100
落实不了	101
想着美好	101
车站名	102
兴起	104
虎虎生风	104
此一时彼一时	105

时空关系	105
不合适	106
"月台"何解？	106
"板儿协"	108
破除迷信	108
假的"假腿"	109
翁老师的眼镜	110
遇着兵	110
爱听会	112
世界变化快	114
看新鲜	114
当模特儿	115
上海姑娘的冬天	115
体味	116
"牛棚"有事	118
没错	118
忌言水	119
"凤爪"	120
恫吓	121
两位先生（一）	121
两位先生（二）	123
"哈儿"	124
烟袋杆子	125
誓死不跟团旅游	126

怕痒	128
适得其反	128
潮湿	130
怨愤	130
几条腿好？	131
演出	132
忆苦饭	132
修自行车	134
学生开的饭店	136
保卫处处长	136
石恒谟	137
背着画	138
坐闷车	140
好习惯	142
路线错误	143
烟熏蚊子	143
黄村军训	144
"毛子"	145
不敢进	146
浴池看门	148
觉悟问题	148
能说	149
时政课	150
刘凌沧先生	151

看电影	152
自然天成	154
不能卖国	154
纠缠	155
行不行？	157
不能变成"传说"	157
起外号	159
见闻	159
卖画有方	160
学外语	162
纪律和注意	163
"自动化"	164
新发明	164
自己事自己干	165
冰果	166
再说皮带之重要	168
职业过敏症	169
领唱	170
不累	172
支招	172
色彩课	173
不同	174
书用	174
"太专则塞"	175

泪人心叵测	177
设计潜艇	178
谈对象	180
不如不说	181
"老英"	182
心悸	184
冷热自知	185
过于"盛情"	186
画如厕	187
八月天津行	188
"牛棚"见识	190
一厢情愿	191
首长没错	192
讲故事	193
一报还一报	194
就差那么一点	196
山海关即景	197
在东说西	198
不比了	199
鬼脸	200
没治了	201
比老爸	202
尴尬	203
导演谢飞	204

油画研讨会	205
决策会	206
没"下海"	208
干校"刘少奇"	209
飞台湾海峡	210
颐和园寻旧迹	213
陈伟生先生	214
事与愿违	215
潘丁丁讲尊严	216
杨启鸿出奇	219
鸟窝	222
为马刚写"序"	224
"虎峪"的活儿	225
身教	226
永乐宫	227
祝寿醉酒	229
邓柯的彩墨画	232
"人字拖"	233
练眼力	234
好记性	235
得法	236
停课代罚	238
湿火柴	239
余本	239

展览遭遇	240
瓦当	242
连窝端	244
姥姥看电影	244
妈妈看戏	245
"愉悦感"	246
校庆标志设计	246
小郭子	248
算不清	251
新年聚餐	252
献血	253
古元画里人物的裤腿子	254
业余"收藏家"	255
随黄永玉先生访友	256
巴黎的瓷器店	258
隋丞和普洱茶	259
先生的木刻	261
"可可提"	262
叶先生的意见	264
叶先生的关心	266
得助	267
各有所需	270
打交道	272
无解	273

饭馆有地毯	274
版画的"定价"	275
命题创作	276
遗憾	278
大理想	279
评选妇联的标志	280
煤矿所见	282
妇联没有男厕所	284
去常熟	284
艾先生的胳膊	286
体检	286
起名字	287
猴子看人	287
耿乐不画素描	288
老版画家游白洋淀	290
"前三门儿"	291
谭平画展	292
西安的关中民俗艺术博物院	293
"官园"的马桶	294
自以为是的错	296
斯德哥尔摩地铁里的油画	297
高荣生和气功	298
安定医院	300
不明白	302

知拒绝	304
翁同龢孙子	306
批判会	306
飞来飞去	308
丁绍光签首日封	310
画法	311
靳院长评菜品	311
和"詹大"去通县	312
"红色风暴"	314
画刘少奇	315
车说人话	315
托朋友买书	316
温普林淘气	317
孙伯翔先生的烟斗	318
在巴黎遇刘秉江	321
做了就做了	321
戒台寺门外的松树	323
慎行	324
生活的滋味	324
修道院嬷嬷	326
各有千秋	327
关于"异化"问题的讨论	328
师生情谊	329
是真的	331

淘金博物馆	332
帘子	334
"活学活用"法语	334
认错人	335
画石窟	336
吴竞说展览	338
画的下场	339
友谊商店	340
集装箱遭遇	341
"红卫兵"和翻斗车	342
美院留学生	344
新年夜	345
阿傅和饺子馅	346
犯浑	347
第一次开车进美院	348
访巴巴夫人	350
美院的"小人物"	352
问题	356
周建夫真事	357
巴黎看展览	358
北小街公厕牌子	360
老同学上当	360
"忘我"	362
听广播	363

人形模特	364
嗑瓜子	366
马雅可夫斯基式的头发	367
良策	369
代大权发言	369
对味儿	371
采冰	372
头像的命运	374
登鸡足山	376
正装	378
上山难，下山更难	380
医疗广告	382
登泰岳	383
阿维侬美术学院的女教工	384
关于写序	385
钱绍武先生做孔子像	386
艾克斯普罗旺斯高等艺术学院院长	387
现场看足球赛	390
看电视转播足球比赛	391
捡漏儿	392
"虎子"	394
平谷"的哥"	396
模特和特型演员	397

死无对证	399
改变	400
广交会门口	402
卖鸡蛋的老汉	402
"286"	404
模特儿标准	405
不曾索画	406
得黄永玉先生画	408
程丛林趣事	410
"粉子"	411
师兄蒋正鸿	412
出人意料	414
陈文骥看房	415
李桦先生家	416
茶缸子	418
凑数	419
黄先生的色彩课	420
好奇的后果	421
治花眼"良方"	422
当代商城广场	424
不见可爱	425
"近视眼"	425
异想	426
马西多说家规	428

文国璋忌口	430
没有的事	431
不安防盗门	432
余味未消	432
洁癖	433
军帽	434
木偶戏（一）	434
木偶戏（二）	435
木偶戏（三）	437
寄茶叶	438
"日场"	439
雕塑刘胡兰	440
林风眠画展	441
"中国故事"被截肢	442
螃蟹	443
晋阳饭庄	444
徐老师	445
西湖一曲	446
李桦老师	448
后　记	451

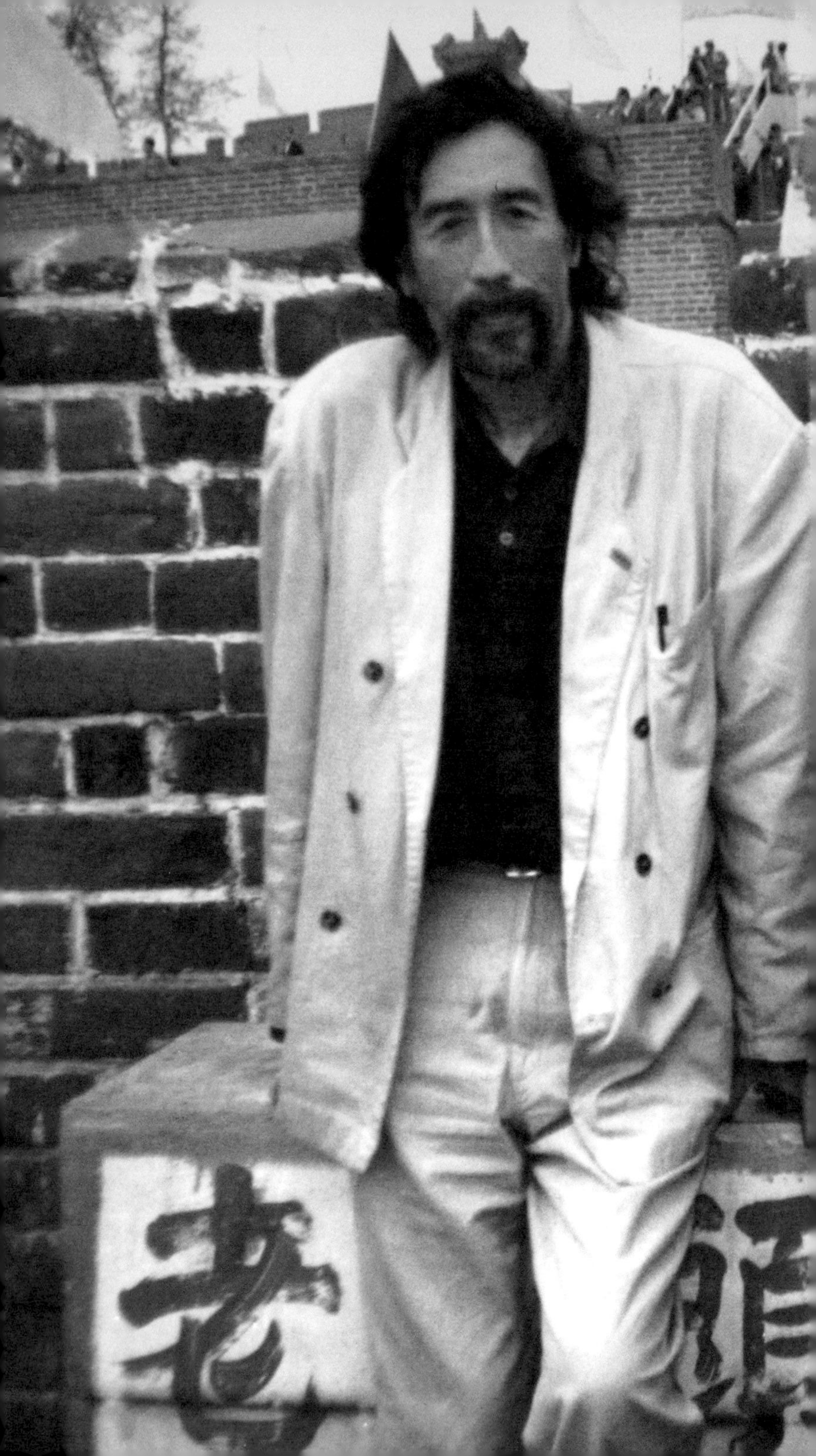

"老龙头"

山海关有"老龙头"一景,缘是有一段城墙没入海中,即传说之"老龙吸水",故名。城上有一高处可观全貌,惜为私人照相摊点所霸,有游客欲拍照,必要交费方准许登其所设之铁皮箱之上,因铁皮箱上书有"老龙头"三字,摄毕,景、人、文字合而为一,可谓完美,以取悦游客心意。因我自备相机,也并不登铁皮箱,得摊主允,免费立于铁皮箱前留影。回京后,即时冲洗,得照片一帧。细观,照片中铁皮箱上独显"老头"二字,嘻,实有无心插柳之妙也!本人时年五十有七矣,设若当时站位或偏左右,得"老龙""龙头"字样,皆不若"老头"恰当而有趣。

送礼

"文革"时期,我们单位有职工结婚,大家乐得不必"绷紧阶级斗争的弦"了,便接踵去贺。既去,就不能空手,但也怕误送了"四旧",甚是小心。那天,在新人的新家里,我看到送给新人的礼物计有带"语录"

之暖水瓶二十几只,有"大海航行靠舵手"图样的搪瓷脸盆七八个、《毛主席语录》十数本、别致样式的毛主席像章几十枚……也有别出心裁送避孕套者,口袋上写"要计划生育"五个字,也算合政策。我送的是一幅字,集了毛体字书成一幅《要准备打仗》,不想有同事皱眉悄声对我说:"你让小两口婚后干仗?意思不好呀。"我说:"怎么说也是毛主席'语录'呀,对内对外皆可用,您说呢?"他说:"那倒是,那倒是。"

吃面

中央美术学院(简称"美院")在"电子元件二厂"中转办学期间,一日中午,同事李帆(曾是我的学生)请我吃饭。

服务员:"二位吃啥?"

李帆:"两碗面。"

服务员:"有忌口吗?"

李帆:"不吃荤。"

服务员:"您还要别的吗?"

李帆:"牙签。"

我:"素面又不塞牙。"

时差

李帆在半年前去了法国一趟，收获颇丰。一日，见他托腮闭目呆坐，便问："恙乎？"答："倒时差。"

收藏

老同学姚钟华，云南人，1940年生。某日，落牙一颗，交予其妻并嘱咐道："收好，民国物件，有包浆的，算得上是古董了嘎。"

求知欲

20世纪60年代，美院美术史系有专事敦煌研究之教授某某，经年辛苦拍摄"彩色反转片"多多。一日，将十数卷交由淳朴之工农兵出身的学生送新华图片社冲洗。学生好奇心重，欲了解胶卷何以是彩色，遂于公交车上拆开一卷，段段扯出看，却只见绿莹莹，并非五颜六色，怪之甚。接连又拆看几卷，依然绿莹莹，索然无趣作罢。该生回校即告教授："您的胶卷，内中也不尽有彩，我虽未全拆开，所见四五皆无色。"教授听后几乎晕厥，面如土灰。

孝子

青岛作家刘学江，大孝子。母病，镇日守护，殁，刘对在侧之妻子、儿女、家亲大声说："你等听好，刘某今始敢说，日后再没我怕的人了，别惹我！"

今不如昔

于某，画友。20世纪70年代过青岛，叹街巷洋房皆入画，决定日后再来大画特画。20世纪80年代改革开放以后，于某做香港某公司代理，全国许多地方设厂要管。一次又到青岛，仍见旧街洋房，心里盘算："这栋房要是便宜就买了它！"画意尽失。

错入门

改革开放以后,美院各系情况大有不同。中国画为国粹画种,得以较早恢复元气,个个忙着挣钱,系办公室里少有人在;油画家多有"定件","得道"亦得财,系里也少有人来;雕塑系正逢"城雕"热,也忙活得不可开交,唯有版画系"奶奶不疼,舅舅不爱",便每日聚集大部分人坐而说一切,其中也不免有笑话。一日,早去,为贡献头天所听笑话。进系办公室,有五六人已分坐对面摆放之两张罗马尼亚制沙发之上,尚余折叠长椅一把,依墙侧放,由徐冰独坐。我即落座与徐并肩。随后,我迫不及待向大家讲出笑话,但与往日大有不同,包袱抖过,在座诸人的表情几个木然,几个凛然。效果不佳,甚是无趣,于是,转与徐搭讪:

"你今日也来得早,有课?"

"过组织生活。"

我真是在错误的时间、错误的地点,做了一件错误的事!便赶紧走开。

徐冰是共产党员,我以前不知道!

大蟒蛇

"文革"中,民间有传:北京西直门火车站停了四五十节光板儿车皮,上有大蟒一条,半死不活,眼睛扑闪扑闪儿的,招了满身的绿豆蝇。阶级斗争之余,竟也有信其真而往观之者,却俱扫兴而归。后听闻,美院油画系某教授(老党员)趋之疾,未得见,悻悻然。自此也不再提起,却让其妻耻笑了几十年。

布老虎

1985年,美院。某日,有老农夫妇摆两麻袋布老虎在医务室前叫卖。走近看,缝制布老虎的布实在杂七搭八,开价一只五元,然不足半小时悉数售罄,尤以留学生揽之最多。我问老汉这布料的来历,他悄声答:"是用孙儿尿裤子、儿子、儿媳破牛仔裤,烂被面子做的,看能不能卖俩钱儿。"老夫妇的布老虎卖尽了,大喜过望!不日,又携两麻袋来售,引得学生、老师、留学生层层包围,可尽是瞟一眼就走的。上课铃声响,独留老农夫妇呆站如木。老农语我:"上次好卖,回去特到合作社买了豹纹绒布再做,竟一个都卖不掉?奇了怪了!"

不克虎

总编改稿

1964年，进卫生部党委机关报——《健康报》工作，任美编。

李总编，延安老干部，南方人，戴近视眼镜，文气十足。

某文编有稿，内中形容大好形势用"万马奔腾"成语，经李总编改为"一匹马跑在前头，一万匹马跟上来"，文编私下暗笑。

30年后，我为《美术》杂志撰写文章一篇，讲农民画家佟某励志学画之绩，用成句"吃雨前茶，访雪后村"的后半。文章刊出，其题目被改为"雪后山村行"，掂量良久，不知又比原题高明几许？其责编诚为李总编之高徒乎！

失忆

老姐90岁后患"阿尔茨海默病",俗称"老年性痴呆",身体虽然康健,失忆却日重一日,渐渐连儿女也不能辨认,全家因此忧伤。农历新年初二,电话告诉外甥我去看老姐姐,外甥说:"您来可莫失望,您的老姐姐恐怕也认不得您了。"我说:"那也得去。"

至老姐家,一进门,老姐即说出了我的名字:"你来了?"外甥、外甥女满座惊喜:"怎么就独独认出您来了?"我说:"都说人老了过去的事记得清,最近的事倒记不清,我是属于过去的,所以,你妈认得出我。"

小豆冰棍儿

三年困难时期,山西太原食品厂派专人来北京学做小豆冰棍儿。不久,太原小豆冰棍儿上市,很受欢迎,只因人们发现冰棍儿的前半截儿都是完整的绿小豆,可以充饥也!

好胡子

1964年，在北京通县的某村里，偶遇北京中医学院一位朱姓教授，唇上有两撇好胡子，因而其貌像极了孙逸仙！我大加赞誉其美，朱教授说："是鼻毛。"细观之，果然。

重名

美院学生中,重名者有两对。一是张秉尧,版画系一个,雕塑系一个;二是马刚,版画系一个,油画系一个。

两个马刚都好打乒乓球。一次课间活动,二人对打,我过而问:"谁赢了?"二人同声答:"马刚。"

风度靠后

排队等公交车。身前站四男,年轻、壮实,身后站一位胖大妈。车至,人蜂拥向前,失去秩序。挤近车门,心一软,拉过胖大妈让她先上。胖大妈虽登上车门,只是没有力气再挪动分毫。我便用双手推她往上,虽得尺而进寸,总算立住脚。忽然门关,我双手为之所夹,而车子又开,手不得抽出,只好跟着跑。胖大妈在门里大喊:"夹人了,夹人了!"门开,抽手。走回站点,又是一队人。重新排队,站在前面的人回头打量我,似乎是说:"真二!"

心病

张力，我在《健康报》时的同事，大我11岁，善摄影，喜收藏，精鉴定。"文革"结束，北京故宫办"文物汇报展"，尽是"文革"以来各地的新发现，很精彩！老张兴致勃勃地邀我同往观，所见果然不同凡响。老张走在前，我紧跟其后，为的是听他解说。在一长展柜前，老张忽倒地不起，我连忙蹲身掐其人中，立时奏效。我问老张无恙乎？老张人虽倒地未起，却将一只手臂举起道："这是我的……有我的收藏印。"我扶起他，一同再看那手卷，原是欧阳询的字，后尾在一堆印红当中确有"张卓人藏"的章印一方。老张又道，此乃"文革"期间为红卫兵所抄，除这一件尚有明代大家的字画和瓷器之类若干。

我陪老张到北京市文物管理所交涉是否有归还的可能。老张表白："倘国家同意返还于我，容我晚年与其相守，得终日把玩，将感激不尽也。我家后人并无爱好收藏者，固无争执，只待我死后，一定捐献予国家，绝不食言，我愿立状。"负责人核查过"抄家记录"后，对老张说："那件东西确实为您所有，但是，归给您是不可能的了，因为，最后一个持有者是林彪，要归还得归还给他，他栽了，这账就瞎了。"

数日后，其余被抄之物得归还。

老张自那以后，情绪一日不如一日，不二年去世。

画像

我说的是我美院雕塑系教授钱绍武先生的一件事。

某年，公安局刑侦科特请先生协助缉拿犯罪嫌疑人，只需根据受害人的描述画出嫌疑人的相貌即可。先生素描功夫了得，完成此项任务驾轻就熟，公安根据先生所画，真的抓捕到了嫌疑人。事后，将真人、画像两相对照，神似，公安、先生皆大欢喜！这之后，公安又请先生出马。这一次，受害者为一老妪，几日前遭抢劫。

先生问受害人："大妈，您说说那人的眼睛有什么特点。"

老妪答："不大不小的。"

"耳朵呢？"

"就是普通的耳朵。"

"那么，嘴呢？"

"不薄、不厚，一般吧。"

"鼻子，您注意他的鼻子了吗？"

"鼻子吗？也就跟您的差不多。"

……

先生建议公安另请高明。

自攒车

1956年，北京东单往东尚无通路，成丁字街，南向崇文门，北向东四南大街，西向长安街，交会处设一交通岗台，有交警于其上指挥。午间，有一辆轿车（汽车）自南开来，花瓜一般，甚引人注目。交警示意停车，有老司机自车中出，向交警敬举手礼，交警还礼。

交警："您这是什么物件儿？"

老司机："您过过眼，这可不是一般物件儿呀，您瞧这挡泥板儿，三二年'别克'的；您再瞧这前脸儿，四一年'凯迪拉克'的；这棚子可正经不赖，四五年'雪佛兰'的；最不济，这保险杠也是四〇年的'道吉'了……"

自赞车

"您先打住,我就问您一句,干嘛的?"

"修车的。"

"车是您自个儿攒的?"

"没错。"

"打哪儿过来的?"

"通州。"

"赶紧,您打哪儿来,还回哪儿去!"

"怎么说?"

"寒碜,有碍市容!"

喝茅台

为展览活动到贵州,住多日,进餐总有茅台招待。一次,座中两东北朋友相私语:"往日没少喝它,但口味不似这回,为何?"不意为接待人员所听见,即问道:

"二位平日所饮是几多钱一瓶的?"

二人答:"四百来元钱吧。"

接待员道:"哪里有这等便宜的?必是假冒的了。"

二人道:"可是要比这酒好喝!"

接待员道:"那是二位喝惯了。"

眼花

1986年某天,过黄城根。由南向北的街两侧排满杂货摊。远看,百米外有厕所墙挂大白布一块,上书繁体"廣軍"二字。心中甚异,便走过去查看。距离三数十米便已看清,那布上原来写的是"床罩"!膨胀的虚荣心立马被压下。"花不花,四十八",那年刚好,始信其说不谬。

表态

"文革"中,某工厂召开誓师大会,军代表安排一老工人登台表态。被选中之老工人文化程度不高,便有人为其拟稿,内文中于结尾处有呼口号句:"我们一定要大干、快干、加巧干!"临到老工人登台,他念道:"我们一定要大干、快干加……23干!"台下一厂人皆懵懂,隔天始笑。

真真假假

有友某,通身名牌儿,平时在人群中特显范儿。一日,说起物价,他大有不满,抱怨道:"秀水那边的竟然也涨了!"

"合着您这一身都是打那儿淘换来的呀?!"

"让您说对了,虽说是假名牌儿,又能差到哪儿呢?便宜是真的!"

"我看,除了便宜,您浑身上下就没真的了。"

"这话儿是怎么说的?有,我嘴里的假牙是真的。"

解围

1984年,与同事张桂林往大同云冈石窟考察。速写露天坐佛时,有游人围观甚伙,竟至我俩难窥其全,也难移步。张桂林急中生智,陡然大叫:"他是'苏修'!"围观者各个面有恐惧,立马退后作鸟兽散。之后,便不再有人靠近。

围观

不相干

手机响:"对不起,打扰了。我这边是搞理财的……"
"对不起,我这边是搞版画的——"
"嘟嘟——"那边电话挂断。

成都人热情

某年到成都,一街边店外悬挂有横幅,上书"川未正宗"和"小龙巴子",我估摸,原来应该是"川味正宗""小笼包子"的,大约是因为昨夜下过雨,白纸剪出来的字,有的部分掉了。我便对同行朋友说:"这里有日本友人要来吧,还是夫妻俩?到底是你们成都人热情!"

讲卫生

胡同口悬挂横幅,上贴纸剪标语"生吃瓜果要洗烫"。夜雨,第二天看,成"牛吃瓜果要洗烫"。

支部任务

北京某服装研究所,"文革"中还订有外国服装杂志供设计人员参考。每当杂志寄到,党支部书记必要召集各支委到办公室,发给每人一支毛笔,一边翻看,一边在认为"暴露"和"不雅"的地方抹黑,名为"消毒"。这件事就成了服装研究所党支部每月要完成的例行公事。

但愿还在

1969年,上井冈山收集素材,参观"毛主席重上井冈山陈列室",内中有一光板大木床,说毛主席重上井冈山,不惯睡软床,令换,即换成大木床。今见此床的上上下下、里里外外都留下"串联"的红卫兵的签名,密密麻麻地像爬满了蚂蚁。我偷偷掀起床脚,居然在底面也有!到底有多少人的名字?没法数。不知这张床还在不在,它可算得上是一件伟大的装置艺术品了!

看电视

"文革"中,电视机稀少,购买需凭票,一家买了,邻家大人、小孩都去看。

邻居秦某,离休的老"新四军",买得一台8寸黑白电视机,每晚都招呼邻居来看,而最高兴的看客是各家的孩子。一晚,播《雷锋》,演到地主老财用皮鞭抽打雷锋这一节上,某家男孩忽起身高喊"打倒地主大坏蛋!",随后大哭。老秦起身对在座的众家长及各家小孩儿说:"看看这孩子,阶级仇恨有多深,阶级觉悟有多高!将来必有出息!你们这些孩子要向他学习!"

这是四十年前的事了。前些年,听说那孩子先是当了兵,复员以后到山西当了一个煤炭老板的保镖。

老秦有四个子女,大女十五岁,二女十三岁,大儿十一岁,小儿九岁,生育甚有计划。某夏日晚,全家看电视。那日演播捷克电影《好兵帅克》,当戏演到长官老婆洗澡,隔着屏风要帅克打热水送进去时,老秦大概是觉着少儿不宜了,便从沙发上跳起,趋前用手里的大蒲扇把电视屏幕遮挡了个严实,还把声音调得没了。自己估摸那一段演过了,就把大蒲扇掀开一条缝,自己偷偷地往里面看一眼,又遮起来。来回几次,终于拿开大蒲扇。那一晚他像极了一个卫兵,随时保持着高度的警惕。自那以后,每到全家看电视,老秦的座席就固定在电视机旁了。不过,邻家自那以后也渐渐不再去他家看电视,老秦还独自纳闷儿。

换工涨钱

20世纪90年代初到太原山西艺术干部学校授课,即将结束时,美术科科长老张跟我说:"不好意思,我们这里的讲课费不高,还不如模特费,所以,我按模特费开给您,不介意吧?"我说,没关系的。最后那天,在食堂吃饭,校长把老张拉过一边说:"他就是你们从北京请过来的模特儿?不赖呀,留他多干几天!"

选举

记得大约是在1964年前,美院师生参加投票选举东城区人民代表,投票点设在学校礼堂。作为选民,事前,每人都得到一张"选民证",烟盒大小,白纸印红方框,正当中竖着印了"选民证"三个黑字。

投票开始,手持选民证排队入场。有工作人员验看无误后,便让看一纸,其上印有备选人名单,共十几位。工作人员小声交代:"建议您投前面三人的票。这位是四联理发馆经理某某,这位是……"依他意见投过,走出投票站,回想刚才所投竟是"洋白菜"(杨、白、蔡三位),暗笑。

收缴凶器

好像是在 1979 年,公安要"收缴凶器",我儿子所在的小学也在宣传、动员着。警察叔叔到班里讲解并要学生自报家中是否有"凶器"。小孩子纷纷发言,这个说家里有菜刀,那个说爸爸的刮胡子刀、裁纸刀等,轮到小儿,他说:"我爸有好几十把刀呢。"警察当即问了家庭住址。

第二天,警察登门,要我交出那"好几十把刀",我想了好半天,进到内室找出三盒木刻刀交给警察。

"这就是你家公子说的了?瞎扯淡!等他下学回来,教育教育。"

马路不安生

在深圳"版画基地"作画,每天来往于住处和工作室的柏油马路,常呈拥堵。了解情况的人说,马路长年"开膛破肚",为安装各种管线,总无宁日。当地人也厌其烦,讽喻施工队伍为"扒路军"。

打鼓好

我认识中央乐团的一位敲定音鼓的大哥,"文革"结束后的某一日,他语重心长地跟我说:"兄弟你别不爱听,要说你们搞美术的危险性大,真不如我们搞音乐的。比方说我敲这定音鼓吧,乐谱子那上面标着敲几下我就敲几下,谱子上没了,我夹着鼓槌儿就下场。曲子有错误,那是作曲的事,能不能演出那是领导的事,我就管敲。可你们不行,画什么是你自个儿琢磨出来的,'文责自负',弄不好就得'吃不了兜着走'。"

疯娘们儿

我上初中时,同院杨叔家有个小弟叫"大林",读小学三年级,甚淘气。一日,不知惹了什么祸,从家里夺门而逃,杨婶儿手举笤帚疙瘩紧追其后并大喊:"你这个该枪崩的死大林呀,你麻溜给我回来!你看我敢不敢打死你这个死大林——"

街上路人皆躲闪,有人说:"完了,这老娘们儿疯了,骂开斯大林了!"其时,斯大林刚死不久。

这妮们儿疯了

邂逅指挥家

1996年，中国文学艺术界联合会第六次全国代表大会中，听报告，与一小老头比肩而坐，他先我作介绍："我叫严良堃，中央乐团打拍子的。"呜哇，是我敬仰之艺术前辈！我连忙应答："幸会、幸会，我叫广军，中央美术学院画小人儿的。"

始知老

真正感到自己老了，是在晚近的一次问路。某日，走转了向，便求胡同口一位老人指路，习惯性地叫了他一声"大爷"，问答间，却见那人其实较我年轻许多，顿觉赧颜。自己老了，意识没跟上，以后再不敢轻易呼人了。

耳顺

春节前在长春。为做菜需买大葱两根。刚入菜市场,就听到有女声高叫"大哥呀,你过这边看看呗!",循声望去,三十米开外处,一女商贩正是冲我招呼。这般的"名不副实",我却乐得认领了。结果,那次我买了一整捆大葱及其他。

在东北,女人喜欢连声叫"大哥",男人爱说"姐",其他省份不见有。

取耳屎

单位同事丁某,每与其言,常不应,或连问:"您说什么?"我疑其耳有疾。一日,又与之交谈,厌其"装聋作哑",扯其一耳道:"让我看看,或有法治。"对光细观,其耳道中隐隐有黄色物堵塞。"怎样,取出来可好?"得允,遂取镊子试探,一经夹牢,小心外拉,竟得一"过滤嘴"样耳屎。另一耳,亦得。我问:"感觉如何?"他嗔怪道:"好好说话,喊什么?!"

起名

这丁某得子,求我为之取名,我脱口说:"何不叫'丁宁'?多出的'宝盖儿头'是屋子的意思,屋下有男儿,好记、好写。"丁曰:"善!"

次日,丁寻来,正色道:"你小子涮我!我邻居家大夫说'丁宁'与'耵聍'谐音,'耵聍'乃耳屎也!怎可用作姓名?"

话不出口

研究生班有位同学,曾说:"平日对事对人,我不是没有自己的看法和意见的,话到了嘴边,我能嚼巴嚼巴咽了。"

有"守口如瓶、防意如城"这句话,有瓶、有城,那话还关在里头,可是咽了,多生了一个屁而已,谁也抓不着的。

后来发现,其实,他决定开不开口说话,那要看形势,说"咽了"那会儿,是争留校的关头,后来真的留校了,情况就又不一样,他竟能"挑战"恩师,说:"是骡子是马,拉出来遛遛!"

在班里,他的年纪算小的,他这么一说,大家才察觉出来,他比谁都成熟,大家都有点后怕。

放言等回收

单位有位同事,"文革"中好搜求小道消息,几成瘾,若无所得,有时也会自造一个出来掺和,有关政治的不敢造,就造个生活方面的,之后,再找一个"快嘴"传出去,便可坐等回馈。比如:"咱们主任屁股后头长了根尺把长的尾巴,我昨天在澡堂子里见到的,他还拿毛巾遮着……我就跟你一个人说,可别再跟别人说喽。"不到一个星期,就另有人神秘地跟他说"咱们主任……"的话。他呢,就像头回听说,"真的吗?啊、呀、呀!"。随后几日,他的心情极佳。如果那个"消息"还被"添枝加叶"了,或者完全走样,他还会在晚饭时加个肉菜,喝二两小酒。

锁子有条尾巴

画像

同学张某，约我为他的表妹画幅水彩肖像，我应了。他事先跟我打招呼，说他表妹的脸也只半边好看，另半边脸是"黑记"盖着，特自卑，从来不照相，也不敢让人画，今天好不容易动员来的，得画得让她满意。及见到，果然，半拉"包公"。我请她靠窗坐，有"黑记"的半边留在暗部。画好，给她看，她甚是惊喜，连声感谢，继而大哭，后又笑。

出过国的样儿

20世纪80年代能出国考察的人少之又少。有的人，一年半载的回来了，总要表现一下他与没机会出去的人的不大一样。我校某老师，由某国归，落下一个毛病，说话时总要耸肩膀头子，同时还要附上一声"嗯哼"。

"你丫不会好好说话了？"

"嗯哼。"又耸。

"坐不改姓"难

现如今写信的人越来越少了，20世纪90年代尚多。熟识的人的信，看信封上的字就知道是谁的。

我因为设计过一个首日封，收到"集邮爱好者"的信不少，有人根本就没打听清楚我到底姓啥，有写"厂军"的，有写"卢军"的，还有写成"扈军"的（估计是位老先生）……我跟收发室老张商定，凡写不对姓的，一律退回。一个星期后，老张告诉我，刚退回一封信，收信人写的是"户军"，我心里一颤！连向老张作揖说："谢谢、谢谢！您照旧办。"把"广军"写成"尸军"的可能也是有的。

小狗通过

去岁，作半身自画像，竟日完成大体，悬于墙上，审视良久而不置可否。忽有我家小犬对之吠，我顿有所悟，所画其形虽未完备，其神足矣，遂歇笔不再作。

自己解决

1999年新院长潘公凯上任，履职伊始，会同书记杨某到各系走动，一则为礼节性见面，二则为听取今后管理意见。

在版画系，潘院长感慨道："看来，中央美院的教师是靠觉悟办学的，不能想象课时费如此之低！"潘院长所言不虚，这之前，教授每一课时6元，副教授5元，讲师4元，助教3元，真是随便做点什么营生都比在美院当老师强。

那次，我斗胆向院长、书记报告说："本人不烦二位劳心，因已寻到良方矣。"院长、书记："愿领教。"于是，我又报告："本人今日有所发现，男裸体模特儿做一课时18元，相当于我上3小时课，由此，启发本人想出一招——若再有素描课上，绝不使用模特儿，改由自己亲上，上课摆动态，休息做指导。如此，一上午4节课，72元，加上自己的课时费24元，共得96元，能有如此收入，问题岂不迎刃而解了？还望二位领导体谅。"院长、书记二人连说："先生玩笑，先生玩笑，我们来，就要先解决这个问题。您大可放心。"

与彼言谈中，脑子里闪过"从来就没有什么救世主，也不靠神仙皇帝……"这几句歌词。

人自醉

饭局喝酒，内中如有坚决不喝，虽遭友善奚落，仍坚拒者，竟也有法子调理得使他醉。有"酒篓子"说，大家私下商量好，听个"令"儿（不让不肯喝的主看出来），一齐左右摆动身子，摆幅不必大，该吃吃，该喝喝，该笑笑，该说说，正常进行，不多久，那人真就醉了。没试过，不知灵不灵。

看得见的积攒

1963年，我到沈培大哥家里玩。他那时在《中国少年报》做美编，长年"养育着"一个"小虎子"（他画的连环漫画里的秃小子），还时常找我去画点插图，让我挣点学杂费（稿费）。

那次，我在他家墙上看到钉着张大白纸，在纸的一头画了一只自行车铃铛，我十分好奇。沈培大哥说，他正在攒钱，想给老婆买辆自行车，攒够一件的钱，就画上一件，等把自行车的各个部件画齐全了，那钱，也就够买车了。

这件事给我留下的印象极深,至今想起来,还很羡慕他那时的那种有情趣的用心。现而今,买什么东西能效仿他的做法呢?

应时

过去,北京胡同里常有挑担卖民间玩具的,有一种"磕泥饽饽"的红陶模子,小孩儿拿它往里边填进些胶泥,按平,再磕下来,就似一块小点心,上边有好看的、凸起的花纹。"文革"期间,我在郊区偶见有农民挑担卖这个东西,模子里却刻着两只老鼠抬轿子,坐轿子的也是只老鼠,这原本就是个传统的题材"老鼠嫁女",可是这一个却大有新意,轿子上方的空处被农民艺人添了六个字:"革命委员会好"。

泥餅餅

高深的玩笑

1990年，在美院院子里遇黄永玉先生，他问我："看过这些年的美术评论文章吗？"我说看过。"你都懂吗？"我说："基本上看不懂，比如'意识的横向漂移'，是他妈什么鬼话？""我也不懂……"他笑着又说，"我看，咱们来编一本词典吧？各说各的。""行啊，"我说，"那您就收集吧，等攒够了就来编。"

自那以后，我看到文章里有不好好说的句子，就记在小纸条上，还请马刚帮忙。只半年多，就差不多攒满了一个牛皮纸口袋。

正巧有本杂志要我和马刚对话素描。他一句我一句，说到一个不知怎样结论的问题时，我们同时想到那些字条。先由他"抓阄"，一条连着一条，照抄而已，然后我也抓，都写进文章里。

交了稿子几天后，责编说文章长了，需压缩，我说，你做主删改吧。后来，文章发表了，删改了不少，却唯独没有删除那两句——

"马：'非前卫性观念的象征性选择的最终体现，貌似宏观灵魂空间的生成与归依？'

"广：'体现多重意义的距离和提示软系统蜕变条件中提纯出现代的惊异与文化针对性的沟通。'"

后来，碰见主编佟景韩先生，我憋不住告诉他我们的小小的"恶作剧"，他听了哈哈大笑："妙！你好不好把'存货'凑够四千字，我专门发一回让大家去玩味？"

因为美院搬迁，存放字条的牛皮纸口袋丢了，也就没完成佟先生的嘱咐，也没再跟永玉先生提起编词典的事。

恰巧

周思聪在附中高我一级,算是师姐了。有一年她病得厉害,同学、朋友们都很揪心。新年前,我去法海寺看壁画。在大殿前的院子里挂着一口大钟,走近看,上面铸满了人名,我的眼光无意中落在一个名字上,竟然是"周思聪"!我赶紧撕下一片速写纸,蒙在上面用铅笔拓下来。拓得宽了,连带也拓下了旁边的字,是"观音保",怎么这么巧!

回到家,用那片纸做了个贺卡,寄给师姐。她回信说,她也见过的,只是没注意旁边有"观音保"几个字。她谢我的好心好意。

临近春节,她却去世了。

永寧侍者
福山閑吾
王清觀音保
童善周思聰
郁玫
戴宗義

殷承宗

差不多是在1974年,我到中央乐团街对面的副食店买菜,遇见钢琴家殷承宗,手里端了一只小碟,里面盛着两块豆腐乳往外走(我当时很觉奇怪,把钢琴弹得那么好的人怎么吃这个),有一人过来问他:"你们最近又在批判谁了?"

殷:"比才。"

"也是你们团里的?"

殷:"……"

看胃病

有胃病,久不愈。詹先生的夫人为我引见了一位年逾八十的老中医。她介绍说这位老先生医术高明,盛名京畿,能让他给我诊治,定是"手到病除"的了!

我每周固定一天去见老先生,上午由老先生看过并开药数味,下午方能取药,历时三月余,甚是辛苦。一次,先生搭脉问道:"如何,腰疼见好否?"我直言,腰不疼了,胃却还是不行。先生连声说:"唔、唔,那就好、那就好。胃又怎么了？"足见此前多少次的诊治的记忆尽失矣！从此不再去。

后来听詹夫人讲，其实，老先生最善医治妇科。

陪喝茶

我老婆与几个朋友成了"茶友"，于是，也开始留心茶叶和茶具。买茶，心里没底，先把"便宜没好货"当标准，买贵的，却也是喝不出高低，弄得见了高级包装就怵。后来，沈培大哥，还有朋友、学生寄来或送来茶，喝了才有些放心，以至于慢慢还有些"品"味了。比如"雨前"的龙井，只一小筒，没什么包装，冲了喝，味道就是别致！当时就找出以前自己买的茶叶去做了茶叶蛋。

我妈妈一辈子只喝茉莉花茶，因为闻着太香，我小时候偷着吸溜过一口，只觉得苦涩，香气根本不在嘴里。从那以后，就没碰过茶。

现而今在家里，老婆一个人喝茶有点索然无味，我就成了陪喝。有一次，喝得多了，婉拒再喝，站起身，见地板上有个纸片儿，弯腰去拾，结果就"哇之"了。

喝"化石"

有一年在普洱市和十几位版画家参加一场采风活动。一天晚上,时任市委宣传部部长请些人到他家喝"九十九年的普洱"。大家好奇,都想尝尝是什么味道。

说,这茶是冲泡不开的,得用日本的铁壶煮。

从第一泡到第二十几泡,茶汤始终是些微有点带黄,像童溲。

我们几个人里,除了我,都好茶、懂茶,他们从喝下第一口就不断品评,说了嘴巴、舌头、喉咙、肚子及脑袋的体会,夸赞连连,而我却只忙着上洗手间。

天色晚了,大家起身告辞,最后也没忘对那一款九十九年的普洱做总结性的夸赞。我们的一位版画家请求"瞻仰"一眼壶里的茶,部长启开壶盖儿,大家都围拢过去看,那茶,看上去像是一小块石头,部长用铜筷子捅了捅,"吭吭吭"竟然不散,他说:"已经是化石了。"

我们喝了一晚上"化石"。

胡同点心

到美院上班,来回都要走总布胡同。走到东总布的时候,空气当中有一股芝麻烧饼的香味拧着劲儿地往鼻子里钻。

在胡同路北一个宅院老房的外墙上开了一个洞,将将地镶进一个玻璃匣子,里面分三层,摆着芝麻烧饼,芝麻烧饼,还是芝麻烧饼。挨着玻璃匣子靠墙放条板凳,坐着个小老头,老头戴一副近视镜,围着个围裙,嘴里叼着个歪烟斗,我猜,那些烧饼就是他的"作品"。胡同里人来人往,他看都不看,更不会招揽。有要买的,他就走进屋,在里面包好拿出来;卖得差不多了,他就回屋里去做,做得专心专意,然后,又出来坐着抽烟,志得意满的样子。有人夸他的烧饼好,他面无表情,只是用手托托鼻梁上的眼镜架子。

我常买他的烧饼,因为真的是好吃,酥酥的,还有一种在别处吃不到的滋味。我觉得他像是一个教授或艺术家,而且,相信他有和教授、艺术家一样的操守,一样的追求和成功的喜悦。

一年以后的某一天,我见墙上的那个玻璃匣子没了,墙也抹平了,小老头到哪里去了?我后悔没问他姓甚名谁。

虔诚

1974年同几个朋友登泰山。那时没有缆车上下,从山下望上去,往南天门的那条山路像是垂直的,有许多人惧了,就找岱庙去逛,也算来过泰山。

我们几个爬了两个小时也只爬到一半,一路看山石上的刻字用去了不少时间。听说省"革委会"已经找了农民满山砍树了,"唐松""汉柏",砍一棵四元钱,另外还要铲掉山石上的刻字,把"封建"的东西换成毛主席语录。

休息的时候,我看见一个小脚大娘正双膝跪地拾级爬着,只十几级就要歇息一下。大娘头上戴染黑的毛巾,身穿黑布裤褂,扎黑布腿带,穿黑袜子、黑鞋。

我走过去将她搀到路边坐下,递给她一个烧饼和一瓶水。

"大娘,您老多大年纪了?"

"七十二了。"

"大娘,您怎么自己登山,也不让家里人陪着?"

"这是俺的事,用不着他们。"

怎样的一个"俺的事"呢?大娘讲了:

"俺十六岁的时候,得了一场病,人家说,到泰山娘娘庙烧个香、许了愿,病就能好。俺爬上'玉皇顶',在庙里跟娘娘祷告说,娘娘呀,俺家穷,您要是治好了俺的病,俺买不起石条子铺路,可是俺保证能年年来给您老人家烧一炷香。下山回到家,俺的病真的就好了!娘娘看到俺心诚了呗,许了愿就得还愿呀!这可不就是俺的事吗?"

我的娘欸,你算算,72－16=56,大娘年年来,登了五十六回!

我心里想,要是有大娘这份虔诚和坚韧,干什么事干不好呢?

无心为之

下泰山,必由"南天门"石牌坊底下走过。牌坊顶为两面坡檐,其上散落有核桃大的卵石数十块,据说都是游人丢上去的。游人捡了石子,先在心里想好一个愿望,石子掷得上去,则灵;落,则败。我朋友三人,也效仿,抛石连连,却无一中的。我说,罢了、罢了。三人即随我拾级下山。走过牌坊,我捡起一石,背着身,手臂往后一扬,那石子竟稳稳地落在上面,看得他们几个人口张目瞪的!有一友急问我可曾有所求,我说丁点也没有啊!大家似有所悟。

早不知道

2006年画了一幅油画,画的是自家窗子,窗台上有一盆花,窗外灰蒙蒙一片,我给画起了个题目,叫《有雾的日子》。

前些天翻出来看,忽然明白了,那不是雾,早就没有那种浪漫又含蓄的东西了!是纯正的叫霾的东西!早先谁也不知道。

废钱

1979年,随李桦先生和研究生班在"东方红炼油厂"体验生活。一天,接通知,三元的人民币要停止流通,说是因为"苏修"印了大量的这种三元的纸币,扰乱了中国金融市场。

谁也没提出要回京兑换这钱,手里仨瓜俩枣的,不值得。

北大荒的拖拉机

有一年访"北大荒",路过一大片地,正有台拖拉机在犁着,那台拖拉机的背影,高挑的身材,瓦蓝的烤漆色,十分漂亮。我问站在地头的一位农垦职工:"兄弟,这家伙不赖呀?"

"那可不咋的,'东方红'跟它比,像个大屁股老娘们儿。这是从美国进口的。"

"性能咋样呀?"

"贼有劲。"

"还有啥不一样的?"

"人家里边儿有空调,有音响。穿白衬衫儿干一天活,一点儿都不带埋汰的,还能听歌啥的……"

"那你们挺自在呀!"

"自在啥呀!农垦局领导看见有那些玩意儿就说:'给我拆了!咱们北大荒这地方这么凉快,用啥空调?上去干活还有空听戏呀?拉倒吧,通通给我拆了!'现在好了,四面透风,又跟'东方红'一样了,干一天活下来,还是'土地爷'呀。在他们领导眼里,咱们工人就是个零部件,哈!"

北方荒的拖拉机

长寿秘诀

力群先生百岁生日那天,记者问他长寿的秘诀,他毫不犹豫地大声说:"第一,我爱女人;第二,我爱跳舞。"如此直白,可不是谁都有这个胆子的。

我印象最深的是他每次吃饭必备一小碗陈醋,无论哪个菜系的菜,筷子夹了,一定在他的醋碗里"受洗",一顿饭吃完,看看小碗里还有剩的醋,干脆一口喝了。我问他是不是吃醋好,他回说:"也不单是吃醋,每晚睡前还要搓搓脚心。"其实,知情的人说,他每个礼拜都要吃一只王八。

他说爱女人,怎样的爱法?不清楚,但我记得一件事,或可佐证。

1974年在黄永玉先生家里,附中同学张为之带来力群先生的一封信,这之前,力群先生老伴去世,便要托永玉先生帮忙再找个伴儿。黄先生看了笑着说:"还要找个'徐娘半老'的。"他对张为之说:"你告诉他,算了吧,再找一个未必比头一个好,在第二个人身上还会看到第一个人身上的缺点,'新人'还有新缺点,你问他受得了不?"

至于爱跳舞,至少在版画界是人人皆知的。如果他参加版画界的什么会议,他就会向组织者提出晚上搞场舞会。与会的女版画家毕竟不多,但是,都愿意成全老爷子。老爷子耳背,无论你放什么曲子,他一律跳"快三步",一晚上都快把人家脚面踩扁了他也不累。

这么一个快活的人,岂能不长寿?

角色转换

有一回,向学校借了一辆板儿车,从学校往东大桥自家拉画。在"五七干校"那会儿,天天要蹬板儿车,使唤得倍儿溜,会骑自行车的不一定会骑板儿车,那是另一股子劲儿。

我骑着板儿车要走南小街,还要过一片自由市场,那叫一个堵!不知怎的,我的膀子就摇晃上了,像极了"板儿爷",而且,还大呼小叫起来:"借光了您嘞——闪开喽,你丫找死呀!"一路骂骂咧咧。

过后想想,在学校可没这一出,这叫"过什么山唱什么歌"吧,问题是,我真不是故意的。

支招

1973年,"文革"还没结束,美国费城交响乐团来北京演出,据说是周恩来总理安排的。店铺的橱窗里有海报,大街上不张贴。海报设计得很美,亚光黑地,印金字,很雅致。我在黄永玉先生家见到他有一张,我问到哪里可以搞到呢,先生笑着说:"我教你一招:你准备一张纸,卷了拿着到商店去,跟店员说,到期了,我们要回收,他们就会让你拿走。"我试了,果然灵,收了四张,够了。

那场音乐会,连音乐学院、中央乐团的专业人士也没有资格听,人民大会堂倒也座无虚席,请的全是工农兵。电视直播了,贝多芬的《田园》交响曲开始没一会儿,许多人都进了梦乡……

不置可否

在王府井书店翻出一本《指挥法》，内中的附图真是奇妙极了！打四分之三拍子，记得就是画三角形，一、二、三，一、二、三……可这书里的内容就五花八门了。买了，说不定对画画有用。回家读，每一种方法在书后都附有一段五线谱的练习曲，初中时音乐老师教过的也忘得差不多了，得重来了。于是，又买回《乐理教程》。翻看的时候想，这么无声无息地学，不如买把吉他，一边熟悉乐理，一边学习吉他，两得了。当时就出门等公交车，车半天不到，回身买了一张小报《健康文摘》，先挑字数最少的看，有一则说，"年纪老了，想学一门外语，想学物理、数学、化学，甚至想学好一种乐器的，都是老年痴呆症的初期表现"。我过了马路回家了，那本《指挥法》和《乐理教程》放进书橱，至今也没再动过。

生发洋方

报纸里，我最信得过《参考消息》，现在报亭就有卖，可是以前不行，20世纪60年代行政13级以上的干部才有资格读，他们能知道的东西而我却不能知道，所以，它很神秘。领导是好骗的吗？那天，我读到一段文字，说是西班牙有一家小理发馆，来了一位主顾，说自己的头发掉得都没有什么好理的了，理发师说，是能治的呀！他就说了一个方法：用纯酸奶抹在头皮上，两个月就见效，到那时又是一头鬈发了。

看到这儿，我有些心动，因为这几年头发也掉得厉害，于是决定试一试。下班路上就买了酸奶，到家涂在头上，冰凉的，很舒服。然后就坐下看电视，看着看着就忘了这件事。忽然有敲门声。"哪位？"我问。外面答道："收煤气费。"我开门，门外是邻居大婶儿，她惊异地瞪着眼张着嘴："您这是怎么了？"

"什么怎么了？"

"您这个、这个，自个儿瞧去！"我走进洗手间，镜子里的我，头上像顶了一只刺猬……

第二天，把剩下的几瓶酸奶喝了，再没试过抹头皮上。

生发洋方

严肃音乐

北京音乐厅在六部口。20世纪80年代，中央乐团、北京青年交响乐团都爱在这里演出，但是，不常演，因为那会儿"严肃音乐"还没缓醒过来，没什么人听，除了专业的，赠票不少，挣不到钱。经理是山西人，忘其姓名。为了引一些有钱人来听，他让朋友帮忙散出话去："没文化听不了严肃音乐。"慢慢地，就有许多有钱的买卖人来听了。一般情况，演奏开始不久，他们就会睡去。第二天如有人问："昨晚您到哪儿去了？这电话打的，都快冒烟了！""啊，我上音乐厅听你'严肃音乐'去了。"表现出很随意的样子。一时，听"严肃音乐"成了时髦。

经理从长远考虑，又经常和乐团指挥、作曲家、演奏家讨论推广"严肃音乐"的计划。有一个计划是这样：先让首长的孙子辈学乐器，买了乐器，放在家里，成天地弹弹拉拉，日子久了，首长就听顺了耳朵，他们就不但会支持自家孩子，也一定会做义务宣传。假以时日，中国的"严肃音乐"前景必好。

过敏

2013年11月,胃穿孔,做手术。麻醉师跟我说:"老先生,等会儿我给您打点麻药,咱爷俩说着话的工夫您就睡着了,等醒了,手术也就做完了。"

"我明白。"

"我得问您一下,您有什么过敏的吗?"

"有、有。"

"那您对什么过敏呢?"

"对钱。"

"哪有对钱过敏的呀?!"

"嗔,你不信现在就推上一车钱来,我马上就能昏过去,你那麻药也就省了,哈!"

"您可真幽默,老先生。"

"……"

"相人术"

1975年8月,到北京西北的车儿营写生,借住在一所中学的教室里。食堂只有一位大师傅,听口音,像是山东人。学生、老师都说他脾气不好,跟谁说话都像吵架似的。他头上戴一顶油渍麻花的旧军帽,帽檐儿总是歪在耳朵上方。我有几次没准时赶回学校吃饭,被他一通说,菜也给得更少。

一天,我又迟到了,食堂里就剩下我和他。我一边吃一边跟他说话:"你是山东人吧?""是又怎么地吧?""我不光知道你是山东人,还知道你是兖州的。""咦呀,奇了怪了。"他从灶间走出来,一屁股坐到我对面,"看来你会看相呀!再给俺说说。""你当过兵,是不?""是、是。""当的还是炮兵,没错吧?""没错、没错。再说说。""没了,下回吧。"

从那天以后,即使回得再晚,他都会等着我,菜给得也多。

我说他是兖州人,是因为我有个同事是兖州的,在一起好几年,听惯了,就能断定;穿旧军衣、戴旧军帽,还歪着,说明他是个老兵油子;耳朵背,说话才像喊,那是因为开炮震的……

相面术

听报告

1968年,中央直属各单位齐集北京工人体育馆听录音报告。进门持票,不得乱坐,不得记笔记,不得录音。各单位有专人负责监督。报告听过后,主持人登台说:"我们发现有人偷偷录音,所以,退场时要拿好自己的票接受询问和检查,按次序一个一个单位走。"

此话一出,就见人人低头找票,有的已经撕碎,便捡了别人的,人家当然不干,于是就争执起来;能捡回票的人就万分庆幸。很多人着急得跳脚,我也急,因为也是找不见。身边一位同事说,嘿,你的票在你耳朵眼儿里呢。一抠,果然在。想起来,是在听报告时把票搓成卷儿掏耳朵了,解了痒之后,就落在里面忘记了……

空姐解幽默

出差,乘飞机。登机时,见机翼顶端折向上翘,甚觉奇怪。在机舱门问空姐:"飞机翅膀撞过吧,怎么往上翘呢?"

"老先生,那边的翅膀也成这样了,对称就没事,您放心啦!"

天文所的那点事

听天文所的孙大哥说事。

他说:"科委(指北京市科学技术委员会)底下有好多研究所,每一年各研究所都要向科委申报下一年度的科研经费。我们'天文所'大家意见一致,总是头一个完成报表,而其他所就慢,其中尤以'数学所'为最,算计来、算计去的,每回都是最后交。你知道为什么我们快吗?因为我们天天拿望远镜看天,回头再看这个世界,地球上的那些个事,算个屁呀?!"

偏方

"文革"中,在中医研究院工作,那时无书可读,后来发现一册《偏方大全》,此书大32开本,厚约10厘米,红塑料皮装,印金字,似辞书,为集"民间偏方"之大成者也,甚好看。

有几则如今尚记得。

其一,治疯癫方:取桃树最顶尖处四片叶子,取"所冰"(原书注为陈年厕坑底之结晶物)若干,人头发若干焙成灰，合而煎之，令患者饮其汤汁，即愈。

其二，治子宫脱垂方：取大好田螺煮而食之，有效。

其三，治狂犬病方：在患者头顶处寻红色头发一根，拔除病即去。

其四，治小儿疝气方：以初生之并蒂南瓜煎汤服用可治。

…………

满满一册尽是这些，我视其若宝典，因可读性太强，每读则乐不可支。

被四分钱难倒

记得是在1974年，听说诺罗敦·西哈努克的姑母去世了，要在八大处露天火化，这个热闹不能不看。换一身整洁衣服，骑车赶过去。不想那天管得严，自行车都要存在一处，收费倒不多，也只四分钱而已。推车至入口，赶紧翻兜，却发现散碎银子一分没有，与看车人议，死活不通融。悻然归家，心情半月不爽。

代表

听天津朋友讲的。中共九大1969年召开,毛主席指定几个工人代表参加,有首钢的马某、上钢的王某、天津机械厂的孙某。

那天孙某正在上班,忽然几辆红旗车开进厂,下来几名黑衣人直奔车间,对孙某说:"毛主席他老人家请您到北京开'九大'去,您得马上跟我们走!"

孙某说:"怎么也得让我跟家里说一声吧……"

"您放心,有人会去通知。快、快,车在外边等着呢!"

"那我得跟工友们道个别——"

"快!"

孙某放下手里的活儿拱手说道:"各位老少爷们儿、哥们儿弟兄,毛主席他老人家叫我到北京开会去,我得去呀!就此跟各位告个别,在家的继续干好革命,促好生产——"话音未落,只听有人说:"哥们儿,您介似'狗熊穿大褂——人儿了'啊?"引出一片笑声。

"严肃点!"黑衣人厉色道,随后,引孙某登车绝尘而去。

泪弹

1986年赴法国做文化交流，一行四人，我、费大为、王公懿、程丛林。出机场，看天看地，那色彩！我心里说，难怪印象派要诞生在这里！

法国文化部安排第一站是看卢浮宫。在达维特大画底下，一位年轻美丽的姑娘坐在地上，围着她又坐了一圈幼童，姑娘正低声地给孩子们讲解那幅《拿破仑加冕》。突然，我的鼻子一酸，眼泪就流了出来。心里有太多说不明白的话，一下子堵塞了，就憋出眼泪来。连忙擦了两把，怕同行的他们注意到我的"失常"，偷眼看过去，他们也在流泪……

Musée de Louvre

语言准备

要去法国,却没有语言准备。走前,我去请教到过法国的潘世勋先生,先生说:"你买一本《法汉词典》和一本《汉法词典》,你要想跟法国人说话,你拿《汉法词典》的那个词给他看;法国人回你的话,就给他《法汉词典》,好解决。"他又说:"其实呢,这个法子也麻烦,你不如就记住两句话,能救急……"

"哪两句?"

"你得找个姑娘或'玛达姆',说一句'热带木',就是'我爱你';看她一高兴,马上说第二句,'热芒瑞',就是'我吃饭',齐活了,哈哈,不费事!"

法语好学

到了法国,时间长了,慢慢就听出点门道了。法语呢,实在是有点像咱山西话,比如,法语的"这是什么?",发音是"哥四个谁?",山西话发音是"这是个甚?",有点像吧?后来还发现,有很多词的发音都像中国话,也好记,比如,"扄狗屎"(往左边)、"都合眯"（睡觉）、"麻辣的"（病了）、"瞍来"（太阳）、"扒个洞"（劳驾）、"忒蹦"（忒棒），还有"打狗""挖啦""格么系格么啥"……

成见

法国人过圣诞节，没我事，瞎逛。雪后的夜晚，商店灯火通明。我看见个流浪汉走进一家商店，要了一块纸板和一支标记笔，走出来，就地坐在橱窗下，开始在那块纸板上写字，然后，将写好的纸板靠在他身边的背包上。我心里想，这定是一个在街边讨要的人，你看资本主义有不济的吧？不是天堂呀！我自然地生出一种找毛病的欲念，开启相机准备记录这个场景，回国汇报时，说多了好的，就可以举出一些不好的例子来冲淡。

我正举起我的理光相机对准那个流浪汉，就见他伸出一个手指在左右摆，那意思是不要拍、不要拍，等一等，随后，见他从背包里扯出一架有大变焦的佳能相机来，取下镜头盖儿，把镜头对着我……啊呀，不穷呀？！我也赶紧摇晃手指头……

"地道京味儿"

20世纪90年代,北京满街跑的黄色出租车叫"面的",因为像个面包。那时的"好活儿"是能在机场拉个外宾,保不齐能得着外币、兑换券什么的。

在接机口外,等在那儿的"面的"司机比接机的人还多,一旦发现有老外出现,这些司机就拥过去争着抢着喊"哈啰"。有个老外径直走到一个喊得最亮的司机跟前,几乎是脸对脸地说:"您,'哈啰个屁'呀?!"司机一下愣怔了,等那老外走出老远了才说了一句:"丫比我讲得还地道!"

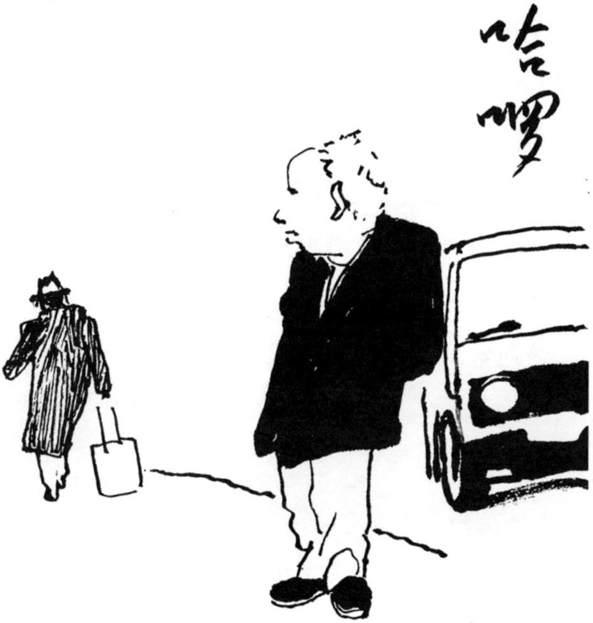
哈啰

小时候让我佩服的人

小学同班同学某,执化学尺在课桌上摩擦,只十数下即令我闻,有香蕉味;又将两手背用力摩擦数十下令我闻,有鸡屎味;他捉只大蚂蚁,舔其尾,也令我舔,有酸味;再舔红色的电工胶带,也有酸味;吃酸枣,留核在掌中,积够一把,尽数投口中,以舌头搅拌,得果汁频咽,甚美。他酷爱天文学,每日必去书店找书来看,后来竟自制了一个望远镜。

该同学,姓王,单名志,让我佩服至今!

留墨宝

有一年,在西安美术学院评画,十几个人劳累一天,晚上安排到有名的"贾大汤包"品尝特色。小笼屉、小包子都显得精致,听说有几十种的不同。大家高兴,一连吃下三屉,味道确实不寻常!就在等待吃下一屉时,店主贾大吩咐伙计抬了张大案子来,又麻利地铺上毡子,摆上毛笔,铺开宣纸——贾大说:"大家吃得高兴,那咱就休息一下,乘兴请各位留下墨宝,完事,再请各位继续欣赏更精彩的。"听这话里有话，意思明白得很，不留下点东西，别想吃后边的"精彩"了。这十几个人通通是版画家，传统书画本不拿手，幸好其中几位年长些的画家修养不差，水墨画、书法都来得，且水平相当高。当时这几位就站起来，大有"舍我其谁"的劲头。待他们写好画好，大家以为平安过渡了，不想贾大并不放过其他的人，其情诚恳难却。弄得没法，只得一个一个站在那里献丑，可谓是奋不顾身了。我坚持不画到最后，是因为看了大家画的、写的，都还"有两把刷子"，我若出手，定要贻笑大方的。就在这时，走进一个人来，贾大忙介绍说是区武装部长。那人腋下夹着一个大册页，笑着说："请哪一位老师给我留下个墨宝吧？"贾大便指着我说："就这位先生还没有施展。"那人就求我，画过的人也都坐在一边瞅我，似乎说："快点吧！"我只好接过那本册页，心下盘算画个啥好。忽然想到在西安的老同学老傅常给人画"达摩面壁"，我何不也画一个？

画罢，大家称好，区武装部长拿了高兴地走了，汤包宴继续。旁边一位低声地跟我说："你岂不是要人家面壁思过吗？待他想明白了，小心抓你去蹲两天！"

调剂生活

生活得太紧张或者太平淡，不妨看看电视里肤浅的电影和肤浅的连续剧，那算不上是艺术，但有用。在家我是这么看的：一定不能看得太投入，张着嘴像个大傻子似的，得挑导演的毛病找乐子。

"这杯子该掉下来了，她还得哭——"果然，跟我说的一样。老婆说："换台！"

"你在这儿不来个跟头怎么接茬呀——"果然，主角摔倒在地。老婆说："换台！"

"扇他呀，这会儿不扇你还等——""啪！"扇了。老婆说："谁导的这是？真肤浅呐，啥也别说了，换台！"

就这么着，能高兴一晚上，有点接近看春晚的感觉。这一晚睡得也很香。

皮带重要

1975年，我随美院副院长叶毓中到日本访问，在东京艺术大学的一间会议室里与平山郁夫先生和加山又造先生见面。谈话中途，平山先生起立赠送他的画册，叶毓中院长站起身双手接过，然后，我起身去接，突然感到皮带开松，坏了，是皮带扣儿咬不住皮带，脱钩了，裤子险些落下来！我连忙把肚子靠紧桌沿儿压住裤子不至于下滑。勉强落座，松了一口气。不想，加山先生也要赠画册，轮到我去接，先就把肚子顶住桌子，再伸手接画册。

谈话继续，我表示了一下要去洗手间，就有学生带路。在洗手间里，试了几次皮带扣咬合皮带，肚子稍用力一鼓就会松脱，既然如此，留它何用？索性把皮带扣子丢进垃圾桶，只把剩下的皮带当麻绳用了，在肚子前面结了个扣。但是，鼓起得太高，我不得不扣紧西装纽扣，再双手交叉紧紧压住，做出很谦虚的样子走回座位，对付到最后。

因为第二天即回国，就没有在日本买皮带，回到家，越想越上火，就去商店一下买了三款进口牛皮带，很厚实，是有别扣的那种。售货员太奇怪："您买三条干嘛，駒贵的？"我讲了在日本的经历，她乐得蹲到柜台后边去了……

慰问演出

1987年，在大同十三矿画画，工会主席说了一件事，说日本的松山芭蕾舞团前几年来过矿上演出，这个芭蕾舞团对中国很友好，"上边"要求矿上要安排好接待和组织好工人看演出。

演出那天，工会通知凡是不在班的工人都到五一俱乐部看演出，连有工伤的工人也让人用轮椅推来。听说有戏看，剧场爆满。那天演出的是《天鹅湖》《吉赛尔》，也有《红色娘子军》几个芭蕾舞剧的片段。

《天鹅湖》里四个小天鹅上场一跳，下边的工人就不干了，许多人轰然起身往门口走，没想到，工会早安排了人堵在各个出口。工会干部说："都给我回去！这叫芭蕾舞，人家大老远来的，你花钱一辈子也未必碰得上，都老老实实坐回去！"工人们吵得不行："看戏嘛看戏，不说又不唱，连个囵囵的行头都没有呀，光是抬大腿，这算演的什么戏嘛？！我们贵贱闹不'机密'，走呀！——"各出口又是一片躁动，门就是不开……那一晚，演出继续，工人们在底下扯家长里短。

日本松山芭蕾舞团慰问演出

柠檬黄加黑

在美院附中读二年级的时候,全班在玉渊潭公园进行秋季写生。我画远处的树,色彩总是不对,班主任赵友萍先生走到我身后撂下一句:"柠檬黄加黑。"我试了,调出的是一种沉着的绿色。绿,不是黄加蓝吗?

过后,我才想起这件事和我小时候的一件事的联系。

小学三年级,班里功课不好的学生不少,特别是数学成绩差的多。一天,一个同学跟他们说:"想算数好的,下学跟我走,我舅舅告诉我一个偏方,保证灵。"下学便有六七个同学跟他走了。我回家顺道,也跟了去看。

在中山公园一片小树林里,大家围着那位同学坐成一圈,他让每个人把"金不换"墨锭拿出来,他用石头砸碎了,再把碎墨渣渣让各自捧在手里。"听我口令,我数到三,大家把手里的墨吃下去。一、二、三——"大家很听话,都吃了下去,嘴角流着黑汤,我也吃了。

第二天,上厕所,看了一眼拉出的屎(大人立的学写字规矩"拉屎不瞧,写字不描",我破例了),把自己吓了一跳，黑亮黑亮的！我让我妈瞧，她也吓一跳！找来邻居家大姨，大姨转了半天眼珠："这孩子得吃多些菠菜呀……不至于的呀？！"

第三天，拉了绿屎，答案揭晓在8年以后："柠檬黄加黑"。

解脱

画过一回达摩，胆子就大了起来。有一回在江苏一位朋友家里，饭后，在座的两位国画家朋友都要画点什么作为应酬，他们也鼓励我画，我说我只画过达摩，他们说好呀！我画了两幅"面壁"，主人说多画几幅，我又画了两幅；主人又说给"×长""副×长""×总""×副总"各画一幅。我懒得再画"面壁"，就说，画个"达摩渡海"吧？主人说，好呀好呀！画了四张之后，主人又报出几个名字来，再画"达摩习武"。末了，我说，要是还有要的，我可就要画"达摩练摊儿""达摩泡妞"啦，怎样？主人说，"那就算了"。

来财有方

2005年，到一个中国画画展研讨会上找人，我要找的那人是个理论家，正在发言。坐在国画家当中浑身不自在，和坐在油画家当中一样，人家会很奇怪：你坐在这充哪瓣儿蒜呢？

身边的一位留胡子、穿唐装的先生跟我搭讪："看您面熟，您在哪里高就？"

"中央美术学院。"

"也攻山水？"

"不会，我搞版画。"

"不管怎么说，你们的基础在那儿呀！"

"学不会。"

"其实简单，您听我的。您买上几刀纸，先画石头，再画兰草……您就一样一样地来，画熟了十来样，我就介绍您到山东，一个礼拜您要是拿不回十几万来，我改姓，我就大头朝下走！"

他讲了实话，我真感动了，可是一直没干。

只吃不卖

在新疆艺术学院支教,老同学阿卜杜拉曼(同学们都叫他"阿曼",是哈萨克族油画家)在一个周末请我和另几位老师到他家做客。长条的桌子上摆满了美食,葡萄、苹果、梨、马肉、马奶子、马肠子、酱牛肉、烧羊肉、大盘鸡、烤馕、拉条子、揪片子……大家吃得个"肚儿歪"。我们问阿曼,手艺这么好为啥不开个餐馆呢?阿曼说:"这些好吃的是真主给我们的,怎么能再用它赚钱呢?"

变色眼镜

1993年夏,摊儿上买了一副变色眼镜。一次,骑车从劳动人民文化宫回美院,大太阳,戴上它。由西向东走甜水井胡同,到头右拐进人民日报社大楼下边的小夹道,无光照,眼前一抹黑,不觉撞入自行车堆里,扑倒、爬起、寻车……眼前渐亮,方看清撞进的是自行车存车处,发生多米诺骨牌效应,倒了三十几辆,只好去一一扶起。眼镜变色迟钝,会平添许多麻烦。回校,将眼镜丢垃圾箱完事大吉。

流行

"文革"期间，穿长裤有规定，裤脚不能宽过7寸，有不规则的，倘若被"红卫兵"发现，必遭剪，甚而遭打。

20世纪70年代，好像是新西兰共青团书记来中国访问，那是个年轻人，毛主席接见了，电视播了，可他穿的是喇叭裤，裤脚少说也有一尺二三寸，大家心里想，他也是共产党领导的呀，怎么不限制裤脚尺寸呢？直到1979年，不知怎么，也就没人管了，北京的年轻人开始穿起喇叭裤来。然而，新鲜了4年以后，喇叭裤过时，北京没年轻人再穿。

有一回，大约是在1987年，出差到大同，却见满大街人穿喇叭裤，一律军绿色，且裤脚超宽，应该在一尺七八寸或者是二尺，像极了舞剧《丝路花雨》里跳"反弹琵琶"的女舞者穿的裤子，顿觉时间停滞！那时北京到大同坐火车只要8小时，时髦流行到那里却要4年！

流行

在意和不在意

黄永玉先生每年都要借生日机会与朋友、学生聚一聚,有时,也没有理由地叫些学生到他的画室聊聊天。

"你来一下,帮我拟一个名单,我记不得那么多了,看看请哪些同学来我这好。"

坐在一起想。

"让他来行吗?"我写出一个名字。

"行。"

"他呢?"

"行。"

"那他呢?"

"他——"先生停了一下,"他只抽过我两皮带,行吧,让他来吧。"

忍俊不禁

某年，北京电影学院表演系招生，口试时学生要向老师递交一张表格，其中有"特长"一项，有一女生填写为"不害臊"，主考老师看了，不得不憋住气起身逃至厕所后大笑。这是唐远之教授跟我说的。我说，要我是主考，或许就要了，因为她难得地诚实。

增肥

1994年同摄影专业老师翁乃强到新疆艺术学院支教。因饮食结构大变，又多有在疆老同学的招待，只两月，体重明显增加。老翁说他长了8斤，我自己估计也同他差不多，不过添了一个毛病，稍吃多些就蹿稀……

"这么看来，咱俩一个是'巴金'（八斤），一个是'老舍'（老捨）了喔？"我说。

老农经验

有位老农,在村里极负名望,因他的"天气预报"邪准,渐渐为外村所知,多有问询。一年,省气象台派专人来访,遭老农婉拒,后又有中央气象台来访,省特派警员陪同,老农惧,同意问答。

"大爷,听说您的'天气预报'很准,您能谈谈经验吗?"

"我哪有什么经验?就是每天听你们的'天气预报',你们说'有雨',我就告诉乡亲们'没雨';你们说'没雨',我就告诉大伙'有雨'。这算啥经验?"

有雨 没雨 没雨 有雨

走人

学生约我出去吃饭,他说,来的都是敬仰您的朋友、学生,其中还有个老板。

菜未上齐,闲说话,学生问老板,你小孩儿几岁呀?答,"八岁"。学生说,要是这孩子喜好画画,正可以让我们先生给个指导,将来必有出息。老板答:"那倒不必了,等我儿子长大成人了,我让他做买卖,挣大钱,要是喜欢画,想买谁的就买谁的,想让谁画就让谁画。"

老板说的也是实话。

我跟学生说,去一趟卫生间,实际没有尿,下楼直接回家了。

"无人驾驶飞机"

20世纪50年代有四位专家,为报效祖国从国外回来进某单位工作,遇"文革",都成了"反动学术权威"。其中三位被拉上台挨批斗,"坐喷气式"(弯腰、撅屁股,双臂后举,像"米格21",故称),独剩一位没被叫上台,这位也不知为何不叫他上台,心里直犯嘀咕:"他们几位可别以为是我出卖了他们!"遂在第二次开批斗会时,主动走上台去同那三个人并肩"坐喷气式",一坐就坐习惯了。到"文革"结束,给那三个人平反、撤销材料时,他也去了,人家说没你的事呀!他自己也忘了"清白"过。从那以后,人送其外号"无人驾驶飞机"。

钟灵有才

新近,漫画家方成先生去世了,想起以前他常跟钟灵合作,一直只见他画,不知钟灵会不会画?钟灵是怎样一个人?原来他在延安大学鲁迅艺术学院美术系学习过,参与过国徽的设计,出版过漫画集和文集。他长啥样?电影《黄土地》里喊"一拜天地,二拜高堂"的那个就是,陕西话地道,却是个山东人。

美院年年举办新年晚会,年年有新意。1958年,礼堂里东西两侧摆满北京小吃摊儿,还增加了一项"打灯谜",写着灯谜的红红绿绿的小纸条挂在舞台前。学生会特请钟灵来出灯谜。在离礼堂不远的一间小屋子里,一张小课桌,一杆毛笔,他独自在那里现编现写。一闭眼、一睁眼就能想出一条，帮忙的学生来回跑着送，他都不歇气儿。他还能见什么编什么，他见我走进屋，就说"有了有了"，立时就写了一条"全民皆兵——打一同学名（猜对者得元宵五个）"。他又写了一条"丰衣足食——打一同学名（猜对者与其跳舞）"。贴出去就有人猜出来了，是"温饱（温葆）"，油画系的师姐。但是猜对的同学没跟她跳舞，因为这位姐个子太矮，猜中的同学个子又过高……

肺部透视

美院年年有体检，1979年那次，医院把透视车也开来了。那是一辆大巴士，人从后门进、前门出，很是便捷。

那天，温葆师姐排在我前面，她蹬上车子，只一小会儿就从前门下去了。车上大夫叫我的名字，我走进去，站在透视机前。大夫拉住我的手上下摇动，我听他在机器后面说："咦，咋回事呀？"接着探出头来看我，"唔唔——"，连忙把透视机的那块屏向上拉起。

"好了、好了。下一位！"

怎么回事？我估计，大夫看到的是我的肠子、胃，先是奇怪，后来，大概想起前一位女老师矮……

习惯

那是 1985 年 11 月，在中国美术馆举办美国画家劳森伯格的画展。开幕以后，劳森伯格的助手来美院参观，专门要看版画系。系主任伍必端先生引导他们到各个工作室参观，当走进铜版工作室时，地上、工作台上满是脏纸和棉丝，伍先生不好意思地说："相信你们也知道，中国现在还是发展中的国家，经济上……"不待先生说完，那位助手就说："整洁又不要花钱。"

处之泰然

1968 年在江西的"五七干校"，夏天蚊虫多，北方去的人尤其畏惧，床上要配蚊帐，睡眠才得安稳。那天的活儿是采石，疲惫至极，至晚人人都乏困。同事老赵（山东兖州人）提马灯入蚊帐，四下里查看一遍，见有蚊两只，然而并不拍打，合帐、熄灯、躺平，自言自语："今晚俺累了，让你吃个够，等明儿早上再跟你算这笔账吧！"随后鼾声大作。

安徽木匠

20世纪80年代,北京时兴打家具。我有同事要打沙发桌,我找了设计杂志上国外的一款给他,原图是"捷克腿",他请了安徽木匠仿作。不数日,木匠抬来一张小桌,同事见了又惊又气:"你怎不按我的图纸做呢?!"木匠说:"你的那种'腿子'不好看,在我们老家都是这种'老虎脚',这多好。"同事无语。

捷克腿变老虎脚

帮不了的忙

1974年,我和李小表为邢同学张罗对象。

有人介绍一位年轻的体操队员来见。她穿褪色球衣,入门大声问:"我今儿个跟谁谈?!"邢同学一时不知所措,木然而立,我们示意他按计划逛街。晚,电话问女对邢同学印象,女:"闷死我了!一晚上连个屁也没放一个!和这种人日后怎么生活?"告吹。

又有友人介绍一位小学老师,温文尔雅。这次,特叮嘱邢同学注意主动说话,要热情而不乏幽默。晚,电话问女印象如何,女答:"这是什么人哪,有病吧?嬉皮笑脸,满嘴'跑火车',还净是荤的!"又告吹。

再有友人介绍牛街一位回族女孩,会计,俊,爱好京剧。再嘱咐邢同学注意民族习惯。晚,电话女方,无人接听。电话转问邢同学,他说:"上午逛了动物园,还画了几张速写,那女的非常钦佩。中午在西直门附近,找一家饭店请她吃饭,点了一桌的菜。她说,她要在外面找个公用电话,我忽然想起她是回族,就说,那你在外边等等我,这么些菜,别浪费了,我好歹吃一口再陪你另找清真馆子。我狼吞虎咽地把东坡肘子吃了,出门再找她，人家已经走人了……"再次告吹。

"嗨呀，你这个忙真是帮不了了，自己解决去吧！"

水獭帽子

"文革"过，有友从东北来，戴水獭皮帽，其毛蓬松黑亮，问及，言道："这帽子花八千块钱买的，我们那边雪大，戴上它，雪在三尺以外就化了，热！"我说："别是你怕被人摘了去（'文革'中'好帽子'会被抢），自己紧张，头上才冒汗的，等于顶了个蒸笼，呼、呼、呼，热气腾腾，那雪自然不能靠近的了。"

大像章

"文革"中，单位组织全体人员到交道口电影院看"革命样板戏"电影。放映前，不同单位的人，不管认不认识，都走来走去忙着交换"毛主席像章"。因为那时全国都做像章，花样翻新，便形成收藏热。忽然，场内一片混乱，大家都往场子后门处看，逆光中有一人胸前佩戴碗口大小一款像章，主席头像周围有两个光圈闪烁！一圈顺时针转，一圈逆时针转。那人一路走来，身子摇晃得厉害，那像章就越发闪烁，等走近了，大家围过去看，以为他是故意显摆，其实是他的腿有一条短些。

闪闪闪呀闪！

"移风易俗"

"文革"中，过东四清真寺，走进去正有"民委"的一个人讲"移风易俗"。

按宗教习惯，回民"无常（去世）"了，要全身缠裹白布，那人说，政府要咱们厉行节约，原来的做法太浪费，只在胸前盖一块二尺白布就可以了……

随遇而安

中国伊斯兰教代表团出访阿拉伯国家，乘飞机，到了朝拜的时间，老阿訇问其他阿訇这西在哪一边，众皆不知。老阿訇指一侧说，就算是这边吧。众即在过道匍匐礼拜。

斋号

1992年，分配得住东大桥美院宿舍，不久，顶棚灰皮全面起泡、开裂。忽有所悟：此乃"天花"之正解也！一日，有友来，进茶，偏有一片"天花"飘落于杯中，令我尴尬甚。日后，更四处飘落，打扫不尽。李白有"燕山雪花大如席"诗句，于今，我每日如坐"雪花"之上，便请书家为我题斋号"席雪斋"。

落实不了

有家电视台要做我一个专题，摄像说，他们随意跟拍，最后再剪辑出来，内容要贴得上"落实知识分子政策"。我说："你先拍我的天花板吧，然后呢——""没必要吧？"他们说。"不是要'落实知识分子政策'吗？你反映一下，先把我这房子漏水问题落实一下，行吗？"

那几个人扛起家什走了。

想着美好

学生张永旭，妻为日本人，育有二女，那年长女九岁，次女七岁。

某日，文国璋弟约我并永旭一家人往山区写生。永旭驾车，其妻副座，我与二女孩坐后排。

长女手中有炒葵花子一袋,其妹求吃,而虑无处弃皮,奈何?我当即脱帽,示意可投其中,二女欣然。车行入山中,帽中瓜子皮几近盈,我问二女,可否将瓜子皮弃之窗外?长女急答,不可!我问为何,长女答:山就不再干净,水就不再干净,山和水都不干净了,一定难看了,你们还画什么?

我们选在一个地方写生,从开始到结束,擦笔的纸、喝过的饮料罐都被两个女孩儿捡拾到塑料袋里,准备带回家去处理。

我夸她们懂事。人们若都如两个孩子一样心里有美,行为有约束,那才算是"社会文明一大步"了。

车站名

"天花"落净,又现漏水。取墨笔在顶棚阴湿处写"天水"二字,又画铁路线引至墙下角,那里也有渗水,再写"酒泉",郁闷感顿减。

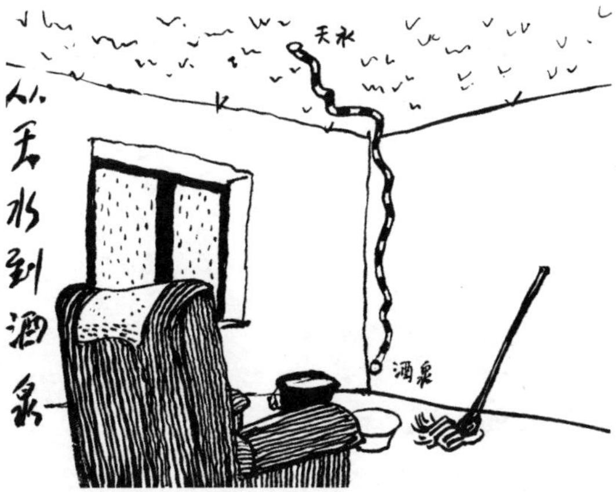
从天水到酒泉
天水
酒泉

兴起

1983年与1984年间,有些年轻画家以浓淡墨水在宣纸上任意泼洒,有抽象意味,其作常获在华旅游之洋人赞赏并能以高价出卖。由是,京华画界为其一时兴起之画法定名为"国抽"。不二年,衰。缘是洋人闻说了"那都是糊弄鬼子的"之言,再无兴趣。

现下"国抽"又兴。

虎虎生风

20世纪90年代,北京每年有"艺术博览会",假"国展"展厅分割几百个摊位,任由人徜徉其间,可观可买。某届,有一摊位之国画老虎开张即告罄,挣得盆盈钵满!引人注目。次年又一届,则除去更多水墨虎外,有油画虎、陶瓷虎、雕塑虎、景泰蓝虎、漆画虎……比比皆是虎,然终不见有卖。再年,还复多样,买卖始正常。

此一时彼一时

有友人擅画虎,真不落"虎王"之后,但无行市,每每贱卖,不抵"虎王"九虎之一毛,遂常生不忿。近些年社会有"打老虎、拍苍蝇"之行动,买家、藏家以虎画为大忌讳,因是断了"疏通""达官贵人"之路。友人及时罢笔,闲暇时以咒"虎王"落坡为乐。

时空关系

1973年,李桦先生从"下放"之地被抽调至中国历史博物馆创作套色木刻《刀耕火种》。我去探望,先生指着草图说:"画这个画,没有根据,又不能'体验生活',很难的呀!"我同意先生的说法,但是,一时找不到合适的词汇宽慰,我说:"要是让我干,那就更没有办法了!您毕竟比我离那个时代还是近一些呀!"先生十分认真地说:"没有用的。"

不合适

20世纪60年代。某日,版画系组织师生到鲁迅博物馆参观,老师有李桦、黄永玉,还邀了力群先生同往。

入博物馆展室门厅,见正面挂着鲁迅先生的像,黄永玉先生对李桦、力群两位言道:"等二位百年之后,左面墙留着挂李桦先生您的相片,右面墙上就挂力群先生您的相片。"此言一出,力群先生当即大声道:"那不行!"

近三小时,参观毕,校车载师生返校,行至王府井南口,李桦先生突然对黄永玉先生道:"我看那不大合适。"

"月台"何解?

有一说,"月台"是大殿前之高台,三面有台阶可登,是为中秋赏月之用,却如何火车站也有"月台"之名?思之良久,我以为或者是"阅台"之错用。如民国时,军阀来往,有接有送,常有阅兵,故将轨道间之高台称为"阅台"。我此一说,也无考无据。

大帥進京

"板儿协"

分了东大桥的新居,就急着要搬过去,但是,那时还没有搬家公司,没处找车。版画系一班学生知道了,跟我说:"您莫急,我们想辙!"吃了晚饭,操场上摆了一溜三轮板车,也不知他们是从哪里搞来的。十几个学生,喊里喀喳把画室里的东西搬了个溜光净。

走在路上,简直是浩浩荡荡的了!学生徐宇说:"先生,不妨就此成立一个'板儿协'吧?"那时是有个"版画家协会"的,简称"版协",学生是就着这个说的。

破除迷信

1967年到杭州,公事完,游岳王庙。进门处一侧靠墙尚有秦桧夫妇跪像,满头、满身口水。西边有岳飞墓,竖石碑一幢,上有"宋岳鄂王墓"字,其下有近百人排队,不知为何。近观,石碑之上附着若干硬币,阳光下熠熠然。据说,倘能把硬币拍于石碑之上而不落,其人便得大福气,故此,人人趋前试之。队中男女老少皆有,也有解放军战士掺杂其间。

我于二十米开外坐观,口里正吃着大白兔奶糖,正是无事,咬下丁点粘于硬币之上,又持此币行至石碑前,于众目睽睽之下举手将硬币拍在最高处,引得众人一片错愕!彼等看我之目光充满钦羡。我趁机招呼一名小战士随我走到一边,揭了秘密,还望他趁机破除迷信,到石碑上揭下一枚硬币示众。他便过去揭了一枚,又大声道:"看,这上边是泥巴呢!"听罢,众人哄散。

假的"假腿"

小区居委会通知各家领灭蟑螂药。领罢,我欲走,女主任打量我一眼说:"这一片街道要成立老年模特队,我看您挺合适。"我当即说:"好事!可遗憾的是,我这条腿是假的。""唔、唔,那遗憾了!"我转身,学跛足而出。

后来,有一次我在小区散步,那位女主任从对面走来,她道:"还真看不大出来您这是假腿,走得挺稳,配的是进口的吧?"

自那以后,进小区也要提防撞见她,也再不敢随便开玩笑。

翁老师的眼镜

翁乃强老师是著名的摄影家，曾在版画系教授摄影术。某一年，日本索尼相机厂赠送给系里两台最新款相机，特别之处在取景上，透过取景镜看出去，目光盯在哪里，拍出来哪里就清楚，余下都偏虚。老翁试用，而所得照片通虚，连日纳罕。某日，我见他所戴之眼镜镜片竟如磨砂玻璃一般（因经常取景而磨损），由是恍然大悟！

遇着兵

我在美院读二年级时，到八达岭画画，在回程的火车上继续画速写。隔两排座的斜对面坐着两个军人，岁数大的胖些，戴墨镜，年纪轻的像是个"新兵蛋子"。

西直门下车，在出站的人群里走，忽然后背被硬物顶住，回头看，竟是那个小兵拿着手枪。他厉声叱问我："为什么画我们首长？！"那首长站在几步开外不知看什么。

"我又不知道谁是首长。"

"不能画就是不能画,跟我们走!"

"我是中央美术学院学生,出来画画是学校规定的课程,见啥画啥,完不成作业,毕不了业,不信你打电话问问。"我告诉他院长办公室的电话,但心里没数,因为这天是星期天,院长办公室会有人吗?小兵跑去车站办公室打了电话,回来跟首长小声嘀咕,首长说:"让他走吧。"

回到学校,院长办公室的人告诉我,正巧吴作人先生值班,接了那个电话,吴先生说:"他是我们美院的学生。我们美院是为国家培养优秀美术人才的,他们是文艺战线的'兵',对他们的要求是很严格的,你们部队的战士要日日操练,他们也是一样,完不成课程要求是要记过的,谁也不能破了规矩!所以,还请你们支持。"就这么解决了。

爱听会

师兄袁运生在美国待了十几年,归国即投入教学,积极努力。但平日最是爱听会,一得通知便去,不迟到、不早退,且精神集中、津津有味。一日,礼堂有会,从门口过,瞥见运生兄端坐头一排,我看他,他向我招手。进,依运生兄旁坐。"听听,你听听,多有意思!"台上是行政副院长王某在讲解最后一批福利房的公摊面积的计算问题。我说听不懂,兄说:"你仔细听……你听听这句话多有意思!"

老兄在外待的时间长了,想吃家乡菜是可以理解的,没想到还"馋"开会。

老袁爱听会

世界变化快

中华人民共和国成立后,几十年来大家都穿惯了单调式样、单调色彩的衣服,不敢凸显个人喜好,混同一律才最是安全。1984年,忽然间北京许多饭店的服务生穿起西装来,搞得食客好紧张,顿生自卑和胆怯,就觉着坐着的人应该是他们。服务生走过来问:"吃什么?点吧!"一桌人就会有两三个站起身:"麻烦您了,我们想来个……"点罢还一再说,"谢谢,您受累。"

观察,各桌无例外。

看新鲜

"文革"中,天津朋友来信,让我有空去天津一趟,说某领导给纺织女工设计了工作服,很别致。有意思,去!朋友领我到纺织厂附近等工人下班。不多久,见有女工由厂门出,皆着一袭灰色"布拉吉",特别之处在于胸部两侧有竖褶儿七八。胸大的,褶儿就撑开得大;反之则小,手臂摆动时,那褶儿竟张合有致。朋友问:"像嘛?"我说:"像风箱。"他说:"嘛风箱?""百叶窗？""嘛百叶窗？""要么像暖气片子。""嘛暖气片子，拿眼好好照照，介不整个一个鲨鱼鳃吗？"

听说，一人只得一件，没的换，不大敢洗。

后来，这款工作服也未见推广。

当模特儿

朱乃正老兄要画《屈原》，拉我当模特。我按约定的日子，准点儿到他的画室，一进门就闻到浓浓的藏香味儿。

"来之前我是沐浴过的，刚刚又点了香……"

"那我要不要也去洗个澡？"

"算了算了，怕你沾了水就再也回不来了，免。"他说。

上海姑娘的冬天

1964年冬天到上海出差。走了南京路、淮海路，以及很多的大马路，总是碰得见两两女子捉对儿走，一路走一路说笑，却只闻其声而不能见其全貌，因为那嘴脸被硕大口罩遮了，那头又裹了厚实的围巾，露出的只有两只眼睛。南方女子眼睛多长得秀，而鼻子、嘴巴却是说不定的，即使是塌鼻子、大龅牙，经她们一一遮掩，只剩那好看的眼睛显出来给人看，有多聪明！大约她们觉着自己像是躲在碉堡的枪眼后面那般安全，眼睛叽里咕噜乱转，如同握了"机枪"一样，肆无忌惮地横扫，经过的男人少有不中"弹"的！

体味

在法国待了一年，学会了使用刀叉，体会到另一种方便，比如盘子里剩了点碎菜之类，用刀拨到叉子上吃，能把盘子"打扫"得很干净。法国人还喜欢用面包把盘子里的汤汁擦了再吃掉，那盘子基本就像没用过的一样干净了。

回国时特意买了一套刀叉，只是找不到机会用。一次食堂有家常豆腐卖，寻思可以切，便买下六块，回画室改平盘装，右手刀、左手叉，撒黑胡椒粉、细盐，配红酒，体会吃牛排的感觉，不想其味怪，其乐亦无。

中餐西吃

"牛棚"有事

"文革"时期,黄永玉先生跟一些老师被隔离进牛棚,由学生"红卫兵"看管。一日,黄先生向看守的学生郭某某报告说,有情况要汇报。"你说吧。"先生说,得找个背静地儿说,学生便带他来到一个僻静处:"说吧!"

"是这么回事,黄铸夫昨晚放了一宿的屁……"

"回去!"

没错

1980年4月,由老同学姚钟华安排,云南省文学艺术界联合会出了一辆中型面包车,我俩和从香港回来的同学袁志良陪同吴作人先生、萧淑芳先生到丽江考察、写生。路上车过一处陡坡,吴先生说:"你们看!"他用手指了指左边窗外,我们几个赶紧往那边看,公路边有一条小水渠,三个十六七岁的女孩儿光着身子在里面洗澡打闹。

"袁运生机场的壁画，画了人体，实在没错，生活里就是有啊，你们看！"吴先生说。

忌言水

我们一行三十几位版画家，在贵州参加一场版画展。一天，要到一个叫巴沙的地方参观，乘一辆大巴在高速路上走着，内中一位郑先生忽尿急，请司机停车，司机说："高速路上没的地方好停，老师您再忍一会，前面出高速有一小镇……"

看郑先生额头已急出汗来，大家除去同情更无良策，只在下边悄声约定不可讲有关如厕与水的事情，连带三点水的字也别说。

终于到达小镇，路两旁尽是杂货小店，两层楼的建筑没几家。司机停了车："老师您去找找看。"

"哪里？"

"对面的'先谷中心'呀。"司机也是幽默。

"凤爪"

到广东，常见人们吃凤爪，从早茶到正餐，少不得的。初尝，确是有滋有味，但是，后来我竟想到伟大的钢琴家肖邦和李斯特的手，就不再吃了。

恫吓

1988年美院一些老师在中国美术馆举办"中国油画人体大展"。开始没几天,策展人老葛就收到一封信,信尾落款是"气功大师"。信的开头就大骂参展的画家是混账王八蛋,责问:"你们怎么不画你妈、你姐、你妹、你媳妇、你闺女?!"最后警告道:"你们必须立即停止展出,须知我在千里之外,取尔等首级易如反掌!"大家跟老葛说,当心吧,门关严实点儿!

展览照旧进行,直到结束,老葛还是好好的。

两位先生(一)

在美院那五年,除了跟黄永玉先生学作木版画,我还学了铜版画与装饰设计。铜版画是跟陈晓南先生学的,装饰是跟夏同光先生学的。

陈晓南先生在20世纪30年代曾在南京中央大学艺术系学习,1946年得徐悲鸿先生的推荐,到英国专攻铜版画,回国后就在中央美术学院教授铜版课。记得陈晓南先生是江苏溧阳人,小个子,红红脸,教学生很是认真，你会觉得他的态度和做法大概就是他的英国老师布朗津的翻版，爱护学生像个"老婆婆"，有热心肠和一点絮叨。先生胆小，不是性格弱点，是有趣。有一年新年晚会，全系师生在一起联欢，老师必是要出个节目的，轮到陈先生，他说要讲一个水浒故事，便开始说："我讲的是这个黑旋风呀——"他看了一眼对面坐着的李桦先生面无表情，便有些紧张，涨红着脸大声说："这个黑旋风——李桦呀！"说完自知是说串了，便越发紧张，那边的李桦先生连眉毛都未动一下，倒是引得大家狂笑！

我于1964年毕业，离开了学校就再没见过他，后来听说他转去广州美术学院工作了。"文革"期间，想必他也没少受冲击和批判。1973年春，在王府井大街巧遇先生，我赶过去打招呼，他却像是没看见，急急地往一个胡同里躲闪。我追过去："先生！先生！是我，您的老学生。我刚从'五七干校'回来，能见到您真是高兴！"我握住他的手，那手有些抖，站在我面前像是一个犯了错的小学生。我马上意识到他在"文革"的遭遇一定不好，特别怕学生"红卫兵"。"先生，我早就毕业了，没参加过学校的'运动'，没参加过'武斗'……"我解释说,"唔、唔,我是来北京看望我的女儿的。"先生再无话。握别以后,看着他的背影远去,步履有些不稳,我很难过。

两位先生(二)

夏同光先生,南京人。"我们今天来上'专饰阔'(装饰课)!"乡音不改。

夏同光先生1947年和1948年曾在好莱坞实习动画制作,后又从事美术教育和电影美术工作,归国后在中央美术学院版画系教授铜版画和装饰绘画、水彩画。先生瘦而高,戴近视镜,花白头发不多,但是服帖(我想他是用了发蜡的),只在头旋儿的那处有一撮头发倔强地立着。上课常穿西装,打领带,人看上去干净利落有精神。

1960年11月,他同我们班和低一班的学生一起到怀柔县北台上村劳动,每天的劳动量很大,又吃不饱,早晚一碗杏叶"粥",稀汤寡水,两泡尿见底,实实在在能填充胃的,是中午那一斤的粮票、三斤的白薯!我们年轻人,这大坨小块三斤都能吃净,再看夏先生,吃得颇困难，甚不解。后来才知先生患有"十二指肠球部溃疡"（工作以后我也得了这个病，方知当时先生的苦楚）。

"文革"起，学生造反，把夏先生"打"成美国派遣特务，先生想不通，与老伴儿一起自缢了。

我常会想起先生来，在做书籍设计、插图和需要写美术字的时候尤甚。是他教了我许多知识，增强了我的应对能力。

"哈儿"

在日本参加完"中日版画展"开幕式后，便转移另地。乘大巴途经服务区，大家下车解手、购物、喝咖啡。有人从厕所出来说，一个日本年轻人跪着擦洗手池。一个小时后，又有人上厕所，从厕所出来说，见一个日本年轻人跪着擦洗手池。同行的一位四川人说："要是在我们中国，怕是要喊他'哈儿'（傻子）了！"

烟袋杆子

在黄永玉先生的万荷堂画室里,靠墙斜立着三根棍子,不是那种直的,而是螺旋状的,像是缠过一棵树枝长大的藤。我好奇地问先生那是什么东西。"烟袋杆子。"先生说,是在凤凰的一个集市上买的,一个老人家在卖。先生问他那是什么,老汉说是用来做烟袋杆子的。先生问他怎么通气呢,老人家说,钻眼子喽。先生当时就定下三根。那老人家说,这次拿不走的,下次赶集时来拿吧。先生说"要得"。"我想问你嘞,到底怎么打通呢?""你看好。"老汉拿了个铁钉,在木棍子一头钻了个眼子,又从口袋里掏出一个小玻璃瓶,从内里颠出一只小虫放在小眼里,然后,在上面糊上一坨泥巴,三根捆好放在一旁。下次赶集去时,那三根木头棍子都通透了,不偏不斜的。

"你说这小虫子乖不乖?兢兢业业地干活儿,它但凡在中途分了心,想看看风景,一转身这烟袋杆子不就废了吗?你说这虫子乖不乖?"

誓死不跟团旅游

大约在六年前报名某旅行社，参加了一次伏尔加河游。一船人里多数是"××科学院"退休老同志及其老伴，按道理文化素质应该不差，只是审美有些问题。近70岁的人了，男人还好，老太太太闹腾，把年轻时没机会穿的小碎花衣服、短裙子都穿上了，甚至还有的穿了大网格高筒黑袜，脸上就更不要提了，原生态的重彩！在圣彼得堡，有一个点是艾尔米塔什博物馆，这帮老头儿、老太太这门进那门出，看都不看，直接就奔进了附近的琥珀商店。走进去看什么都好，简直是大把抓呀！你再看从那里出来的人，一个个琥珀戒指、琥珀手链、琥珀项链，满身披挂，特别夸张的是不少人买了小苹果大小的琥珀球串成的项链，套在脖子上，像极了鲁智深！在教堂里听歌唱家演唱，不单不知安静，还到处走动拍照；在船上吃西瓜，瓜皮、瓜子丢到甲板上；过安检都是中国人，却能打起来……

誓死不再跟团旅游了！

伏尔加河上游

怕痒

在机场过安检,站在小台上,举手,让人拿个物件在身前身后扫。我旁边另一台也有人接受安检,只听那人嗲声嗲气地说:"您轻点儿、轻点喂,我怕痒嘛。"

回头看,是个壮硕的男人。女安检员眉头紧锁。

适得其反

邻家老张头家新装了个门镜。一天,有棋友来找,老张头那天却哪里都不想去,便闷声不响地躲在屋里,心里还暗暗得意。不想门外那人喊道:"你这个老小子,开门!你在家呢,别以为我看不见……还练'八段锦'呢,开门吧!"老张头呢,心里咯噔一下!他怎么知道的呢?

"我看得真真亮亮的,你老小子把门镜子安反了,自己不知道吧?哈哈!"

老小子，开门！

潮湿

有从甘肃张掖来的进修生胡兵，开学几天了，老是在说"北京太潮湿，北京太潮湿了"，同学多笑他不知北京其实也干燥，来北京的南方人都抱怨眼干、唇裂、喉咙疼、掉头发哩！

后来，听说他在无锡找到个工作，安了家。

怨愤

美院在1958年专门招收了一届纯正的工农兵学生。

有一回，油画系某同学的军人兄长来学校看他，他带其兄参观美院。走到油画系走廊里，挂满了学生的作业，某同学指着一幅他的人体写生作业给其兄看，得意地说此作业得满分，被留校。其兄斜眼瞄了一下之后勃然大怒："我花钱供你上大学，你就给我画这玩意儿吗?！"回身扇了某同学一个大巴掌。

几条腿好？

1993年或1994年吧？忘了。有家美术出版社邀我画一套给儿童看的连环画,是讲蚂蚁和蜜蜂爱劳动的故事。我把蚂蚁和蜜蜂画成只有四条腿,前边的两条用来拿工具,后边的两条站地上。交稿时,编辑同志看了半天说:"画成四条腿,孩子们会以为蚂蚁、蜜蜂就是四条腿呢,不科学,有误导,您再改改怎样?"我说:"孩子不再长大了吗?要这么讲科学,哪里还会有米老鼠?"编辑同志还是坚持要我改,我说,你们随便改去吧,我不改。

后来印出来了,蚂蚁和蜜蜂的肚子两边都加了腿,耷拉在那里派不上用场。

忘记是谁说的了,意思是,当孩子们还相信童话里的人是可以飞的时候,千万别告诉他们不可能。

演出

1980年在太湖写生。那日,见许多渔船都在一处码头集结,听说是省歌舞团要来慰问演出。渔民将船拴在一起,在其上铺上木板以代戏台。别处的渔民也早早划了小"蚱蜢"赶来候着演出,里三层外三层的。

演出开始,引起一片欢声骚动。最外圈有只小船,其上站三位妇女,各人怀抱一个小孩,引颈观看得有滋有味。忽有浪过,小船倾斜,三女坠水,又登时一齐站起,幸那水只及胸处,各人依然紧紧怀抱各自小孩,观看照常。

台上演员只是比画几下便换了下一个节目,原来是为拍"慰问"纪录片的,糊弄了老百姓。

忆苦饭

"文革"时期,单位安排了一次吃"忆苦饭"。"军代表"开章明义过后,食堂师傅端上六七个盛满小糠窝头的笸箩,摆在院子里一溜排开的办公桌子上,还间隔有几碗小咸萝卜。"军代表"一声"开始!",大家都伸手去抓了吃。有位女编辑，上海人，平日里连馒头都咽不下，故此，小糠窝头只吃下一口便往厕所跑。有印厂工人"吴老三"者（东北人），却能一口气吃下七个，手里还抓了一把。

"军代表"："停、停，大家注意！下面请吴老三谈谈感想好不好？大家鼓掌！"

吴老三咽下嘴里的小糠窝头说："我妈跟我说过，坚决不能让资本主义复辟，吃二遍苦，受二茬罪！今天吃了这个'忆苦饭'，真正感受到旧社会劳动人民的苦了。"

"说得好！大家要向老三学习！鼓掌！"

"'军代表'，我能提个建议吗？"

"当然，当然。你说，你说。"

"这旧社会的饭咱们算是吃了，为了未来的理想，能不能找个时间再吃一回'共产主义'的饭？"

"军代表"一时语塞。

修自行车

有学生即将毕业。四年中多向我借餐券，没有多少钱，却执意要还，计以其自行车对冲之，允。

此自行车多病。其一，病在蹬踏之际，"咿呀"声不绝于耳。我每于马路骑行，临到公交站，必提前猛蹬，使其无声滑过，方不尴尬。其二，车把失灵。某日，与张桂林、周吉荣、杨越赶去美术馆看展，骑车至华侨饭店处应左拐，我左扭车把，前轮却仍然冲前，三人回头寻我不见，其时，我已至隆福寺西口矣。

一日，周吉荣、杨越二人好心要为我修车，不能拒。

下班时，他们将车推至面前，令试，我谢过即蹬车，而右脚竟踏空，险倾倒。审视各处，唯脚镫子有异，两只一律垂下。"这可如何能骑用？把我当兔儿爷了怎的？"

"啊呀，搞错了！您稍等片刻，待我调它过来。"

事后，杨越说，那一次，您骑车走了，周吉荣手里还攥着几颗滚珠儿，不知往哪里放的……

兔爺騎的車

学生开的饭店

有久居德国之老同学汤汉生来京,为其接风,择居家最近之"岳麓山屋"以往。早闻此饭庄,在京至少开得五六处,通通在毕业于我版画系之学生,现今名扬中外之方力钧名下。

进得门去,说也巧,正好方力钧在,问候过后,我向他将老同学一一介绍过,方力钧即刻把当值经理叫到跟前并对她交代:"你记住喽,这位是我的恩师,相当于我爹,以后,只要他老人家来这儿吃饭,不用他开口,你给安排了就是。今天,先备个二斤的王八……"

那顿饭,他镚子儿没收,不过,自那以后我也再不敢踏进他的店。

保卫处处长

20世纪80年代初,美院有保卫处处长姚志浩先生,学生调皮,给他起了个外号叫"耗子药"。话说这位处长是当过新四军侦察连长的,当保卫处处长正是人尽其用了。美院图书馆进了一套"文革"后由中国青年出版社再版的《福尔摩斯探案集》，第一个借阅者就是他。

某日，老姚巡视到学生宿舍楼，坐传达室外望，见有一夹布包之短发人匆匆从窗口外经过，又急急奔上楼梯，看面孔并不熟悉。"为何不乘电梯？为何急急匆匆？"他心里纳罕，遂尾随其后以察。只见那人径直走到四楼女生宿舍并急急闪进厕所。"情况来了！"老姚在厕所外等待他，一旦出来必要捉的，可那人却是磨蹭有时。老姚断定那人不是个偷儿也是个流氓，便一步窜进去，猛地拉开一扇门，只见里面"噌"地站起一个人，那人一手急提裤子，一手直指老姚，尖声大叫："臭流氓！！！"

实是短发女生也。

石恒谟

石恒谟，我在美院版画系的同班同学，石家庄人，憨厚、率真。

1962年暑期，他想着利用假期游历一回南方。先买火车票到武汉，没走两站地，钱和粮票俱为人所偷。无奈，只好下车想辙。那时乘车可中途下车，只要在规定时间内到达即可。他下车找了一个人多的地方，从画夹子里抽出一张纸，上书"画像立等可取，五角一幅或粮票一斤"摆在地上，胸前的校徽可以证明有水平，果真就有人要他画。挣得估摸够了饭钱就上车。到了武汉已经天黑，就想在长江大桥边就地睡一觉，却被警卫轰走；到得城里，大街小巷排满了竹床、行军床，躺在上面的人极尽裸露，人们走出家，在室外是为求后半夜能睡个安稳。他选个离人远些的地方铺几张报纸凑合睡了，第二天再画像，够买车票和吃食了就走。就这样，一个假期，半个中国被他游历过了，收获蛮多。

开学后，黄永玉先生得知了情况，称赞了他具有开创性的自力更生精神；学校自然也知道了他的所作所为，却坚决给予记过处分，说他用艺术牟利是错的，尤其是还损了美院的名誉。

背着画

同学孙家钵总说我们在考美院附中时，在考场外，他见我在一棵柳树下背着画毛主席像，说这件事。

我定下要考附中，我哥让我找出版社美编组的吉中做指导。吉中是日本人，当过兵，后来成了俘虏，因为会画画，就收在"东北民主联军"里，起初是让他绘制地形图，后来见他本事大了，能画毛主席像、朱总司令像，就专门让他干这个。1948年沈阳解放了，天天有游行，队伍前头必须抬毛主席、朱总司令的画像，各单位都找人画，但是谁也画不过他，又快又准！别人画要打九宫格，他画，根本就不打稿，背下来了！"唰唰唰"直接干。就这一手，让画画的佩服极了，羡慕极了！所以我哥让我跟他学，还让我练练背着画，再让他看。

他看了，也答应教我画素描、色彩，但是，就是不让我背着画。对于背着也能画得像这一点，他说："中国画的画家都会背的，重复多了，想画坏了都难。画得像，也一样是容易的。老是追求要画得像，很可能错过了比画得像更重要的东西，是什么呢？以后你慢慢会懂。"

这番话，当时不懂，30年以后才回过味儿来。

坐闷车

同张桂林老师完成云冈写生后回京,慢车又无座,8个小时奈何?桂林老师熟悉铁路情况,刚登车就到乘务员室和乘务员套磁。他说:"我是中央美术学院的,专程陪同一位美国教授到大同参观,这不,回北京没座儿,又这么乱,怕是给人家美国教授留下不好的印象,您能不能帮着给匀出一个座儿来?挤点儿倒没事儿。"

桂林老师和乘务员从乘务员室走出来,让与我见了。乘务员在一个三人座里让我挨一位大爷坐。"这位是美国朋友,大家伙儿帮个忙。"当即就有靠窗的小伙站起来到另一厢挤同伴去了。桂林耳语我:"您别言语了。"说过,即与乘务员回了那间小屋。

大爷跟座厢里另四个人说:"您看人家老外营养就是好,这个头儿!"一路上不断地讲"资本主义好",我真想去捂他的嘴,不让他再说。

车快到青龙桥了,老头对我比画着说:"你知道詹天佑不,詹天佑?在你们美国学的,发明火车挂钩。"他两手对钩起来,我点头。"了不起吧?欸,就是了不起!要到站了,你有相匣子,这块拉有他一个铜像,你

京张线 青龙桥火车站

下去拍几张留个纪念。"我依然点头。

车一停,我就走过去拍了。回头见老头和同座的几个人正探头看着我。

到西直门火车站,老头跟那几个人过来握手,还一劲儿道"拜拜了您哪!",然后各奔西东。

"桂林,下回可别这么着了,八个小时不张嘴,憋死我了!"

好习惯

我与文国璋同时给学生上课,他教色彩,我教素描。他开一辆老牌"拉达",我骑自行车。没几日,他建议我坐他的车一起上班,我乐得接受。

上车,他叮咛两件事。第一,系好安全带;第二,莫抽烟。我深表赞成。一个月后,我竟养成习惯。晚在家看电视,屁股一沾沙发,左手便向右后方抓挠。好习惯保持至今,无论是自驾、坐人家车还是"打的",都不忘。

路线错误

文国璋早我一星期结束上课，我便改回骑自行车上班。那天，想都没想就直接上了高速，走了老文的汽车路线，这就是习惯使然。不久有交警车驶来，停对面马路，三警下，用扩音喇叭冲我喊话，并挥手示意我掉头退回。我听得见他们嘀咕："老外也晕菜。"

烟熏蚊子

20 世纪 60 年代在美院，一到夏天，宿舍楼里常要熏蚊子，由医务室给各宿舍发放"六六六粉"，四五个小纸包摆在水泥地上，先关窗，点燃，关灯，关门，走人。各个寝室里的学生都走出来，黑灯瞎火，接踵而行。从二楼往下走，我前头的一个人走得十分小心，他下一台阶、迈一步，我跟着下一台阶、迈一步，他身子一歪，我也跟着一歪，等到了平地他还一歪，我也歪，结果我就跪到地下了。门外灯影里，看他还在一步一歪……啊，是美术史系的那个跛足的同学。

亦步亦趋未必是好事，跟对人却很重要。

黄村军训

1958年，附中从几个班同学中挑了一些人，到天津附近的杨村军训，那是个坦克部队，驻地轰鸣声不绝于耳。我们训练的科目只是以队列练习为主，也有摸爬滚打，最后是实弹射击。

某日，练持枪冲锋，散兵队形，走着走着，连长一声"冲啊——"，大家改奔跑，跑着跑着，连长又猛喊一声"卧倒！"，大家立马趴下。有个同学来不及选择，"啪唧"卧在水坑里。操练完，列队总结，连长大大夸奖了那位同学，要大家向他学习。

第二天继续练习冲锋。头天晚上下了一场雨，坦克练习场湿滑难走，到处是大坑小坑的积水。连长一声"卧倒"，几十号人各个挑了水坑趴下。总结的时候，连长啥也没说。

"毛子"

1973年,天津。某街路北有粮店,门口站着个人,黄头发、黄胡子、蓝眼睛,系着围裙,手里拿着个锃亮的铁皮簸箕。朋友冲他叫了一声:"毛子!"那人回了一句:"晚上起士林啦!"

这"毛子"的爹是德国人,中华人民共和国成立前在天津,娶了他妈就有了他,他爹回德国办事,天津解放了,回不来了,他和他妈也就"搁浅"了。他念了小学,赶上"文革",中学没读完就下乡接受"贫下中农再教育"。返城分到粮店工作。

他长得没有一点儿中国人的样,同学、玩伴儿才叫他"毛子"。不看人、光听声,就是个"天津卫",还特能"屁屁(白话)",可转脸看了人,怎么也对不上号。"文革"没事干,都爱找他玩儿,还有一件事要用他——买洋货。一帮人到北京东单的春明食品店,中国人不敢打听洋酒的价钱,没人理你,带"毛子"去,他只要一指,售货员立马往下拿,别人付钱,他再指别的,全程不用说一句话。

此人现在也七十好几了吧?

不敢进

1962年,美院师生到郊县农村参加劳动。我们六个同学和黄均先生分在村东的一家住宿。我们把行李搬进屋里,并不要黄先生劳动。黄先生说:"那我就去看看村容了。""您逛您的,可别误了吃晚饭。"

天渐渐暗下来,房东催大家吃饭,可是黄先生还没有回来,有人说,看见先生"三过家门而不入"了,于是,大家想到出去找。刚出大门,就见先生走来。

"看见您打这儿过三回了,怎么不进来?"

"唔、唔,在这儿呀!"先生翻开速写本子给大家看,"出门时我特意在院子里画了门两边的树,左边槐树,右边柳,可到了这儿一看,怎么右边是槐树,左边是柳树呀?不敢进呐。"

左边槐树 右边柳

浴池看门

我家在中医学院住时,大院里有公共浴池,两门进出,左男,右女。有收澡票的老郝坐当中。一次,他发牢骚:"管了这边,管不了那边,行政处您倒是在外边另修个门儿,那我也能'一夫当关'了,这倒好,趁我顾不过来就溜进去!分日子也行,今儿男、明儿女,像这么着,你不在外头留一个门儿,根本管不住。"

人家说,中华人民共和国成立前他给窑子看门,男女进出都走一个门,那可不省事呗。

觉悟问题

根据中法文化交流协定,我要去法国参加交流活动。走前,系书记、系主任找我谈话,院办主任、外办主任找我谈话,最后,院长侯一民也与我谈话,总的意思是:你要回来!我很纳闷:"侯院长,为什么都告诫我要回来?""因为看你这个样儿就像不回来的。""噫——"

在法国待了一年半,回国,上班。在操场上遇见侯院长，他用手指了我说："咦呀，你回来了?!"

我说："我压根儿就没打算不回来呀！"

侯院长说："你不知道，好几个党员信誓旦旦地跟我保证回来的，至今一个也没回。你不是党员，倒是回来了！"我说，我觉悟低。

能说

美院历史上出了不少善言者，分有"金嘴""银嘴""铜嘴""铁嘴"之别，备受人重。同事周建夫兄亦极善说，虽未定"段位"，于版画系被誉为"喷嘴"则绝无异议。有次，兄起身对学生演讲，我偏坐其下，讲到激动处，口沫横飞，我欠身移位道："遗憾未备'海飞丝'，甚悔之也！"

某次，文化部派员来美院调研，其时谭权书兄为系主任，我"辅佐"之，故此，皆难逃应答。老谭平日授课虽亦是"滔滔"耳，只是不适应"穷源竟委"，我亦然。我忽得一计："不若将周兄请来应对，你意下如何？"老谭道："良，正合我意。"遂电话延请之。

周旋至。老谭央之至诚:"今将有文化部调研人员来我系,万望老兄择时参与意见,拜托、拜托!"并道:"兄暂避侧室,关键时刻方请兄出场。"

上员到,与之晤谈。关键时刻,我即启侧室门(与开启斗牛场之栅栏相仿佛),周即冲出,坐定后便侃侃而谈。初,上员尚能凝神聆听,渐渐顾左右而慢之:"至此为止矣。多谢多谢!"

送走上员,我与老谭对老周感谢一再,并深表敬服,周兄道:"我尚未言之尽,他等竟如此了无耐心!"

"已然足矣、足矣。老周辛苦!"

时政课

我上大二时,有时政课,教员姓孙,矮矮胖胖的,有张红红的脸,总是荡漾着笑。

他大概是河南人,乡音不改,讲的是什么,大体还听得明白。

有一天他激动地跟大家说:"'毛驴儿'来了,'毛驴儿'来了。"原来他说的"毛驴儿"是罗马尼亚总理毛雷尔(杨·格奥尔基·毛雷尔1961—1974年担任罗马尼亚社会主义共和国部长会议主席），大家交头接耳了半天才弄明白。

刘凌沧先生

国画系刘凌沧先生善画工笔人物，大二时，由先生教我们国画工笔人物画。那一天，示范画的是关汉卿，勾勒完成之后便要敷彩，只见先生一手夹三支毛笔，各司其色，轮番使用，看得大家瞠目结舌。每上一次色，必将毛笔放口唇间抿过，抽出之后，毛笔理顺如初。先生特交代，唯藤黄不可入口，有毒。

待画成，大家不禁大笑，先生嘴边留下各色笔痕，极像可爱的大花猫！

看电影

　　20世纪80年代初，有"内部电影"看。有一次，播《罗马皇后》，其中有一段戏，是在浴室里两个女人全裸，一个是皇后，另一个是她的妹妹。放映的时候，放映员掌握时机，到关键处即用木板置镜头前予以遮挡，只听得声音而无图像，观众自然起哄。后来，领导让放映员把胶片上的女人身上的三点用黑色涂了，每一帧都要涂，也是相当费事。再放，屏幕上六个黑点忽大忽小、时上时下的，像一群怪虫在那里折腾，完全变成了真人与动画结合的手法，又是另外一番好看，大家报以掌声。

罗马皇后

自然天成

1962年,黄永玉先生带领美院版画系59级的20位同学到旅顺渔村体验生活,许多人没见过海,放下行装就奔向海滩。退潮时,各色圆圆的石子被海浪铺排得像一条沿海岸线迤逦而远去的彩带,一下子,所有人都成了"低头族",都像丢了戒指一般。王东海同学突然高声道:"我捡了一个'白内障'!"他手里拿着一个眼珠子大小的黑石头,一面当中有块白的圆点,像极了"白内障"!大家都围过去看。这时,身后的黄先生说:"你们看!——'黑内障'!"他把拳头放在眼眶前,拳眼处有个石头,是白的,中间是一块圆圆的黑点,好像手上多了一只眼睛!

不能卖国

1979年,同几位研究生班同学到一些地方考察学习,第一站到洛阳的龙门石窟,毕业于美术史系的同学宫大中在研究所工作,听他讲了一件事:龙门石窟研究所的书记原来是洛南地区烟酒糖茶公司的书记,对文物一概陌生,每每开会"三句话不离本行",谈起"烟酒糖茶"来既兴奋又翔实。

龙门石窟对面是洛河，一根石条半在水里半在外，上边蹲了几个洗衣的妇女，老办法，用棒槌敲。一次，一个旅游的美国人路过那里，看见石条子在水里的那头是个观音像，就很纳闷为什么泡在水里，还这么敲敲打打，没有文物价值吗？他到研究所问能不能买下来，谁也不敢定，汇报到书记那里，书记大怒："那可不中！谁敢卖就是卖国！"

当晚，书记让人把那根石条子推到水里去了。

纠缠

研究班同学老×给我打电话："昨天，我忽然想学你那样随随便便地轻轻松松地画画。我一早起来就先把水彩纸裱好了，软硬铅笔也都削好，橡皮也备下，还运了半天气，可是一上手就找橡皮擦，又画，还是擦……画不成，一气之下，把个铅笔橡皮都摔了。我怎么老是在正确和错误上纠缠呢？"

我说："平时大家都叫你'科学家'，你恐怕又是在搞科研呢。"

给我娃一个拿去耍

行不行？

到咸阳博物馆，看到那么多木头的兵马俑，尺来高，是有彩的，精彩极了！那里的朋友说，前些年，瑞典首相参观过这，提出来要拿七辆沃尔沃汽车换一个，不知行不行。那怎么行？领导坚决地表示了不同意。有一回，区武装部部长从这过，见了这些木头人儿就说，这么多重样的，我给家里娃拿上一个耍去啦！说完，夹到胳膊底下就走了，可没见领导说不同意……

不能变成"传说"

听高班同学说，当初黄永玉先生创作《春潮》时，画那根渔叉的绳是有讲究的，先生是把连着线的针往上扔起来，让其自然落在纸上，一次一次地看线铺展得好不好，最后定下的就是画上的样子。另一个是结构那么复杂的海浪，又是怎么画出来的？据说是先生在堆着的棉被上乱杵，再从那些坑坑儿、窝窝里找规律。是不是这样呢？我跟先生说："只有听您亲口说了，这事就不会成'传说'了。"

先生说，都是对的。还补了一句："那个投渔叉的男青年是让你师兄刘开渠摆的姿势。"

这事就这么解决了，我把它写进《黄永玉全集·版画卷》"序"里。

还有一件事，据说在20世纪50年代，李宏仁先生在花市大街发现一间中药铺前的台阶都是做石版画的石头，因为是雨天，雨水冲出了石面上的图画。李先生兴奋地和药铺老板谈，最后谈妥，这些石头按4分钱一斤卖给美院；美院买青石条给替换上，把台阶砌好，不耽误生意。现在美院版画系用的上百块石版石就是这么来的。

翔实的情况到底是怎样的呢？我想听李先生说，但是，他的儿女帮我问过几次了，李先生说，有那么回事，具体的想不起来了……那时我就担心，这很容易成了"传说"，虽然它很有趣。

大前年，李先生去世了，那件事真就剩下了"传说"。

起外号

1978年考入美院版画系研究生班,一共11个同学,其中两个是女的,一个是杨春华,一个是赵晓沫,两个都画得好。有一次,我跟她俩说:"以后我管你杨春华就叫'杨珂勒'了,管你赵晓沫就叫'赵惠支'了。"

"为什么?"

"什么'为什么'?"我说,"你俩的名字搁一块不正好是'珂勒惠支'吗?等你们当中国的'珂勒惠支'不好吗?"

见闻

上公厕小便,边上一位仁兄,只是站着并不尿,直到我走到门口,听见"嘘嘘"声不断,回头看去,那位仁兄自己给自己"嘘嘘"。我判断是他小时候留下的毛病,倘若是因为前列腺问题,那就是他找了一个自救的办法。

卖画有方

20世纪80年代来中国旅游的日本人很多,其中农民团又占多数。我在一间画店里闲看,忽然门外涌进几十个日本人,看装束应是农民旅行者。导游指着壁上的国画说了一席话,竟然一下子卖出几十幅。

导游是这么说的:"这几位画家是中国顶级的画家,都将近八九十岁了,如果他们不在了,画就不容易买到了,因为价钱会奇高!请大家根据自己的喜好挑选吧!真是机会难得呀。"我就问店员,这几位画家是谁呀,我怎不知道呢?他说:"才三十一二岁的一批画家,且活着呢。""那怎么说是八九十岁呢?""卖得多,导游他得的也多。每回都是这套词儿。"

卖画有方

学外语

读研时，也要学外语，连我在内，班上总有一多半人过去只学过俄语，现在要改学英语，只能是强"赶鸭子上架"。学校为我们从外交部请来个女老师，教得那是真的好！同学中李培戈、王维新学习最是努力。

学习要从零开始，进度却是飞快。

一天，女老师带领大家念课文，念到"This is a pig."（这是一只猪）时，立即有人起立大声叫："到！"

"这位同学有事吗？"

"您点我名了？"

"你叫——"

"我就是'培戈'（pig），姓李。"大家笑晕。

又一次是复习前一天学的单词，其中有"tractor（拖拉机）"和"blackboard（黑板）"。老师提问王维新："拖拉机怎么说？"

老王毫不犹豫地答道："Tracboard."。

"什么？"老师似没听明白。老王正要开口，我拉了拉他的衣袖悄声说："嘿，没这个词儿，你新造了一个，是他娘的'跩拉板儿'了！"

纪律和注意

1966年,市里要各单位支援郊区"麦秋"。我们去的那个村,田里一码的"矮秆良种",我试着割了半垄,脑充血得头晕,我跟生产队长申请干点儿别的,他让我上山放驴。

跟着张大爷把驴赶上山,驴在坡上吃草,我跟大爷聊天,大爷给我摘了不少杏儿。

太阳偏西了,大爷说"回吧",他让我骑"头驴"。我要骑,可那驴打转磨磨,等我好不容易骑上去,其他的驴已经动身,在山道上挤挤插插走着。我这驾"头驴"失了"领导"身份,颇恼火,就拼命往前冲,要夺回"领导地位",它使劲地往驴堆里边挤,我的腿呀,磨蹭得生疼!

下了山坡就是一片白菜地,我这头驴见了白菜就一头冲进去。莫不是它要啃白菜?!"三大纪律,八项注意""不动群众一针一线"。我赶紧抬腿往下跳,忘了它不是自行车,身子一歪就仰八叉躺倒在地上,赶紧爬起来,身下已经压断了六七棵白菜,看那驴子,正啃着一棵啃得高兴。我"罪莫大焉",重过驴。

"自动化"

1958年,处处"大跃进",都说前门邮局投信、买邮票实行自动化了。

进门处正对一面板墙,上面开了许多口,我从投币口放进去一毛钱,找零二分从里面吐出来,挺好!把邮票贴好从投信口放进去,它被吞进去那一刻,我忽然想起那信没封口,便喃喃道:"糟了,信封没粘口!"只听得墙里边有人说话:"没事,没事,我给你粘上。"

啥"自动化",原来还是有一排人坐在里边。

新发明

还是1958年,在虎坊桥劳保馆举办了一场"新发明成果展",我好奇,去看了。最大的一件发明是"自动洗澡机"。一个大玻璃罩子里,有把座椅,人坐上去,自己按一下电钮,头上就会喷水,接着喷肥皂水,之后,上下左右都会伸出裹着毛巾的刷子,一通擦拭(极似卓别林电影里的"喂饭机"),再冲洗、吹干。

有参观的人说:"这给半身不遂的人用还差不多,

正常人至于这么懒吗?"

"不能洗头,这不行。"

"还不敢让它搓澡,那还不得'秃噜皮'了?"

"回头您再跑了电……"

"歇菜吧您呐!"

这还是最大的发明了,其他更扯淡。

自己事自己干

前几年去看望黄永玉先生,我说,我和您的年龄差永远是那个距离。我年纪再大,您还是把我当年轻时的学生,我也一样把您当作过去的只有三十几岁的老师,虽有点虚乎,但是,学生真的老了,刻木刻,过去不觉得累,现在有点怵了,有的人,比我还年轻些的,现在自己不刻了,叫别人替他刻——还没等我说完,先生睁大了眼睛说:"这么有意思的事情怎么能叫别人去做?!"

所以,最近这些年仍然还是自己干,兴趣也未减。

冰果

1967年为"外调"去了一趟大连，回程路过沈阳，因为要换车，有四十分钟的等待，问了，是可以出站的。好多年没回老家看看了，便走出南站，在苏军纪念碑下站定，向四下远望，少年时代的记忆立马浮现在眼前……

身边有位大娘卖冰果（冰棍儿），天热，买根尝尝，看是不是老味道。

三分钱一根，我给大娘五角，大娘在箱子边上挂着的布袋子里翻找。

"先给你一个两角的……再一个五分的——小伙子你等一会儿，跳舞了。"广场上响起"天大地大不如党的恩情大，爹亲娘亲……"的歌曲，大娘起身手舞足蹈起来。放眼看去，站前广场上，凡是听见乐声的都在跳。

一曲完了，大娘问我还差多少钱。"还差两毛二，您老。"我说。

"你等我给你找。从哪来呀？北京呀，看样子就不像咱东北的……咋的？你老家也是这旮的呀？离家老多年了吧?——完了,又来了,跳完了再给你找钱。"广场上又响起"大海航行靠舵手"来。大娘便随声起舞。

"大娘,您老跳吧,到点儿了,我得上车啦!"

"找你钱!"

"您老留着吧,都是老乡,再见——"

再说皮带之重要

"刚进澡堂子就出来了——(打一演员名)",谜底是"没洗(梅熹)"。

梅熹1916年生,一生演了好些电影,小生的角色,20世纪60年代还活跃在舞台上。一次,看他主演的话剧《中锋在黎明前死去》,为了表现"中锋"的灵活,在台上要跨一道二尺高的篱笆,不想被绊了一跤,摔在了篱笆里边。当他爬起来的那一刻,我注意到他提了一下裤子。那时的他也就四十五六岁,但是,有些发胖了,裤子也就要加肥,结果就不那么利索,绊倒了。其实,事先把皮带系得紧扣,或许就可避免。

20世纪80年代,汤沐海在北京指挥中央乐团演出,在指挥到一段抒情乐段时,我看到他的屁股向左扭了一下,特女气,倒胃口。前月手机上有一段视频,说2019年10月20日汤沐海在米兰指挥时裤子掉下来了,你看看!他倒是沉着,慢慢地提上去。这就怪他不系皮带!

希腊有一道脑筋急转弯题:国王系了一根半是白色半是红色的皮带,问,他为什么系这根皮带?听了这个题,都在想皮带为什么一半红、一半白。答案是,不系它裤子就会掉下来。

所以说，皮带很重要。

职业过敏症

我有一朋友，当过兵，不知属于哪个兵种，专门破译电报密码。有一日，他来美院画室闲坐，没说一会儿话，突然向我要纸笔，竖耳细听不知从何处传来的微弱的"哔哔"声，并伏案疾写。过一会儿口里嘀咕："怪了怪了，不成句子呀！"又突然站起，走出屋子，我紧随其后来到走廊一头的小阳台上，"哔哔"之声渐强，他往楼下看，我也跟着往下看。"竟然是它！"他指了指隔壁交警支队院墙边上的那个烧水的茶炉，水烧开了，"哔哔"响得欢。

领唱

老孙是我在《健康报》工作时的同事,有首长相,平日重养生,天天练太极拳;还爱唱歌,虽不识谱,但嗓音好。

新年晚会"五七干校"各连队都积极准备节目,我们连准备的节目是大合唱。第一支歌是《红军战士想念毛主席》,大家一致推举老孙做领唱。"抬头望见北斗星,日夜想念毛泽东,想念毛泽东——""军代表"建议,每一句歌词都要配合一个动作(我想起电影学院学生演小品,一句"三八线",先用手指比画个三,又比画个八,再用手指水平画条线),让我琢磨琢磨教老孙。来来回回的,我快烦死了,老孙却学得很用心。演出那天,老孙一开始都顺,后来还是把我教的动作忘了,平时他练太极拳,这会儿倒是"顺撇子"用上了,又是"野马分鬃",又是"白鹤亮翅","左右云手"悠然自得,"双峰贯耳"虎虎生风,竟然"瞒天过海""天衣无缝"了。大家正担心如何收场,不知怎的,到结尾时他又想起了我教的动作,"收势"总算画了个完美的句号。事后,"军代表"好一顿夸赞,说他动作很到位,从那以后,对老孙,大家都高看一眼。

抬手望见斗尾

不累

在江西卫生部"五七干校",每到新年要举行晚会。有个连队的一个节目是学员学唱"样板戏"唱段。跳上台的这位学员,先唱了郭建光,又唱李玉和,还唱了杨子荣,大家鼓掌。主持人走过去示意他下台,他没听,接着唱起了李勇奇。主持人说:"您就到这儿吧,您唱得非常好,可下面还有别的节目,您下去休息休息。""我不累。"他又要唱,忽然台下一声吼:"把他拽下来!"于是,四五个人过去把他往台下拉,他不情愿地喊着:"我还没唱完呀,让我最后唱个严伟才!""行啦,给我下来吧!!"

吼他的人是那人所在连队的"军代表"。

支招

在法国南部的尼姆高等美术学院,院长克劳德非要我给他们师生讲讲中国美术,可是当时找不到懂艺术的翻译,他们就找到一位在尼姆学水利的中国留学生。那位留学生说,他在水利方面也就是个"半语子",艺术就更不懂了！既是这样，就更不能指望自己的讲座的质量了。怎么办？忽然想到在巴黎的孙景波，请教他一下，或者有办法。果然他给出了一个妙计，他说，你一定要有丰富而生动的表情和优雅的手势，这样，听的人会认为你所讲的内容肯定是非常好的，要怪就只怪翻译水平不行。

结果，那一天，我给法国师生上的课倒像是一堂表演课。

色彩课

学生张润仕，外号"老虎"。上色彩课，做"限色"练习，我要求大家画一份作业只用两色，不算白和黑任意选。同学们都在画，只有他仍在懵懂之中，我便取了管橘黄色和黑色给他，他问为什么用这两个颜色，同学中有几个人同时喊道："你傻呀？那不是老虎皮吗？"

不同

丁井文先生送给黄永玉先生一些朱砂颜料。"这么好看的红,拿它画什么呢?"黄先生想。最终决定还是画荷花。画成,有油画家看了直说不同凡响,好看!回到家也画了一幅油画荷花,是"全因素"表现的,只在荷花颜色上追了朱砂的感觉,自己很是满意,不二日拿给黄先生看。"您看我这个荷花怎么样?"

先生看了说:"不怎么样。"

"为什么呢?"

"你画的是荷花,我画的是朱砂。"

书用

在香港的沈培兄信里附了一小块剪报来,内容是说一个日本和尚把自己看过的书一份一份地寄送给喜欢读书的朋友,再请他们读过之后寄给他们喜欢读书的朋友。后来,沈培兄也隔三岔五地寄几本书给我,但是,到了我手里就流连了。我要一本本地读完它们,读完还要重新品味一下精彩,这就慢了。如果完不成这个过程,就像正啃下一口甘蔗，还没咂巴完汁水，剩下的一截忽然被人夺去了，不甘心。所以，至今送出去的只得一半。再继续吧!

"太专则塞"

1963年，为毕业创作到伊春林区体验生活。因为我们被教育：只有把自己"改造"得跟工农兵一样，才能表现工农兵。我从4月一直坚持体验生活到11月，打破了美院学生的纪录。我什么都体验了，育林、伐木、集材，甚至是扛木头，交了工人朋友，真有"同甘苦共患难"的感觉了。

画了六幅草图寄给黄永玉先生，希望得到他的肯定。后来，回信来了，我拆开，只有一页纸，而纸上也仅有四个字："太专则塞"。

真懂得这几个字的意思是在20年以后了。那是告诉我，你对生活的"体验"很彻底了，却忘了到那里是做什么去了，忘了你是干什么的了。你所熟悉的、感兴趣的，别人未必感兴趣，因为他们不懂那是什么。所以，你想要表现的就是别人不了解的了，你的感动也就未必能使别人感动。

黄芝生北京来信

泪人心叵测

张秉尧兄在版画系高我三届。抗美援朝时，他当过志愿军的卫生兵。有个冬天的一天，他与大部队走散了，天黢黑，碰到个碉堡就钻了进去，隐约看见里面已经有人睡着，就推了推那人，挤在边上躺下了，寻思会暖和一点。天亮的时候醒来，发现那是个死了的韩国李承晚的兵，装备齐全，他却只看上了那人脚上的皮靴，连忙去脱了换在自己脚上，还把自己的那双破烂的大头棉鞋穿到死人的脚上。

20世纪80年代初，美院教师作品展在香港开幕，院里委派张兄"打前站"，负责接件、拆装、布展，忙得不可开交，真像个兵。香港那边的朋友无不佩服称赞。

回京以后不久，香港朋友帮忙买了台双卡录放机托人带过来，那是在北京绝少能见到的物件，随机还附了十几盘邓丽君、刘德华、张学友、刘文正等歌星的盒带，这些也是稀罕物。就那几天，我有事找他，叫门没人应，我径自走进去，眼前一幕让我吃惊：张兄坐在长条案子一边，面前摆放着双卡录放机，桌沿上晾着三块手帕、一条毛巾,还有一堆手纸,手里还攥着一块布。看他眼睛红肿着,还在一把鼻涕一把泪地抽泣。

"老哥您这是怎么了?!"

他闷声闷气地说:"头一盘儿听的就是邓丽君,前边还是好好的,后来她一唱《小城故事》,我就完了,太受不了了——呜呜——"

"老哥,一准儿是有什么'故事'碰了您哪根神经了,莫过悲伤,莫过悲伤。"

我心里觉得他又可笑又可爱,和死人睡过一晚上的主儿,怎么脆成这样了?

设计潜艇

张秉尧兄从美院版画系毕业以后,分配在北京市卫生教育所工作。"文革"期间,他受不了单位的人分成两派,整天吵吵闹闹不干正事,就想着要是有个由头躲开最好。不久,听说京西门头沟区的木城涧煤矿有部队去"支左",帮助两派"斗私批修",促进"大联合",以利于"抓革命、促生产"……他就找了去,跟煤矿的"革委会"自报家门,说他也是军人,是志愿军老战士，也要"支左"，煤矿方面考虑了一下就把他留下了。在煤矿正经"支左"的是海军某科研单位，老张跟他们合作得很好，人家那一份尊重，很让他愉快。有一次，两名军人跟他说："老张同志，您抽空帮我们设计个潜艇呗？"老张应下来，没打奔儿。利用双休日，他画了一个水彩的潜水艇，水里还画了各种鱼类、贝类、海带、水泡泡儿，等等。第二天，就来了两位穿海军服的人，老张拿出画好的潜艇图来给他们看，他们看后大夸画得好！可是，接着他们可就说了："辛苦您了老张同志，不好意思，我们冒昧地问您几个问题可以吗？"

"你们说，你们说。"

"比如您设计的这艘潜艇是什么动力？排水量是多少？下潜极限是多少？承受静水压力是多少？水下航速是多少？续航力怎样？另外，舰上火力配置情况您也跟我们说说……"

"那是你们的事了，我哪里知道？！"

谈对象

张秉尧兄到美院版画系学习时已经近30岁，一直也没个女朋友，在他大二时，骑车过京棉二厂，看见一位下班的女工，甚是心仪。从那天以后，秉尧就天天在厂门外等那姑娘出来，又一路跟随她到东城区南小街的家，日子一长，被姑娘发现了，但他并未遭拒，这么也就认识了。之后，他更加殷勤，两人相处得不错。终于有一天，秉尧鼓足了勇气向姑娘表达了爱慕和交友的想法，姑娘说，我从小丧母，一直跟父亲长大，所以，这件事得经我父亲同意。"那么，你安排一下，哪天让我见见你父亲——顺便问问，你父亲好哪一口，爱吃点什么，爱喝点什么？""我爸呀，就爱喝个酒。""得嘞。"

姑娘跟她爸说好了。到那天，秉尧买了两瓶二锅头和各样熟食就去了，姑娘炒了一盘儿花生米，拍了个黄瓜。见了未来的"老丈杆子"，小酒一喝，两人聊得投机！头道坎儿算是过了，秉尧隔三岔五地往姑娘家跑。一日，正喝得高兴，老爷子说要上夜班，秉尧说，我陪您走。

南小街路本来就不宽，赶上施工队挖沟埋管子，路就更窄了，不好走。老爷子骑车在前，秉尧殿后，都格外小心。忽然有一辆垃圾车经过，后面的挂斗一拧歪，把老爷子剐倒在地，秉尧扔下车就去扶，只见老爷子半边脸血丝糊拉，是因为一只耳朵被撕裂了，还连着点儿皮儿没掉下来。秉尧急忙把老爷子扶上自行车，就近送到了协和医院，立即手术，安排住院，秉尧跑前跑后地忙活。

老爷子住医院住了两个多月，其间，秉尧几乎每日都要去探视，时不常地还送些鲜花。这功夫可下得够深了。有一回，秉尧大着胆子跟姑娘说，这回，你跟你爸提提咱俩的婚事吧？估计有戏。在一块儿去医院看老爷子时，姑娘就说了。老爷子不听还罢，一听说两人要结婚，就狠狠地说："你俩谈朋友，我就掉了个耳朵，要是结了婚，我脑袋还不得掉了呀！结婚？姥姥！！！"

不如不说

早年，指挥家李德伦带乐团到国外演出。开演前，他在音乐厅大门口迎接来宾，跟每个人握手时"自报家门"：李德伦。演出结束，他又在门口送来宾走，那些外国人和他握别时都说"李德伦",他们以为是表示友好的中国话。

张秉尧兄骑车"骑"到美国去了,为了解决一路的花费,抽空画了一些国画,在华人社团的帮助下,办了一场展览。开幕那天,他候在门口迎接,来了人,他就走过去热情握手,本是想说"Thank you very much."的,不知怎么就说成了"Fuck you very much.",让人难堪。这是去了美国的韩某的美籍太太来美院说的。

咳,都是"半拉子"外语惹的事。

"老英"

师兄英若识,同学都亲切地叫他"老英"。他富学养、通事理、懂幽默,所以,大家都喜欢他。1960年冬,美院师生拉到密云水库去植树,天寒地冻的,就住在野外的席棚子里,活儿又特别累人。还好,吃饭不要钱和粮票,在那个年月,为能吃饱,无论干什么活儿和怎么艰苦都不在话下。

每天的中饭很值得盼望,不是窝窝头、金银圈儿,就是素馅大包子,全是二两一个。那天,食堂用三轮板车拉来许多笸箩素馅大包子，一落地就被拿光。大家都特能吃，那一回"老英"吃包子破了纪录，一顿吃了二十九个，合五斤八两呀！我们班吃六个窝窝头的石恒谟，事后都进了"封神榜"，可全院师生就是没有超过老英的。

老英回忆说，后来日子好过了，聚餐的机会也多了，他发现自己落下一个毛病，吃菜先吃远端的，面前的尽量不动，留下最后吃（我推想，能转的桌子那时还没发明出来）。

心悸

"文革"弄得每个单位都分成两派,有"文斗",有"武斗",正事没人干,长此以往,怎么是个了结?于是,军队来"支左"了,各单位都成立了"革命委员会",简称"革委会",开始"大联合""抓革命促生产"。

我在的这一派,都是年轻人,观点总是一样的,活动也是在一起。有一天,七八个人凑在一起吃面条,一个说:"最近,在北京,有从外地来了母子两人,男孩儿屁股后头长了条尾巴,母亲带着孩子到处求治,却没有哪家医院敢做这个手术的,愁死当妈的了,可谁也想不出办法来,帮不上忙。"听到这,我没动脑子就脱口说:"这不是很好办吗?找'革委会'(割尾会)呀!"说了,吃面条的那些同事都只是低头吃,没有人接茬儿,没人笑。我心里紧张起来,要是有人揭发,我的日子就不好过了。从那天起,我就等着有人来带走我,可是,三天没事,一个星期没事,再等半个月仍然没事,我才放心,明白我这些同事没人会出卖。

50多年过去了,老同事常有聚会,成员就是当年吃面条的那几个人。

冷热自知

新美院的建筑到使用以后才感到有些地方设计得不甚合理,比如素描教室,只在墙的高处开一个小窗,到夏天,待不住人,上人体课,学生恨不得也脱了。学校里也有中央空调,却只管图书馆和院长办公室。热急了,总不能进那里蹭凉快吧?我和师兄谭权书带六七个硕士生,有一间16平方米的屋子可用,除了一张长案,靠四围都是档案柜,因为堆积拥挤,也就闷热不堪了,以至于有两次因热得糊涂而误了班车。

一天,黄副书记走过门口,我招呼她进来坐,我说:"昨晚听'卡塔尔电台'广播,说拉登要炸中央美院。""真的吗?炸美院干嘛?""说是只炸美院的中央空调呢!""……"

第二天,丁书记"考察"来了,下午就让人在棚顶装了两台大吊扇,老谭一试,桌面上的东西被吹下去一半,但是,日子好过了许多。

暑假前,丁书记又来,说暑假期间全面安装空调。

开学了,老谭还是开关那两台吊扇,没注意门上方安好的空调机,我告诉他,他又去试开。只一会儿,已经冷得受不了。老谭跑出屋子给老丁打电话:"小师弟呀，我和广军在这个屋子里，像是待在'太平间'了！你快让人来拆走哪一样儿吧！要么电扇，要么空调。"

学生总算好过了。

过于"盛情"

1994年和副院长叶毓中访日，由东京艺术大学接待，住三星级宾馆。第二天早餐，有个中学生样的女服务生走过来，手托一个铁盘，盘上有一纸菜单。她先鞠躬，后递上菜单，退后恭立。老叶是领导，我把菜单推给他点。老叶仔细看那张纸，然后，用手指在上面画了个圈儿，女服务生含笑对老叶说了一番话，先说日文，又讲英语，老叶不懂，又画圈儿，女服务生再说，老叶还是画圈儿，她不再说话。鞠躬，退走。很快，女服务生分好几次端来各种吃的东西，摆满了一桌！我和老叶怕浪费，只好一样不落地吃……下一天，人家不问了，直接摆满桌。我跟老叶说，实在吃不消了！老叶说，东京艺术大学真是盛情好客呀！第四天，我要过菜单看，我的天！菜单上有日文和英文并列的各种食品名称。我不懂日文，但是每行英文字中间那个"OR"我认得，是"还是""或者"的意思,我寻思,这两天老叶如果只点一边就能减掉一半……"老叶,人家写的是要这个呢,还是要那个……"老叶说:"我就要一杯牛奶、一个三角面包就够了,他们太热情,太热情!"

哪怕只认得两个字母呢,也管用。

画如厕

黄永玉先生画过一些如厕的画,各地有所不同。我告诉先生,我分配到卫生部《健康报》工作以后,派给我的任务里有一个就是画《南北方农村粪便管理》挂图,是要印出来给农村的"赤脚医生"用的。当年,我接了任务就从黑龙江一直南下,走农村、画厕所,见识了很多的奇奇怪怪。

走到浙江奉化,先与当地卫生局联系,说局长在一个大空地的会场主持"爱国卫生誓师大会",我就在会场外等他。

会场里总有千多人,散漫地站着,不大注意台上说什么。会场后有一溜木箱,顶稍斜,留有许多椭圆形的洞,是便坑,却没隔断。许多人坐在上面,一位老汉一边解手还一边看报纸。这时,走过去一位年轻的妇女,就坐在老汉边上,一会儿对老汉说:"报纸窥过吧?""窥好一半。""给我。"老汉撕下一半给了那女人,女人拿报纸擦了屁股,提了裤子就走,相安无事……

第二天,没人的时候我去把这个厕所画了。

八月天津行

为了庆祝澳门回归,中国美术家协会在天津办了场版画、水彩画展,开幕式要我陪同力群先生去参加。北京市美术家协会派了一辆老"伏尔加"送我们,那车虽老旧,倒是宽敞。车开上京津塘高速以后,渐渐感到闷热。我回头看一眼力群先生,已经是"面红耳赤"了。我请司机师傅打开空调,他说,对不住您了,没有。苏联车,那边冷,用不着冷气,而热风最好。我说,老先生八十多了,受不了呀!师傅说,您瞧见咱前边这个小电扇了吗,我给您打开——不管用是吧?实在受不了,您脚底下有一大可乐瓶子水,您往电扇上甩,能管点事儿。我拿起那可乐瓶子,盖儿上有许多小洞,对着小电

天津八月

扇一甩,立时吹出一团水雾。"这个行!"我说。

一路上,我不断地甩水,力群先生夸赞不断:"就是不同了,'和风细雨',舒服得很!"

到了天津,从车里下来,我和先生浑身湿漉漉的,像刚托裱过的画。

开幕式过后,力群先生坚决要打车回京,不坐"伏尔加"了,我只好照办。

"牛棚"见识

在"文革"初期,美院的北边,版画系的一排房子做了"牛棚",关进去许多被打成"牛鬼蛇神"的老师。老师当中竟有好"告密"者,平日偷偷把别人的言行记在小本子里,择时向"红卫兵"报告。黄永玉先生给这种人起了个外号叫"红色牛鬼蛇神"。

一厢情愿

李桦先生带我们版画系研究生班十一个同学在京西的东方红炼油厂体验生活。有一天,我去画油罐车。看调度员吹着哨子,挥着小旗,跳上跳下地忙,熟练地编组那些待运的油罐车,我觉着那情景是很能表现工人阶级的伟大的了。不一会儿,我身边就围上许多工人在看,我问蹲在身边的一位师傅:"您看我画的这个行吗?"

"行,不赖,画得好!"

"那送给您吧,要吗?"

"不要。"

"为啥?"

"我整天干的就是这个,再挂家里天天看它,累不累,堵心不堵心?"

"那您喜欢什么呢?"

"说不准。礼拜天到我家来吧!"

礼拜天我去了,他家里墙上挂了三幅从挂历上撕下来的大美人头画,还有一幅是现在人画的《水泊梁山一百单八将》年画。这幅年画上的每个人物都标了名姓,这是谁,那是谁,可以慢慢看;那些大美人头画在我看来就有点俗了。我问他还喜欢什么画,他说:"好看的、我没见过的、看着舒心的,都行。"他又说:"你们画我们干活,我们那是受累挣钱养家,下了班,钓个鱼,喝个小酒,下盘棋,哄哄孩子,陪老婆逛逛街,挺好!那是我们的日子,明儿个上班还是上班。你们画家画得再好,都是样子货,假模假式的,给谁看呢?反正我不看。"

首长没错

1964年在山西大同县吉家庄公社佛堂寺大队参加"四清"(即社会主义教育运动),"四清"工作队由中央直属机关干部、省大专院校学生、县机关工作人员、驻地部队干部和战士组成。我们大队就有一名战士小周,是个警卫员,农民子弟,老实憨厚。每天他都比别人起得早,挑水扫院子,然后,在晨曦中学习毛主席著作。他最佩服他们团的政委老孔,有不明白的地方就去请教。这次参加"四清",就是政委让他先学好毛主席的《农村调查》序言的。"政委说了,要注意调查研究,不要下车伊始,就'哇剌哇剌'地发议论……"

"应该是'哇喇哇喇'吧?"我说。

"政委就这么说的,咋了?首长还能错吗?!"

他又说:"你知道毛主席的《和美国记者安娜·路易斯·斯特朗的谈话》里边那个'安娜·路易斯·斯特朗'是几个人?"我说是一个人,他说,不对。"我们政委说了,'安娜'已经去世了,'路易斯'回国了,剩下'斯特朗'了,就住你们北京。"

讲故事

儿子小时候每天睡前总要我讲个故事,这也是我惯出来的。可是有时工作一天累了,话也不想说,故事也就编得费劲。我说:"今天爸爸没故事了。"儿子让我张大嘴让他看,我翻动几下舌头。"是不是没有了?"他仔细地看过以后就不再要求,乖乖地睡下去了。可实际上,在不是特别疲劳的情况下,我还是会给他编的。稍长,到了他也会编故事的时候,那就有点意思了。比如有一次,他很认真地要给我讲故事,他说:"讲一个'guo lu'的故事吧。""是锅炉的故事吗?""不是,是'guo lu',会飞的'guo lu'。"听他讲完,也不知道他说的是什么玩意儿。

后来,有好长时间就由他来编故事哄我睡觉。

一报还一报

1972年,我家住东直门北小街东直门医院后院,那是一栋半中式半西式的房子,分东西两家住,邻居姓魏。那一年的小年,老魏买的几斤上好的牛肉被一只野猫叼走了,那可是老魏凭全家攒下的肉票买的呀!老魏急眼了,每天在院里院外踅摸那只猫。终于在"二十七宰年鸡"那天被他逮了个正着,回到家就把猫"正法"了,"行刑"时还不断地说:"我叫你偷,我叫你偷!兴你吃我的肉,就不兴我吃你的!"到年三十,他把猫红烧了。

夜半

就差那么一点

当初,就是20世纪90年代初,南戴河修了一座"五洲游乐宫"(名字恍惚了,但内容没错),进了门,一个厅连着一个厅地走,世界各国的风光都有展现。说实话,无论是人物还是景物,都做得很写实、很精致,能把过去的"阶级斗争教育馆"的那一套甩出去一万八千里,不容易!

走进埃及馆,牵着骆驼的人的特征是对的,服装是对的,背景有金字塔,地下是沙子,也是对的……可是,总有什么地方看着别扭,啊,是那匹骆驼,怎么是双峰的呀?双峰骆驼只有亚洲有,这是常识性问题,就像北极没有企鹅、南极没有北极熊一样;等进了北极馆,看了冰屋前烤火的那两个"因纽特人",简直无语了,因为那完全是两个美国西部的牛仔,大檐帽、格子衫、牛仔裤、高筒皮靴……

一路走下去,所见错处还有。我就找到管理人员说了,他们说:"我们找的是一个美术学院的人做的,那还会错吗?要说改动嘛,没人再花钱了,对也好,错也好,有人看就行了,您说是不是?"

山海关即景

山海关有老城,四围完整,城门都在。老城里,原也是有人住的,后来,旧房子拆了,住户差不多都迁出去了,再建满了仿旧的房子,包给开发商,想弄成明清两朝的模样,结果还是假了又假的新玩意儿。许多人租了那些房子做生意,也不景气。所以,老城里这一片地界,在其中逛游的,基本是外地人,也没有多少,老山海关人像是把它忘记了一样。

我牵着小狗在老城边走,蹲在城墙脚下的一个老汉好奇地问:"你这玩意儿安几节电池呀?"我以为是这里人的幽默,可是他那眼神告诉我,他极其认真。

城墙外西南角有个小公园,每日黄昏时就有人聚来,跳交际舞的居多,又多是年纪大的,伴奏不用音响设备,有一帮操唢呐、笙、笛的吹鼓手助兴,竟把那一角天地的气氛烘托得欢快、激越,真是一种别样的热闹。

清晨,常被从远至近的唢呐、笙、笛、铙钹的声响扰醒,那声音幽怨、哀婉,由近渐渐远去,人说,是出殡的,吹打的人就是每天晚上给跳舞伴奏的,连曲子都一样，却吹打成另外一种情调。

"天下第一关"的城墙上立了许多假装古代的人形，非常难看，和旧时出殡抬着的纸人儿相仿，看着看着，你会有些疑惑：脚底下踩着的这个"天下第一关"大约也是假的吧？正所谓"假作真时真亦假"了。

在东说西

读研时，一位平素爱书、喜藏书、善读书的国画班的同学，也就是我所钦羡的那类人。一日午，在校园中相遇，我问他手里的几册美学书是新买的吗，他说他刚买到，极有学术价值。我便打问哪里可以购得，他环顾左右答："西单新华书店，刚上的。"

我下午便去找，上上下下，不见有，问店员也说不知。于是，又往王府井新华书店索寻，也无所获。第二日，再往别处书店寻找，终不得。第三日，于就近的灯市东口中国书店发现，便是那几册，实是旧书。

奇怪他为何不告诉我实话，是何种心理呢？

不比了

某人好攀比，好像特别不希望别人比自己好。我有一支老派克钢笔，是我哥留给我的，某见了，摆弄半天，不言语。一年后的一天，忽登门，说刚从日本归来，说话间从口袋里拿出一个褐色盒子递给我，我当是他要送我礼物呢。"你打开看，打开看。"打开看，里面是一支钢笔。"仔细看——没看出来？哈，笔尖儿上边有个灯泡！绝吧？"说完小心地把笔装进盒子，仍收回口袋里。

有一次，我从摊儿上买了个汽车用吸尘器，在工作室里用，图的是灵便。又被他发现，摆弄半天，不言语，又扯了些别的，走了。

两年后的一天，他来家，手里耍着一把钥匙。"走，跟我兜兜风去！"门外停着一辆"捷达"。在路上，他介绍了"捷达"各种性能："结实，在路上跑，简直就是个'流氓'，爽！"停了车，他从后备箱里拿出一个吸尘器。"这是专配，劲儿大，车上就充电了……比你那个差不差？""当然是你的好！"

四年以后我才攒钱买了一辆"别克"，可他也不再来，因为移民加拿大了。

鬼脸

大家听一个人讲鬼故事，那人说："有个秀才住进一家小客店，半夜，一个身着白色长衫的女子低头走进屋，脸被披下来的长发遮着。秀才胆子大，就起身过去想问，那女子却转身慌忙跑走，他就追出去。那女子跑得很快，在一座小桥前消失了身影，秀才问桥头卖馄饨的小贩有没有见到，小贩指了指桥那面，他又追过去找。追出一段路，终于追上了那女子。'嘻！你跑什么？停下我问你话。'他伸手拍了那女子的肩膀一下，那女子猛地转过头，把头发往上一撩——"

"你猜怎么着？"讲故事的人说。

"怎么着？"听的人问。

"脸上什么也没有！"

这是我听到的最有意思的鬼故事，吓人的原因就是这张鬼脸太不具体，太"超验"了，远不是"青面獠牙"所能比。就像站在悬崖边上，而脚下又漫着雾，弄得你心里发虚。都说画鬼比画人容易，想造个鬼出来，无非就是把人画得极丑而已，如果还要画得"逼真"，结果引起的也只是厌恶，不会惧怕的。绘画的道理就是越相似，越是面面俱到，越是撑持不开想象的大空间。

没治了

我有一学生结婚，因为老家离得远，父母来不了，就恳请我充当家长。婚宴进行中，来宾哄着要双方家长出节目，轮到我，我说我唱不来、跳不来，就讲个笑话吧。大家说，可以可以。我就讲了：

都说"女人十八变，越变越好看"，可是从十九"变"开始就走下坡路了，所以女人最怕变丑，操心不小。有这么一位老太太，听说拉皮手术能让脸皮紧绷，没皱纹，就去找整形医生。手术不复杂，就是切下头顶的一块皮，再把两边头皮揪起来缝在一起。手术完，医生让老太太自己照镜子看。老太太看到镜子里的自己像是个少妇，激动得要哭。

后来，老太太上了瘾，约觉着脸皮子有点儿松就去拉皮，七十岁生日前又去了。医生做完手术边洗手边问："这回您满意吗？"老太太看着镜子说："满意倒是满意，就是这脑门子上多出两个瘊子来，是咋回事？"

医生回她说:"那是您的乳头。"

笑话说到这里,宴会大厅里的人都笑翻了,一个端菜的女服务员跟着其他女服务员往外跑时,把铁盘子都掉到地上了,稀里哐当满地滚。

"酒过三巡,菜过五味",我这一桌的对面坐着的一位女士(也近乎老)一直不悦,不吃不喝的,突然气急败坏地冲我厉声说:"我就是做整形的,你说的那种事根本就不会发生!!完全不可能!!因为不科学!!"

我的天!!!!!!

比老爸

儿子4岁。有一天,我下楼,正看见儿子同邻家小朋友大声说话,邻家孩子说:"我爸是解放军!"

儿子说:"我爸是八路军!"

邻家孩子说:"我爸是日本鬼子!"

儿子说:"我爸是德国鬼子!"

那孩子说:"那我爸是美国鬼子!"

儿子说:"我爸是志愿军!"

"我爸是共产党员。"

儿子想了想说："——那我爸——是画家！"

"那我爸是总务处长！"

儿子含糊了："那——我爸是特务处长！"

我赶紧过去把儿子拉到一边："嘿，想不想吃酸奶？""想。""那就去和平里！"喝着酸奶，我跟他说："以后可别再跟小朋友说爸爸是'特务处长'什么的了，好吗？"

"好，那说你是什么'长'呢？"

"家长。"

尴尬

差不多是在1986年，南京的朱新建夫妇带着小孩来美院了，正好文国璋去了新疆，他们就住在他的画室里。我的画室也在那一层，出来进去总能见到他们。几天过去，我发现三口人顿顿吃方便面，甚觉奇怪。一天中午，我对新建说："我看你们老是吃方便面，你那小孩儿正是长身体的时候，给他增加些营养吧，我这有六百元钱，你拿去用。"那会儿，我每月的工资是百十来块，十几天就要见底，所以，还要画些连环画、插图、封面之类赚点稿费，攒下来点就觉得宽裕了。可是新建无论如何都不要，说没几天就回南京的，还说小孩儿特喜欢吃方便面，就随他了。大概不到半个月，他们一家真就走了。后来听学生讲，新建两口子那些日子，每天像上班一样，一个到北京饭店，一个到长城饭店，把那些《金瓶梅》小画卖给外国人，没几日就赚下几千美元，然后，就打道回府吃板鸭去了。

后来想想，新建不接下我那六百元钱是对的，他心里有数，到北京只要能出手几幅画就什么都有了，算不上吃苦，可要是拿了我的钱，怎么还呢？麻烦不说，也不好讲呀。"我有了，都是美元，您这六百元人民币还给您，谢谢呀！"这是什么事？他不拿我的钱是对的，他一定想过，真要拿了，天天吃方便面的就该是我了。

导演谢飞

有一回，听导演谢飞说，他老婆"醋劲儿"忒大，要是打门外飞进家一只母蚊子，她都能看出来！

油画研讨会

2007年我在中国美术馆办了油画展,詹建俊先生看过后跟我说,"油画学会"在北戴河有个研讨会,你来吧,研讨"关于中国油画的现代性"问题。

我去了。大会上,听过各路理论家谈"现代"和"后现代"之后,分组讨论。我在的那一组里有靳尚谊院长、庞涛先生,老同学曹达利、李秀实、严振铎等。

严振铎的发言有激情(大约平时难得因这样的由头说话),一泻千里地讲了二十多分钟而欲罢不能。忽然就被我身边的靳尚谊院长打断:"你的逻辑不很清楚,讲那么长,重点不突出,你这是得了一种美国医学家说的中国人的'文革'后遗症,就是特别爱说,止不住地说——"严振铎哈哈大笑了几声后,就像摆在椅子上的一个暖瓶。靳院长接茬说,他从20世纪50年代的美院说起,结合自己的创作"行云流水"般地说了半个小时才说到"文革"。看来,等他论及"后现代",为时尚早。于是,我拉了拉他的袖子:"靳先生,您也犯了'文革'后遗症了!"先生看了我一眼,摆了一下手,坐下,不再说。

决策会

2000年清华大学美术学院招造型艺术博士生了，这边中央美术学院有些着急，靳尚谊院长在学术委员会上说，清华招了博士，如果我们不招，将来经我们培养的硕士生也会奔他们那里去，所以，我们也得招。众人倒也不反对。那么，造型艺术的博士生应该算是哪类人呢？最后定下来是"学者型艺术家"。

"同人文学科搞理论的一样都是三年，不单画得好还要写得好，这可能吗？弄不好就成了'半瓶子醋'。"詹建俊先生有些质疑，大家也有各种议论。

"大伙儿有没有拟招的人选，做个比方？"靳院长问。大家似乎都在想，我举手说："能过五关斩六将，夜里还能读'春秋'的……我倒是想起一个人来——"

"谁？"靳院长急问。

"陈丹青，又能写又能画的。"

靳院长："开什么玩笑，他就是人家清华的博导！"

"……"

不二人选

没"下海"

1983年，有很多不想再吃"大锅饭"而自谋生计的人的行为，叫"下海"。我在美院当个教员，当得好好的，有点工资够了，不想发财。偏就有个毕业了的学生撺掇我带他和他的几个同学"下海"，我经不住忽悠，听听"前景"也是不错，自己做艺术，卖了画就能自己养活自己。

我把这件事跟当时的北京市美术家协会书记刘迅说了，他说，你这可是美术界头一炮呀！做个典型吧，万事开头难，试试看，我支持！他还把这事汇报给了中国美术家协会的华君武先生，华在报告批示上写了"广军我了解，其他人我就不了解了……"一些话。不久，刘书记就让我找房子，然后，由北京市美术家协会出钱买了，再借给我们用。我带了几个学生真就在民族宫对面一个胡同里找到一处带院子的，很理想。回到北京市美术家协会，刘书记让管行政的某人跟我们去办理余下的事。那人说，刘书记不懂，公家不能买房，即使买，也得以你的名义买，可是，等你死了，你的后人跟我们争这房子的所有权咋办？我哪里懂这些，都想到我死后了,拉倒吧!

后来,我要"下海"这件事被美院书记洪波知道了,他找我说,美院好不容易招你们这一批研究生,是要补充师资力量的,你以你的才能在美术教育方面做贡献,总比你个人"下海"强吧?我说我只是想试试。他说:"试试可以,不行就回来。"

那会儿,我在11层有一小间画室,斜对门的一间是学兄朱乃正的画室,因此,我还给自己的画室起了个名叫"近朱斋"。有一天,他把我叫过去说,你不在时,你的一个拉你"下海"的学生找你,敲了门,见你没在,他嘴里说:"这家伙上哪儿去了?!"

"能管你叫'家伙'的家伙,怎么能合作?!"

想想,对呀!

第二天,我找了刘书记,又找了洪书记,跟他们说,谁爱"下"谁就"下"吧,反正我是不"下"了!

干校"刘少奇"

我在江西卫生部"五七干校"时,听说某连有位处级干部长得特像"刘少奇",不久就让我见到了,的确是像，却是像极了漫画的"刘少奇"。这位同志曾找过校部的"军代表"，说了自己的痛苦的处境。原来，他的同事在下田劳动时跟路遇的"红小兵"说，"大叛徒、大工贼、党内最大的走资派"在我们连劳动改造呢，你们没事就过来帮忙监督吧！这本来是个玩笑，不想，从那以后，这位同志一出门，身后就会跟上五六个小孩子，一路催他快走，到了田里，"红小兵"围坐在田埂上盯住他看。插秧累了，想直直腰都不行，小孩子会喊："不许休息，斗死你这个走资派！"

几天下来，他累趴了架，不得已，找到"军代表"要求"解放"。

飞台湾海峡

有一年去台湾参加一场版画展和一次研讨会，同机有理论家、深圳大学艺术设计学院院长齐凤阁，深圳大学教授隋丞，中国美术学院教授张敏杰，云南省美术家协会主席郝平。

飞过台湾海峡时，由于气流，飞机忽然下坠，有一点失重的感觉，顿时，机舱里凄厉的叫声四起，尤以台湾女人最甚，就像是有人要推她们进地狱似的，恐怖非常。那一刹那，我见齐先生也在叫，那声音断不似平日里发言时那样平稳深沉，倒像是梦魇中的惊叫，那脸上的表情是凝滞的，眼睛和嘴巴都张得老大；隋丞早些年切除了胆，惧怕不奇怪，可这个平日看上去粗枝大叶的东北汉子，这次也叫，叫得像一个初中女学生；最正常不过的是张敏杰，他以往学过话剧，说个"辣子肉丁"都是话剧腔，低沉且洪亮，每有版画同人聚会时，他必献唱几首，男高音，像刻刀划出来的声音，这一回，那声音只是又拔高了几度，姿势依然挺拔；郝平本就少言寡语，但是，咽咽的嗓子平时也能唱出许多首畅行的歌子，今天却表现平常，嘴里只是一劲儿地叫"哟哟"，好像火把节上跳舞唱歌的彝族人。

只那么一刹那，飞机就恢复到平稳了。缓过神来的隋丞侧过身问我："刚才都那样了，我见您坐着没个动静，稳如泰山呀，没事儿吧？"

我说："刚才死过去了，后来，听你们几位叫成那样，又活过来了。各位叫声真是奇特，千载难逢呀，我当时在想，即使摔下去，死都值了！"

西堤有六桥

颐和园寻旧迹

1968年，得单位通知要下放江西的"五七干校"，行前，我做了个计划，要把北京的几个最负盛名的景点走一遍，谁知道此去还回不回得来呢？

第一个去的是颐和园。先登佛香阁，下来后直奔了西堤，堤上一路有六座桥，三座桥上面有亭。记得是在第二座桥，也许是"镜桥"吧，桥上有亭子，走到下面，不免要仰头看梁上的彩画，不意被其中的一幅吸引着了，那画画得实在太有想象力！画上是水中的两只青蛙，浮在青萍之间，妙就妙在画的是青蛙的白肚皮，就如同画画的坐在水里向上看的。彩画见得不少，却没见过如此处理的，我因此想那个画匠应该是一位有趣的人。常言说匠人的画如何俗气、僵板、无新意，而这一幅画却不能这么说了吧？

我一直记着那画的样子。1972年"下放"回来，我又去了一趟，那画还在。

今年，八十岁了，想起应该去游一回颐和园，也许这是最后一次了，因为再一次"下放"就回不来了，尤其是也想看看那画还在不在。

那一天兴致很高，虽然脚力不逮，还是走到镜桥，但是，那幅画没有了，代以新绘的花卉，极其平庸。我开始怀疑自己的记性了，也许在另外的亭子里吧？就又往前去寻，都不见有，最后，走过罗锅桥，前面再没了亭子……失落感袭上身，腿便沉得像搅进了水泥。这工夫，我忽然想到我的老哥们儿潘丁丁的骨灰是撒在了这桥下的水里，便驻足了一会儿，算是凭吊吧。走出东门时，回望了一眼，心里想，这颐和园大约不会再来了，也为没了那幅彩画。

陈伟生先生

在美院最早开设人体解剖和透视课的老师是文金扬，他的助教是陈伟生先生。陈先生是南方人，高度近视。他上课最是认真卖力，讲到肱二头肌，他会褪下一只袖子来让大家看他胳膊上的那一块肉，让人深感意外的是，根本想不到他还真有块儿！讲到面部肌肉时，他从口袋里掏出一面小圆镜子，摘下眼镜，对着镜子做出各种表情，让大家看脸部的变化，但是，说实话，因为他的眼睛老是睁得很大，喜怒哀乐分别得并不清楚。

他也顺带说过动物,至今我还记得。他说,一般来说,动物中凡是尾巴长得长的,耳朵就小,反之,耳朵小的,尾巴就长。我一个一个地想,"八九不离十",比如老鼠,比如兔子……好像狗熊有点例外。

这已经是60年前的事了,上课让人不感到枯燥,这是真本事,不容易。陈先生受到历届同学的爱戴是一定的了。在校庆100周年那次见到陈先生,他身体健康,精神矍铄,同学们都为他高兴!

(前一阵听说陈先生还是去世了,享年88,头一回看到他的画,画北京小院的,棒极了!)

事与愿违

1985年到法国,每到一个城市一定要先看美术馆、博物馆。在有些古典写实的油画面前,我惊异非常,心悦诚服!几百年前人家就做得这么好了!想想我们的油画家还极有兴致地在人家的老路上奔着,哪里想到连尘埃也早已落定了,灰都吃不上。离开时,我总会买些幻灯片,是想回国以后把幻灯片送给一些画极端写实油画的朋友，让他们感受一下，或许会如我感受的那样，不必再那样画了。可是，幻灯片散出去以后，过了两年再看，那些人画得比以前更加"抠"了。

潘丁丁讲尊严

丁丁籍贯是广东的，可是真不像，一米八几的个子，有连鬓胡子的"底子"，腮帮子发青。虽然几十年活在新疆，说话却还是京味十足，每次来北京，他一准儿约我出去找小吃，也怪，十次里有八次下蒙蒙雨。他爱笑，笑是他平衡和理顺生活的坎坷的法宝，如果阴云密布了，他一笑，就会阳光普照，所以，跟他在一起没工夫发愁。丁丁原来是学油画的，从西安美术学院毕业后被分配到新疆，先在部队，后来调进新疆画院做了专职画家。1962年他来中央美术学院进修铜版画，于是，我们相识了，并且成了好朋友。

是1996年吧？他来北京，说是得了骨癌，住进了北大肿瘤医院，实在很突然，因为前不久他还到处作油画写生呢。

每隔些天我就会去医院看望他，差不多每次都能碰见老同学冯怀荣在和丁丁聊天。丁丁依然是笑着说话，就好像自己是住在疗养院里。

有一次，只有我同他，他勉力地笑着说："这几天我都在想，怎么样的死法对人对己都好？"我说："你还在治疗中，何出此言？不过，也愿听尊见，或许可以借鉴。"

"没别的，其实，就是一个尊严。"他说，"王洛宾住医院，说有人来探望他，他一定让护士扶他坐起来，还要整理整理头发、胡子和衣衫，他不愿让别人看到他的痛苦、孤独和孱弱无助的样子，要保持尊严，直到死也一直这样。"听他讲着，我心里漾出一汪酸楚，但是，不能让他也陷到悲哀中去，我就说："我想起了一幅外国漫画：画一个上吊的人双手紧紧地提着裤子，因为他的皮带被他用来套了自己的脖子。这就是尊严吧？""哈、哈、哈、哈、哈——咳、咳，哎呀——"笑过以后他还是说了计划：

"我想死在家里比较舒服，怎么死呢？一是在阳台上吊，可舌头要是伸出来，不好看，人见了害怕；二是割腕呢，更不好，想想还是吃安眠药合适。"

那次以后，他就回新疆了。有一天，他打电话来，说想喝豆汁儿了,我说,你就擎好吧,我来办!你还要焦圈儿、咸菜丝儿不?他说要。

答应是答应了,可又不知怎么弄到新疆去。也真是巧,正好,我的学生董梦阳要去那边出差,我就请他想个法子带去。他爽快地答应了,过后就去了护国寺,买了一大塑料桶,估计装进去了20斤,还没忘记配上两大包焦圈儿、咸菜丝儿。

隔天,丁丁打来电话,说收着了,喝得开心!还说要省着喝。

梦阳出差回来跟我说,坐飞机也是怕不让带,临到过安检,他实话告诉人家,我老师的哥们儿得癌了,想这一口,让我送去呀!人家说,行,这个让你上。还嘱咐登机以后找空姐搁冰箱里……他下了飞机连忙送到丁丁家。我"狠狠地"感谢了他一下,他说,应该的、应该的。

1999年的某一天,丁丁打来电话,声音显见地虚弱了:"我最后求你一件事,你帮我印500个有李叔同那首《送别》歌词的'名片',背面找个藏传佛教超度的纹样,再印上我留给大家的几句话。做好就寄来吧,我还要再分别寄给朋友们呢。"最后还补了一句:"抓紧点。"

我感到情况不妙,赶紧找了学生费俊帮我做。我又请王莉莎大师姐的弟弟恩奇在上海图书馆核对了我凭记忆写的李叔同《送别》的词句。

要印在纸上的丁丁的话是这些:

"我已经饮尽生命之水,此时,我已化作薄雾、轻尘……我难忘你们给我的欢乐和真爱,你们是我一世的知交!我爱你们!(丁丁微笑告别,1999年)"

"最后是在家里还是医院?"我问丁丁的二小子潘岛。

"医院。"他说。

那是1999年7月的某日。

杨启鸿出奇

杨启鸿是我在版画系的学兄,比我高两届。说他的事,可以说几箩筐。

启鸿生于1934年,广东潮州人。因其个子矮小、八字脚、大板儿牙,又常是蓬头垢面,嘴角好像永远挂着个烟屁,所以,同学们友善地给他起个外号"卓别林"……他为人不坏。

启鸿在考美院前就已经作木刻了。他看到报纸上发表的木刻，小小的，却刻得那么精致，就找了木板来试，刻了、印了，寄到报社，刊用了。后来又发表了几幅，报社很想见一见作者，叫他去了。见面时，编辑问他怎么能刻得那么小还那么精细，他说，你们报上发表的不就是那样的吗？编辑说，原作都大得多，是可以缩小的呀！"咁噶？"他始知其妙。

他来北京考美院，口试时，老师说，你要做好两种思想准备，考得上和考不上。启鸿说，我买的是单程车票，就没打算回去。结果，他真做了版画系学生。

他家境不济，所以，能上学就得想法儿节省。一次，学院几个部门联合检查学生宿舍卫生，在他床上看见一个棉花被套。"被面呢？"一个老师问。同学说，被他撕成小块擦铜板了！后来，学校给了他一块被面，并嘱咐不许再撕了。

他一年到头没几件衣服，到冬天差不多把四季的衣服通通穿上，一堆领子，勒得喘不上气，要不断地往后面倒腾。

他毕业以后被分配到广西艺术学院，"文革"中用木头做了一台铜版机,还扛到北京来给李桦先生看。那台木制铜版机不是很大,机身上还用红油漆写了"战备铜版机"几个字。他向李桦先生讲解了他这一台木制铜版机的若干优点,除了各项性能不差于金属的以外,特别强调"行军携带方便"。李先生看过以后说:"真的打起仗来就不做铜版了。"

1981年,他的一件铜版作品在意大利获了奖,主办方请他去领奖,这在当时可是太少有的事了。

他到了意大利,人家颁了他一个大奖杯,他走到哪里都抱着。有一回坐火车,对面一个英国人对他说了一句话,启鸿能听得懂些英语,知道那个人在骂"中国人是狗!"。启鸿"嚯"地站起来,把奖杯举过头大声说"You are a dog.",就要砸下去,幸好被身边的人拦住。那个英国人遭到大家的谴责,最终向启鸿道了歉。

启鸿出生在香港,有一年,他通过香港写字楼办了手续,一个人离妻别子先去了,想以后落了根再接家人过去。他觉得自己是国内艺术学院的副教授,在香港中文大学找个差事应该不难,可是,人家没有一点聘用他的意思。

启鸿最后做了一家宾馆的"更夫",夜里看门,白天睡觉。

1984年，版画系伍必端先生在香港找过他，他说，觉得胃大概是出了毛病，伍先生劝他回广西治，启鸿说，也是想回去的，再挣些钱吧，一定回去。

1987年，他回到家，到医院查出来是胃癌，不多久就去世了。

鸟窝

北京中山公园、文化宫里的柏树长得好，粗壮高大，伸出去的枝丫虬龙一般。据说，1949年以前，有许多的苍鹭（灰鹳，俗称长脖子老等）每年4月从南方飞过来，就栖息在这两处的柏树上。体长接近三尺，那鸟巢筑得也就很大。母苍鹭生了蛋，要孵，可是它的脚杆太长，卧不下，怎么办？它很聪明，就在筑巢时，在底部留出两个洞，腿就可以从洞里吊下去，这么着，它的肚皮就贴伏在蛋上了……

1949年以后，常有庆典游行，锣鼓喧天、鞭炮齐鸣、人声鼎沸，那些苍鹭都飞走了，飞走了也就不再回来。

鳥窩

为马刚写"序"

20世纪90年代,有两年,社会上最流行"荤笑话",马刚收集了不少,脑子一热,竟然跑到深圳去,想把它印成书。有一天,他从深圳打电话来要我给他这本书写个序。怎么写?书稿我都没看过,再说,一般"荤"一点只要有幽默在,还可以看,就怕是"荤"到发"黄",那可是不好障人耳目、偷摸过关的了。所以,我很是为难。但是,经不住他"恳请",还是写了。我是这么写的:

序

马刚要我为这本书写点什么,如果是笑话,还可以从幽默说起,但是沾了"荤",就不知怎么办了。□□□□□□□□□□□□,□□□□□□□□□□。□□□□□□□□□□?□□□□□□□□,□□□□、□□□□、□□□□;□□□□□□。□□□□□□!□□□□□□□□□□(以上72字删除)。□□□□□□□□,□□□□□□□□□□□□□□□□(以上24字删除)。□□□□□□□□□□□□□□□□,□□□□□□,

□□□□□，□□□□□□□□（以上32字删除）。总之，"仁者见仁，智者见智"，是为序。

我最早读《金瓶梅》是在大二，美院图书馆里有，民国出版的。开卷看了没几行，便遇小方框，说"删去"，动辄就是几百字，所以，翻到底也没看出什么意思。那时也讲究"洁本"的呀？不过，忒"洁"了点！

连《笑林广记》最后的部分里也是有点荤的，却未见"洁本"。可现今是什么社会？估计马刚那本书最后是"烂在锅里"了。

"虎峪"的活儿

昌平有虎峪村，村北靠山，山下有大洞。村支部书记欲借此开发旅游项目，找到学生程刚帮忙筹划。学生先请到雕塑家刘焕章先生作道教人物，先生麻利，不久便开始塑造玉皇大帝、王母娘娘、太上老君、二郎神、八仙……

学生又来找我作洞壁佛画（参照敦煌壁画），让我与书记谈。几谈成，只待再来签合同。刘先生听闻，着急了,语书记:"不中、不中!那不成了'两党执政'了吗?不中、不中!"书记顿时懵懂,我也说不清,此事就没了下文。

事后有朋友告,福建多有同室供奉孔子、老庄、释迦之庙,并无"多党执政"之嫌。

头回想要发个"外财",就吃了个瘪。

身教

1973年那会儿,黄永玉先生家住北京站前的京新巷。听他讲一件事:胡同里路灯的灯泡被小孩子用弹弓打碎了,入夜一片漆黑。有一天,黄先生领儿子黄黑蛮从街上走进胡同,深一脚浅一脚的,黄先生问黄黑蛮,没有路灯照亮,地上那么多砖头瓦块,老爷爷出来上厕所,工人叔叔下夜班骑车从这里过,看不见就会摔跤,怎么办呢?黄黑蛮那时才六岁大,听了说,那就搬开吧!"好的。"于是,父子俩把摸到的砖头瓦块都归拢到墙根下。

黄先生说,我为何这么做,是想教会他"无论做什么事,先要想到别人"。

一日，于美术馆看罢展览回美院，骑车经过一个交通岗亭，猛然见前面地上横一木板条，两端都有四五根铁钉尖儿朝上，我为之一惊！及时躲闪过后，想到倘若有人未曾注意，或许踩到，或是自车上摔下来，一屁股坐上去……后果不堪设想！我赶忙下车，将它拿到墙根前，钉尖儿朝下踩进土里。过后，心里方才踏实。

这便是"先要想到别人"吧？

永乐宫

1979年10月底，我们版画系研究生班一行八人进行艺术考察，来到了山西芮城的永乐宫。

在重阳殿和纯阳殿之间有条两米来宽的过道，两面墙上满满的也是壁画。我们几个人刚拐进去，就被一架斜靠在墙上的梯子挡住了路，一个人正手持相机站在上面，听梯子底下站着的一个老太太指挥，调多大光圈，调快门多少速度。那梯子就顶在墙面上，拍照的人整个一个后背又靠在上面！这还了得！我们几个在下面异口同声地大叫："你快下来！没看见梯子顶着壁画吗?！"那老太太怔了一下，连忙叫那人下来：

"先不拍了,不拍了。"

"这是古代文化遗产,中国绘画的瑰宝,你们这么干真是造孽呀!"

那老太太(其实也就五十几岁的样子)说:"我叫侯波,"(哎呀!那可是大名鼎鼎的摄影家呀,专拍毛主席和中央首长,人称"红墙摄影师"!)"是国务院派我来拍片子,出画册用,这是介绍信。"说着,她由一个信封里抽出一张纸来给我们看,纸的抬头是国务院机关事务管理局,红字,上面写着"兹介绍新华社侯波同志前往贵处,为出版大型画册《永乐宫》拍摄壁画,请予协助为盼,此致敬礼"云云。

"这个过道太窄了,距离不够,没办法,所以……"她说。

"那、那也不能这么着吧?"我们说话的声调显然降了好几度,义愤填膺的劲儿瞬息没了,像放了个蔫儿屁。

"我们一定注意、一定注意,谢谢你们,谢谢!"

我们离开以后,他们还接着干吗?似乎管不了了。

祝寿醉酒

黄永玉先生六十大寿那次,在北京饭店贵宾楼举办庆生宴,我也在被邀之列。

进餐厅时,见黄先生坐在门口的长椅上迎候来庆生的友人,黄先生见我进来,就拉我在他旁边坐下,师生俩谈了一会儿话。

那晚,在偌大的餐厅里只摆了两桌,每一桌十个人,黄先生那一桌我认识的,记得有刘秉江、杨明义、天津人美的邓柯诸位先生;我分在梅溪先生这一桌,记得有詹建俊先生、刘焕章先生、庞涛先生等。黄先生特意从家里带了十多种洋酒来,那瓶子各个设计得别致,摆在圆桌中间,让人忍不住想挨个儿尝尝。

宴会开始,大家举杯道贺,说了许多免俗的让人高兴的有祝福意思的话。

梅溪先生让我拿酒到邻桌给黄先生敬酒:"我们这一边的人都不能喝,除了你,你就代表我们吧!"我走到黄先生面前说:"我是代表那一桌向您祝贺的,我喝了它——"黄先生说:"我从不喝的,你自己想怎么喝就怎么喝。"

一边吃着、喝着,一边还听着黄先生的笑话,大家兴致都很高!过一会儿,梅溪先生又让我代表她到邻桌祝酒,感谢大家的光临。黄先生指着我说:"他成'雇佣军'了!"

宴会进行到一半,我还没"醺",但是很"酣"了。

詹先生对我耳语道:"你看那桌的邓柯,数他能喝点,可眼圈儿都绿了,你要是再让他干一个,估计就能出溜到桌子底下,过去拿下他!"

我对着邓柯举杯,他跟我碰了一下,没含糊,一仰脖儿喝了。

我告诉詹先生说,邓柯眼圈儿其实没发绿,我注意了,眼睛四周是一圈儿汗毛,黑黢黢的!"那咱们上当了。"詹先生说。

就因为刚才那一杯,我忽然就"醺"了,远处看邓柯两只大眼,肿眼泡上的汗毛确是发绿,他怎么没事呢?……接着我开始出虚汗,估计脸色也不大好看。黄先生看见了,让我到进门处那把长椅上躺一躺。我一躺下来就睡着了。

待我醒来的时候,宴会厅已经空了,只剩下杨明义坐在我头前,我身上盖满了餐巾布,一溜洁白。

唐生醉酒

"你总算醒了？"

"我睡了多久？"

"十一点多了喂，你困了两个多小时了！"

"这又是怎么回事？"我指指身上的餐巾布。他说："黄先生说你一高兴就喝多了，醉了酒以后会冷，黄先生就走过去把一块餐巾布盖到你下巴颏下，随后，大家跟着从上往下盖……哈哈，有点像在'告别厅'了。哈！宴会结束后，黄先生嘱咐我负责送你回家……"

这一次喝醉酒是我在不"知彼"上了。这个邓柯，等我找一天跟你单挑！

邓柯的彩墨画

1973年，黄永玉先生在斗室里天天画高丽纸彩墨画，学生里刘秉江、秦龙也学着画，黄先生也叫我画，还说："你画够两百张就画出你自己来了。"后来，我见到天津人民美术出版社的邓柯也在画，他多画江南水乡。有一次到天津办事，顺便拜访他，得见他画的一批彩墨画。水乡河道两旁木楼的窗子里伸出许多根晾衣竿，很有形式感，挺好看的，其中的一根晾衣竿上还挑着一条粉红色的底裤。一幅一幅看下去，竟然大部分画里都有。

"你干嘛画这条裤衩子呢？"

"这一点鲜明的色彩有点睛之用，增加生活的情趣呀！"

但我觉着特俗（邓柯要是知道我这么评价或许会生气，倘要找上门来，我就得跟他拼老酒）。

"人字拖"

20世纪50年代，印尼排华，逼得很多华侨别家舍业回到祖国，一时北京街头多了许多穿人字拖的人，皮肤黝黑，花衬衫、短裤衩，满嘴"巴里巴朗"，老北京当新鲜儿看。别说，人家光脚丫子穿人字拖，看着就觉着凉快，可是没地界儿买去。

1962年，挨饿的日子，我的附中同学、后来进美院学雕塑的汤汉生，母亲在澳门要他过去，这不是挺自然的事吗？他一走，学校私底下就传说他"叛逃"了。

汤汉生是共青团员，在附中还做过少先队辅导员，是个阳光男孩。

他走后不久,给团委书记赵庚生写信来,信里还夹带了团费。他在信里说,他会回来的,他的夙愿是在虎门作林则徐像,一定要实现。信的末尾问书记想要点什么国内买不着的东西吗,书记回信说,那就买双人字拖吧。

团委书记收到了人字拖没有?没听说,倒是听说他挨了领导一顿批,说他"党性不强""资产阶级的享乐思想严重""同错误划不清界限""政治思想工作严重失职"……自那以后,这位书记便一蹶不振,被人字拖拖累了。

练眼力

以前美院招生,考生需寄交画和相关材料,里面有一张表格和三张一寸照片。每年考过,没被准考的学生的材料堆成山,甚是可惜,也不知如何处理,扔了、烧了都不合适!

又逢招生,我把未准考的学生的照片抽出来,在背面注明考生籍贯之后,通通收在抽屉里,几年下来便积攒了许多。闲暇时,我一帧一帧地翻看,先看人脸,猜是哪个省和哪个地区的,之后再看背面的"注"。看得久了,辨识的正确率有所提高。我觉得这种训练或许有助于形象的创造。

记得20世纪60年代在美院时,每日晚饭后都要走一遭王府井大街,如果是几个同学一起走,常要玩个"猜人"的游戏。那会儿王府井人来人往还不算多,看见对面来了人,赶紧猜是什么地方的人、什么职业。然后,选一个人走过去搭讪,想办法打听明白。玩得久了,也能猜个八九不离十。

好记性

有一年,附中老同学孙增礼来北京,在京的同学为这个聚了一回。

闲聊中,说起校尉胡同时的老美院(1955—1965),老孙说,你们记得那会儿门牌号是多少不?

"不是校尉胡同5号吗?"

"不对,是8号。"

接着他又问:"那会儿咱们校门口传达室的电话号码是多少?"老天爷,这个实在是没谁能想得起了!

"5局0408!"老孙说。

"对、对、对,您瞧这记性!"

得法

电梯里有时会遇见这样的人，他瞪着"死鱼眼"从头到脚打量你，你反看他，他眼光会躲闪，接着还会上下打量，就像车窗的雨刷。你就猜不透他想寻求什么答案，或者有什么发现。弄得我心里好不自在，以为自己脸脏，或者是衣衫扣儿错了位。后来，再遇到此种情况，即以其人之道还治其人之身，还要有过之而无不及，坚定地把他看"毛"了，很见效。那人往往无地自容，不管到哪一层楼，只要开门他就逃走。

这事要是搁在东北，或许一个"电炮"就砸过去了！

眼光

停课代罚

1984年，版画系"土法上马"有了丝网版画工作室，为教学，每日必操练制感光胶、显影制版、印刷、清洗网框……

一日，在工作室外晒网框，有一老者，兴趣盎然地蹲在我旁边问丝网版画制版流程，我虽然不耐烦，却也不无得意地夸说这种版画的不同寻常。

第二天，东城区环卫局来人调取排污水样（始知头天的老头是个探子），但并无现成。我便将所使用的各类化学物品，如重铬酸铵、明胶、火碱、汽油、松节油、油画颜料、稀料等，每样一点放进一个注水的玻璃瓶中，摇晃了几下，交给来人。

又一天清早，系秘书找到我，说院长侯一民叫我去。见了侯先生，他说："你们丝网工作室可是闯了大祸了！排污超标500倍，毒太大了！"我说是随便放的，没个比例。"那不是胡来吗？人家要罚款5000元！还有咱锅炉房的大烟囱，冒黑烟，也罚5000元！这哪行呀？！没办法，我答应人家了，先把丝网课停了，少交5000元吧！"

直到半年后有了国产感光胶和其他替代品,丝网版画课才恢复。

湿火柴

在打火机还不甚流行的年代,火柴是生活的必需品。火柴湿了咋办?你只要把火柴头塞进耳朵眼儿里,捻动七八下,拿出来再划,就能划得着了。

余本

记得是1963年,在帅府园美院陈列馆有一个油画展览,总有十几位画家参展吧,其中,我特别喜欢余本先生的作品,因为他的画很特别。

那年美协组织一些油画家到小兴安岭林区写生,听说在从哈尔滨北去的列车上,余本先生一直临窗画速写,把窗外那些一闪即逝的美景记下来,到了伊春,已经画了整整一册。

安顿好住处,大家都迫不及待地到林子里去选景,唯独余本先生,就在房间里开始根据速写画油画。等到大家归来，都问他是在哪里画的。

一般人都是在努力地描摹自然，而他是在作"画"。他主张用"脑"作画，这或许就是他与人不同的地方吧！

展览遭遇

1979年，"五月版画会"在中山公园水榭办展览，有一天由我值班。将闭馆时，进来一个外国人，看他只二十几岁模样，身着蓝白格子衬衫，直觉他是个苏联人。于是，我趋前用俄语同他打招呼，他很高兴并自我介绍说，他当过兵，复员以后就被调来苏联驻中国大使馆当司机，又说喜欢版画云云。这时，我发现有穿藏蓝衣服的一个人立在距我们最近的一个镜框前，像是看画，却一直不动地盯着我们看（他不想想，我也能看到他在盯我们不是）。这便使我起了疑心，莫不是在监视我们？那时，中苏关系正僵，苏联就是敌人，如有中国人同"苏修"接触，不但会被警告说"危险"，也会被怀疑"里通外国"！

展厅已无观众，那"蓝衣人"却依然在那里伫立不动。我同那苏联人说了"达斯维达尼雅（再见）"了，他回了句"斯巴塞巴（谢谢）"便走了。我回值班室取了书包，回到展厅，那蓝衣人已不在。我锁了门回身下台阶时，突然见那人就蹲在附近，只是身边又多出一个女的。

出了公园，骑自行车快快地回到美院。在画室里看了一小时书，决定回家。出门，竟瞥见那一对男女又蹲在校门北边的墙根下。他们怎知我会回美院？有点可怕！

晚上，凭回忆把与苏联人的对话整理出来，准备万一"有关方面"到美院找我，就把它交了。

后来，并没人找我。但是，我坚信我的判断无误。那时专事这种工作的人，北京百姓叫他们"雷子"，叫我遇上了。他们很辛苦。

瓦当

1979年版画系研究生班考察,到了西安落脚以后,头一个想去看的就是霍去病墓,偏偏那一天有雨,公交车停运。我们几个商量,干脆走着去!看地图选了近便的路,一路都要穿过乡村,未承想道路泥泞不堪,行走不畅。来到一处村落,四下里都是土黄颜色,土黄的路,土黄的墙,土黄的树木,土黄的房,唯有柳树的新绿增添了些许的生气。

头也不抬地行路,不经意间看到水洼子边上露出一角的瓦当来,我将它拾起细看,是个残破的,却也能辨得出有云纹图案,莫不是汉代的?管他真假,先拿了吧!这时,从路边院门里走出一位妇女,走到跟前指着我手里的瓦当说:"你拾喔烂瓦杂,奏啥呢?"我说:"保不齐是个老东西呢。""咩——啥老东西吗,真是莫见过啥,茂陵屋垯多得跟啥一样的,老快把喔撇了去,把手都脏咧,呵呵。"听她这么一说,我当即把它放回原处,继续走路。

到了茂陵,看见有瓦当,却都在房子上,那些房子看上去也"生"得很,哪里会有老东西?

回想村里看到的那一角瓦当，或许就是个真的，我想捡个完整的，结果落得一场空。那个妇女未必知道秦砖汉瓦，但是对于我的行为，她认定是"缺心眼儿"的。

村儿里的东西，别管是什么，还是留在村里的好。

残瓦当

连窝端

小区西门口外有几根水泥电线杆子，顶高的地方撑着个变压器。有一日，来了几个电业工人，搭了长梯子，一个戴安全帽的工人爬上去，用一根棍子捅变压器边上的一个大喜鹊窝。小区院子里的人看了都说："好好的一个'家'，别破坏了它呀！"

"这个您就不知道了，"扶梯子的工人说，"它这东西搭窝不光使树枝儿、草棍儿，还捡铁丝儿什么的，常闹得上边儿短路——"话还没说完，他从由上边掉下来的零零碎碎里边拾起弯弯的一段粗铅丝，"您看是不是——您瞧瞧，它什么都往上边'改搂'。"说话的工夫，又"哗哗"地掉下一堆，他又捡出两根铅丝来。

看热闹的人说："这么看，是得拆、得拆。"

姥姥看电影

20世纪50年代，市面的小电影院捞不上演"头轮"的新电影，就演老片子，而且是循环场，反复地放。你买了票就进去找座，不管从哪看起，看完了再找补那段没看过的,你可以翻来覆去调了个儿地看,甚至再睡上一觉都行。

邻院的大娘请姥姥看电影,看的就是这种循环场。吃过中饭去的,到吃晚饭时才回来,我妈问姥姥看得咋样啊,姥姥说:"出来进去的,老是那么几个人儿,车轱辘话,也不嫌乎累,我没那个耐心烦儿就出来了,到了儿也没看明白。"

妈妈看戏

邻家二姨找我妈去看新凤霞的《刘巧儿》。"五嫂,工人俱乐部今儿晚上头一场,说是可好看了!"

"苦不苦?"

"咋不苦呢,老苦啦!"

"那去吧,等我多拿两条手绢儿。"

我妈看戏、看电影的标准就是得"苦"。

"愉悦感"

有朋友在文物部门工作，借便，常画些老建筑，用极其写实的手法表现。一日，夕阳里，两扇破旧的红漆大门让他很激动，急忙搬来油画箱开始写生。之后，每日准时定点作业，一晃就是一个半月。终于有一天完成了，他请老同学、老朋友来看。那画确实画得逼似，连门上脱落的漆皮下边滋出来的麻刀都没落下。他颇自得地说，画完回到家仰身倒在床上，第一次真真体会到创作的愉悦感了！我当时想，那其实是"疲劳过后的松弛感"吧？但是，没跟他说。

校庆标志设计

美院40周年校庆前，外办的朱主任把我叫去交代一项设计任务，设计一个标志，要用在请柬上。那时还没有设计系，我只好领下这个任务。我构想用数字"40"和美院校徽两个元素，而那个"40"要有手写的随意感才好。画出设计稿（那时还没有电脑）就拿给朱主任看，她当即给否了，说太草率，太不严肃！

40

1992年，西班牙巴塞罗那奥林匹克运动会的一系列设计公布了，那个会标一条黄、一条红、一个蓝点，就有随意的书写感。我拿了报纸就去找朱主任，进门把报纸给她看。"当初我设计的校庆的标志不也是这样吗？怎么是'太草率，太不严肃'呢？！"她没言声。"朱主任，通过这件事，我明白了一个道理，以后呀，凡是你朱主任喜欢的，一准是我不喜欢的；凡是你朱主任不喜欢的，一准是我喜欢的！"

从那以后，她就不再找我设计什么了。

小郭子

1973年，我在东直门中医研究院工作，我在的科室叫宣传组，一共五个人，画草药图、针灸图、解剖图，制作幻灯片和领导出国带的礼品（主要是国画），等等。组里有三个人能画国画，其中老赵在西南联大学过，还有一个聋哑人老冯也画得好。

食堂里有个小郭子，是回城知青，分在食堂负责"切配"。他倒是从小喜欢涂涂画画的，所以，还留着一份兴致，时不常地爱往我们宣传组走动。有一天，他恭恭敬敬地给老赵鞠躬,说要拜个师。老赵没经历过这个,不好意思地说:"拜什么师呀,我还在学着哩。你要是感兴趣,抽空儿画画,拿来大伙看看。"小郭子说:"我没画过,画不了,不如您给出个样儿,我回去照着画,再拿来给您指正。"老赵二话没说,立马就画了张兰草,一边画还一边讲解。没两日,小郭子就拿临摹的画给老赵看,老赵再画别样的给他看。不过,半年以后,小郭子就不来了。

有一天,我在胡同里走着,瞥见一个大院门口边挂着个牌子,上书"画家郭某某之居",嘿,这不是小郭子吗?我走进院子就高呼大名,立时有人从一间屋里走出来,果然就是!

"走到这儿渴了,没想真是你!给弄点凉白开吧!"

小郭子掀起竹门帘子把我让进屋里,又让我在一把后背镶了螺钿的老木椅子上坐了。"您想喝口凉白开是吧?对不住了您呐,还真没有。不冤您,我整个这一夏天就没喝过自来水。"

"那喝什么?"我好奇地问。他弯腰从床下拉出一箱玻璃瓶可乐:"就喝这个。"那会儿,可乐还是新鲜物,大宾馆里有,一般人都没尝过滋味儿。

"那你必是发了！谋的什么差事呀，这么体面？"我问他。"画画呀！"他指着满墙挂着的画，画的都是葡萄。"我拜了个师父，能挣着钱了。"他说。

"啊呀，你这字儿也练出来了？"

"不是我题的。您还记得咱们食堂那个何会计吗？我画一批就请他过来帮忙，不白题。"

"倒也是个办法。"

"大哥，您要不嫌弃，我这就给您来一张，就是快，立等可取！"

"好好好。"

他铺开纸，先大吸了口气，然后对着纸"啐啐啐"往上吐口水，看得我吃惊不小！"你这是干什么？"

"大哥，这可是绝活儿。您先落座，熏一颗'三五'的，再喝点儿，说话就干，干了咱就接茬儿画。"

不一会儿，画上的吐沫星子干了，他就在上面画了几片叶子，叶子上立时现出一些白斑，就像是霜打过的。"绝了！"这是我所未见的技法，不由得夸了一句。他说，"师父教的"。稍停，开始画葡萄，那也是奇妙非常的，毛笔在纸上一拧一个。

"大哥您来几串儿？"

"两串儿够了,齁费劲的。"

"不费劲,您想要几串儿我就给您来几串儿,自家产的不是?"

那幅画他没让我拿走,他说还得让何会计题款儿。

从他那里走出来,我想,这种活儿我干不了,所以,依旧喝凉白开,可对于他来说,是更上好几层楼的事,挺好。那次以后,我常留心他的处境,竟是一顺百顺的,他不单办了个展,还常在《北京晚报》上露脸……

算不清

黄永玉先生八十大寿那天,"万荷堂"来了许多人,王琦先生及师母韦贤先生及儿子王伟、王仲也来道贺。王先生一家和黄先生一家20世纪40年代在香港就有交往,是老朋友对老朋友。

大家在院子里闲说话,韦先生说的还是重庆话:"永玉呀,你有好多存款?"

"不多。"黄先生叼着烟斗,说出来的那俩字,混在一缕青烟里也是重庆音儿。

"会不会得有几千万元?!"

"……利息吧。"黄先生说。

王先生大笑,韦先生半天也没想清楚黄先生到底有多少存款,但也不再问。

新年聚餐

1995年的新年,版画系教员在学校附近的饭店聚餐,把王琦先生、梁栋先生、孙滋溪先生、李宏仁先生、宋源文先生也请来了。入席的时候,自然地分成了老、中、青三桌。

聚餐结束,大家纷纷离席,我起身时,看到三张桌面的情况很是不同:我所在的老先生一桌吃得最是干净;中间一桌消耗一半;年轻教员那一桌几乎没动。有人说:"老先生平日里被家人管着,不敢吃肥的,不敢多糖,不敢吃多,时间长了不免'亏嘴';年轻人应酬多,经常有饭局,吃腻歪了,这顿饭就没入眼;中年这一拨,介于两者之间。"我说:"也是因为老先生们过去都挨过饿吧?"

献血

协和医院常来美院组织无偿献血,学生都还踊跃。有一次,我也和他们一起排队,心想,这事应该做,尽尽义务吧!

等我终于排到桌子跟前,正挽起袖子,校医务室的一位大夫问:"先生,您这是……"

"献血呀!"

"谢谢您了,老血了,不用献了!"

我估计那大夫本是想说:"岁数大了,就不用献了!"

古元画里人物的裤腿子

古元先生在延安时期木刻里的那些农民形象,怎么看那裤腿子都像米勒画里农民穿的。有一次我就问古元先生的女儿古安村,她说:"没错,我爸念中学时就喜欢米勒的画,还买了画册,走到哪里都带着。"我又说,也有点像珂勒惠支画里的裤腿子哩!"没错,我爸也喜欢珂勒惠支,学得很到家。"

猜对了,我心里有点小得意。

业余"收藏家"

"文革"期间,美术公司出了一位"收藏家"。

这位爷,起先,拿了本册页去求画国画的同事在上边画点什么,人家画了,他就拿着这个册页去找李苦禅先生,见面就说:"李先生,这是我请我们公司的同事画的,我想学画,您给看看,照这个学能成吗?"苦禅先生性子直,爱说真话,那时候人人都可能是"造反派",不当心不行,惹不得的。于是,就耐心给他讲解、分析。这位爷说:"您就在这上面比画一下,我就更明白了!"苦禅先生就那么着了。

回到家,这位爷把同事画的那幅从册页里撕下来,重新修补好,只留下苦禅先生的那一幅摆在前头。过几天,他拿着册页去敲李可染先生家的门。"我想学画,苦禅老给画了个样儿,他老先生说,你要想学画山水,应该找可染先生。""可染先生说,他画不了那么快。""那就先放您这,过些日子我再来拿。"

有了苦禅先生、可染先生的画垫底,他接着找别的知名画家,人家一看,两位李老都给画了,求到咱这儿,也不能不画呀!再说,能和二李老搁到一块儿,明摆着"沾仙气儿",光彩呀!

这位爷,就这么一来二去的,集了好几册,每回出门都得用包袱皮儿包好背着。手里东西越多越好求人。许多画国画的听说了,都想饱饱眼福,最好能再掺和两笔,甚至会托人找他,他却并不都答应。

他渐渐出了名,但是,没人再待见他,因为就这么"套"取,很"不够操行",再加上他后来写了一篇文章《用战无不胜的毛泽东思想治疗精神病》,到处投稿,虽然屡寄屡退,他还是一往无前地写和投,让人怀疑他本身就有精神病。

随黄永玉先生访友

大学二年级时,有个星期天,黄永玉先生叫上我:"走,跟我看朋友去!"

去的是萧乾先生的家,记得是在东城。走进去的那一间屋子,并不像住久了的家,倒像是刚搬进来不久的新居。地上四处堆着书,还有一个一米半见方的矮桌,上面也堆着书,只留桌子的一角放了一架手摇唱机。萧乾坐在旁边的小凳子上,侧低着头,正在专心地听,喇叭里传出来的男中音拿腔拿调。

"嗨嗨，我来了，这是我学生。你在干嘛？"黄先生和他打招呼。

"听朗诵，是莎士比亚的，古英语。"

"你懂？"

"当然。"

"我坐哪里？"

"椅子呀，给你留的。"

"学生呢？"

"坐地下、坐地下。"

这是我还记得的。

那天，他们聊了一上午，笑了好多次，我只是听。（2020年10月22日我跟黄先生提起这一事来，他说，后来，萧乾把那些黑胶唱片都给了他，到"文革"时全都被"红卫兵"砸掉了。）

又有一个星期日，黄先生带我去访国画家许麟庐。画室不算大，南北长，东西短，一个画案占了大部分空间。案子左上边放着一沓子画好的画，黄先生一一翻看，我见许多画上都写着"酒后为之"。西边墙上挂了一幅装裱好了的大画，许先生说是他儿子画的，画的都是红蜻蜓，总有百十来只，很有意思，很好看。许先生跟我说："中国画里有'山要云断'，为什么版画里不好好利用云呢？你试试，一定会有突破。"我说："以后得试试。"

那一天大家还说了什么、做了什么，现在，想不起了。

巴黎的瓷器店

巴黎歌剧院的斜对面，香榭丽舍大街上的拐角处有一家瓷器店，我径直向那里走过去。八月午后的阳光照进瓷器店的大橱窗里，那些精致的茶具闪烁着亮光。

在各色各样的瓷器后面，摆了一幅有复杂花纹框子的油画，画的是一位贵妇人。仔细地看，人物刻画得生动而有个性，色彩讲究，用笔潇洒……可是，这么好的一幅画怎能就这样曝晒在阳光里呢？！糟蹋艺术呀！

我差不多是带了一脸愠色走进店里的。我跟一个店员说，那么好的一幅画是不该曝晒的。他说，我们是在跳蚤市场买来的，有年代有名姓的，但是没有名气。您知道"印象画派"时期的画家，最有成就的是数得出来的，而绝大多数画家是默默无闻的，虽然画得也非常地好！

当时，我很有感触，就以这幅画的绘画水平，在中国，大概当个美术学院院长是绰绰有余的。

隋丞和普洱茶

隋丞在深大（指深圳大学）有画室，书架上摆着很多精装书，你要是抽出来看，有许多就是个壳子，里面夹着的是一饼茶。书柜子里有成堆的紫砂壶，都是有年头的了。

那年，我到深大拜访众朋友，他先请我到他的画室里品茶。

他拿出一款30年的老树普洱，冲泡的水也讲究，是云南的纯净水。

我喝普洱这是头一遭，全然不懂。看他洗了茶、烫了小杯子，倒了茶递过来，我几乎是一口一个地倒进嘴里。"这是第一泡。"他说。等又递过一杯来时说："咱们喝第二泡。"我又一口一个地喝了，忽然，打了一个嗝儿，他兴奋地说："您对茶太敏感了，反应特别对！"

直喝到第六泡，他迫不及待地问我有什么感觉。我心想，啥感觉，喝茶有啥感觉？解渴呗。可是，看他那盯着我的劲儿，真不想让他扫兴，便说："脑袋里出现各种抽象符号了。""太到位了，没悟性的，也没这个！"我们接着喝第七泡、第八泡……

"您这回呢？""什么？""感觉呀？""啊啊，那什么——我觉得上半身像是透明了！""太有境界了，超敏感呀！"好像别人也有过类似的体验似的。

这时，齐凤阁老师来了电话，说该吃饭了，隋丞说："就到、就到。"他挂断电话又打电话，把他的一个研究生叫来。"这是一款30年的普洱，刚喝到精彩处，齐老师叫吃饭了，没法继续喝了，你拿去跟同宿舍的同学接着喝吧。"他把壶里的剩茶倒进一个小塑料袋里，交给学生，"喝去吧，喝到半夜没问题！"

那一次喝茶给我留下了深刻印象。后来，自己在家也常喝，知道了打嗝儿的事是会经常发生的，至于其他的境界，想要有，却始终没有。

先生的木刻

我们版画系59级这一班总共20个学生，一半在古元木刻工作室，一半在黄永玉木刻工作室。某日，黄永玉先生把他的木刻原版拿到工作室来，是他的《春潮》，让同学们学着印，印好了就归自己。古元先生也把自己的水印木刻《早春三月》的原版拿到工作室来，自然也敞开儿地让大家印。那几天里，20个学生光顾着忙活这件事了，每个人都想多印几张，却因为木刻版子少，人多，印七八张也只得一二张合格。不过，你印得再好，也得不到先生的签名，因为那是课程，又是规矩，我们也是头一回知道。

1999年5月，黄先生要在美术馆办画展，有一个厅要展版画。经过"文革"，好多画没有了，包括《春潮》。我印的两幅，"文革"时和其他许多东西被街道"红卫兵"毁了。我问其他老同学，能否把过去印过的拿出一张来成全先生的展览，可是大家手里都没有了。

"可可提"

"文革"结束了,那些爱养月季的主儿开始蠢蠢欲动了,不知从哪里搬出一盆一盆的各色月季花,摆在大杂院里各处,给灰蒙蒙的日子点缀了些色彩。

同事老张好养月季花,见多识广,他和京城"养家子"都熟,有什么新鲜样儿的,他都知道。有一天,我从他家过,他一定要我看看他侍弄的月季。我是一窍不通的,幸好每个盆里都插着个标签儿。"这个。"我指着开着肉色花的,标签儿上写着"可可提"的一盆,说:"听这名儿,像是打新疆那边儿来的?"

"那你可说近了,不是。这是个纯荷兰种,以前咱北京没这个。你看这色,多像肉皮儿,人家起的名儿叫'裸体',挺恰当的,可是到了中国,有那傻哥们儿,把个'裸'字儿念白了,成了'课体',再口头那么一传,一来二去的,它原本叫什么、什么意思,不知道了。这'课体'叫着、叫着写出来又成了'可提',可是'可提'是什么呀?那就再加一个'可',听着有点外国味儿了,从那以后就叫'可可提'了。您说,这都是什么玩意儿!您再提'裸体',怎么捯扯也捯扯不回来了。"

"唔、唔,长见识、长见识。"

先其君

可可提

叶先生的意见

1983年11月,天冷了,还常阴着。从襄阳到重庆搭船,就是为了看三峡景致。在船头遇见一个美国人,是个会计师,爱说话,他告诉我,他用一年的工资游了大半个中国。又说,他从小就羡慕当会计师的舅舅,上学读书的目的就是在最后能成为会计师,像他舅舅一样。现在他是会计师了,也不再想往高处走了。

他忽然冒出一句话:"我一路走,很多人一见面就跟我提留学的事,你怎么不说呢?"

"我没这个打算。"

第二天在重庆分了手,他要了我的地址,说以后会写信给我。

第二年春天,果然接到这位美国会计师的信,他说,就因为我没提过留学的事,他反倒愿意帮忙,并且,很快帮我在美国加州圣地亚哥艺术学院报了名。不久他又告诉我,那个艺术学院从世界70个报名者之中选出4个人,其中有我。再后来,那个艺术学院就不断地寄来各种表格要我填,比如:你习惯一人独住,还是愿意与人合住?你有特别的癖好吗?像吸毒、同性恋……

因为好奇，还是填了能填的寄过去。

就在这时候，学院外事办告诉我，法国文化部和法中友协有计划邀请中国4位美术学院的老师到法国去完成一项交流的计划，其中也有我。两件事临头，我没了主意。

我跟老同学吴小昌说了，他建议我去找叶浅予先生咨询一下。

叶先生家住在雨儿胡同。我们进了院门走到正房门口，轻叩门，唤了一声"叶先生，我们来了——"，随后报出姓名。"啊啊——请进。"

进门不到4米处横放了一架大床，床上斜倚着一个穿白睡衣的人，后背下的枕头很大，全身几乎都埋在被子里，被面也是一色白。她就是师母王人美，我和吴小昌同时叫了一声"师母"，她说了"你们好呀"，声音微弱。那旁的叶先生正忙着从煤炉子里往外铲灰。

小昌说了我的来意，我又稍微详细地解释了原委，之后，就等着先生说话。

"美国的艺术不都是从欧洲移植过去的吗？我去过美国，他们真的没有艺术，要学习艺术就要去欧洲。到美国留学是你自己的事情,而有法国文化部邀请,那是国与国的事情,人家花了4年时间在各美术学院里暗查、筛选了才定下你们4个人,有多少的斟酌,有多少的爱惜与尊重?孰轻孰重?不能'敬酒不吃吃罚酒'吧?所以呀,还是去法国!你说呢?"

"明白了。"我说。之后,就再也没有理会留学美国的事。

1985年去了法国,每一天都验证和体味着叶先生的话。

叶先生的关心

1978年考上了美院版画系研究生,读了两年就毕业了,前途只有两条,要么留校,要么回原单位或者另找出路。还好,原单位中医研究院很乐意我回去接着画解剖图、草药图、针灸图,认为读了研究生的人会干得更好。既然有人接着,学校留不留我倒是无所谓的了。

有一天,在王府井遇见伍必端先生,他说,你能不能留校这个问题还没定,你先做好思想准备,多找几个去处吧!我说,这您就不用操心了,原单位还能回去。

后来听说，为了留不留我，系里教员分成两派，争执得很激烈，偏向不留的占着优势。

师兄杨启鸿要在广西办铜版画展，写信恳请叶先生题一个展览名签，信后多说了几句，提到版画系不留我什么的。那天，人民出版社的美编郭振华在场，他后来跟我说，叶先生看了信就说，版画系不要，我要，我让他教"白描"；当时，中央工艺美术学院的袁运甫先生说，可以到新成立的"特艺系"跟他一块儿搞壁画；美院刚成立壁画系，侯一民先生也要我去。既然有人要，何必"在一棵树上吊死"呢？可是，没想到，版画系到最后还是叫我去了。叶先生、侯先生、袁先生都是我的贵人啊！

得助

钱绍武先生是无锡人，雕塑家，美院顶有名的教授，爱笑，笑起来像"大阿福"。

1978年，附中校长丁井文托人带信儿给我，说美院要招研究生，要我考。

报名时得交素描、速写、色彩、创作各若干张，我没有，我所有的画都在"文革"中被毁了，没得交，只能拿一张新近的创作草图去碰运气。

教务处招生的几个人看我没有按要求报名，就说了个"不行！"。

我正要离开学校的时候，迎面碰见钱绍武先生，他笑着问我："你来校有事吗？"我说，是想报考研究生的，无奈没有那些画。

"你手里拿的是什么？"先生问。

"一张创作草图，画周总理和儿童的……"钱先生打开看了之后说："来，跟我来！"

返回报名处，他跟那几个工作人员说："你们不了解的，他是咱们美院版画系毕业的学生，很优秀的。现在不是要'不拘一格选人才'吗？不用找，人家自己来考了，我们总该给他留个机会才是。他没有那些画，'下放'了四年半，画都被毁了，这是实际情况，没办法的。要什么素描？这张创作草图里不是什么都有了吗？我担保了，给他报了吧！"那几个人听了，就让我报了名。钱先生这么提携、爱护学生，使我有机会考入美院版画系研究生班，后来，也才有可能留校做了教员，也才开始了我的艺术教育与创作的生涯。

1985年我在法国的时候，偏巧学校这边要评职称，我也该参评副教授了，可是人在外，材料如何准备呢？我想到张桂林老师，就托他帮我准备。把材料递交到职称评定委员会前，需有系里四名教授签字推荐，可是，版画系只有李宏仁先生签了，再没有了。听说，讨论的时候，主持人看了我的材料说，"缺教授推荐，没办法。"就在这时，钱先生发了话："外系教授的推荐算数吗？"

"当然。"

"那就算我一个。"

又有一个声音加进来："也算我一个吧！"是朱乃正师兄。这样就超过了半数，通过了。

所以，钱绍武先生、李宏仁先生、朱乃正师兄也是我的贵人呀！

各有所需

1985年在巴黎，一天早晨路过巴黎美术学院，门外排了长长的队，足有两百米，男女老少都有，是看"马蒂斯素描展"的。我脑袋里立时浮现出在北京的一个场景：来之前，在朝阳菜市场也有人排两百米长的大队，那是等着买从南斯拉夫退回的肉鸡的，说是肉里含铅多了，那也要排队买。

法国人不愁吃鸡，我在的那时，11法郎一只，他们似乎更在乎补充精神的营养。我们呢？在乎的还是吃饱，那是天大的事。其实没过几年，只要有钱，我们这里也能买到一切能吃的了，可是，看美术展览的人还是不多。前些时，我在美术馆看展，有人电话找我，说有人要她转交我的一件退画，我说，你来中国美术馆找我吧。"美术馆在哪？""美术馆你没来过吗？五四大街呀！王府井往北，东四往西。"

待见了面，看她有四十几岁的样子，愣是不知道有个美术馆。"你要不要进来看一看？"那天的展览不错。"不了、不了，谢谢您，我就近去趟王府井。"

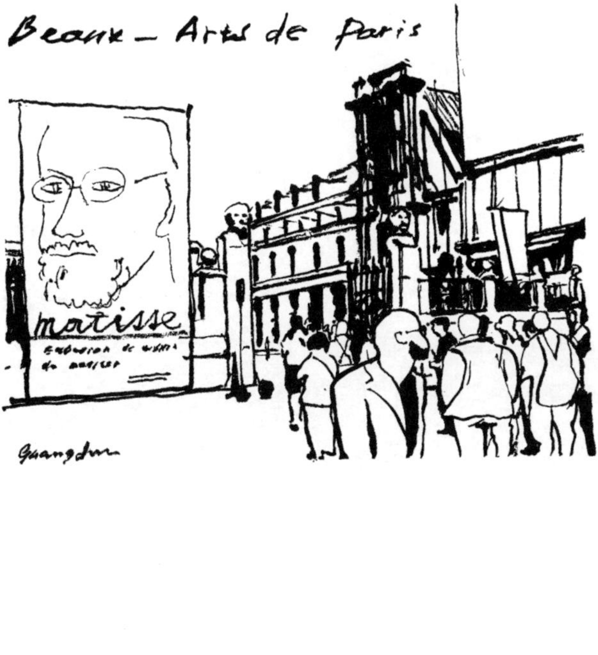
Beaux-Arts de Paris
matisse

打交道

1993年，德国路德维希博士来美院，到各系转了一下，唯独提出要收藏版画系教师的作品，那会儿我还是系主任，他就来跟我谈，可是，我并不知他的底细，只知从我们系的立场出发，始终坚持"不卑不亢不吃亏"。

他说，要收藏每位教员3~4幅作品，问我每幅画的价钱是多少。我说，400美元吧（我心里没数的，就怕有的老师嫌少），他说，我很喜欢你们的版画，您也许不知道，我在世界各处建立过9个博物馆，能否用一半的荣誉抵各位画家作品市场价的不足呢？所以，您可以考虑再降下一点吗？我说可以降，不过有两个条件：一、您要把这些画印一本画册，他说没问题；二、您在德国举办一个展览，他说可以。这件事就这么定了。

后来，大家既得了钱，又收到画册，真是皆大欢喜（唯一遗憾的是在画册里掺进了两幅国画花鸟画，是外办朱主任愣要路德维希博士收藏和印到画册里的，实在和版画没关系。特别是那两幅花鸟画的价钱，竟然超过了我们版画价钱的总和）！

1996年，路德维希博士夫妇向中国美术馆无偿捐赠了百多件艺术品，包括毕加索、安迪·沃霍尔、雷纳托·古图索、巴塞利兹、吕佩尔兹、利希滕斯坦因、大卫·霍克尼等大家的作品。我这时才意识到这位先生对中国真是好，真是慷慨！当初我还跟他砍价……

谭平从德国留学回来，听说了这件事，他跟我说："在德国，都巴不得白送给他，谁还敢要钱？！"

这么好的一个人，1996年7月去世了！很是遗憾。之后，杨力洲馆长转给我路德维希博士给他的信，信中提到，感谢他的帮助，能够收藏到美院优秀的版画作品。

无解

1986年春节期间，我跟老哥们儿孙家钵在巴黎到处走。来到巴黎圣母院，那天正赶上有宗教活动，人很多。我俩在圣母院入门处的那个小水池里用手指蘸了点水，抹在额头上，又买了蜡烛，不知放在了哪个圣徒雕像的脚下，然后，找到座位坐下，又学人们的样子，把手十指交叉紧握在一起放在胸前，低下头，闭了眼睛听唱诗班那些少年唱圣歌。那歌似乎在教堂的穹顶绕了一下就飘到天上去了……忽然，我的眼睛里流出了热泪！我没有祷告啊,因为我不会,我也没有想到什么心酸的事,怎么回事呢?我正要告诉孙家钵说我哭了,却看他也是泪流满面……

"怎么回事?"

"不知道。"

饭馆有地毯

走进一家普通的饭馆子,进门,见地下铺了绿色的地毯,虽然看得出那是化纤的便宜货,可也令我一惊!因为我注意到,凡来吃饭的人,踏进门的那一刻,便会踟蹰一下,犹豫要不要进。在那家小饭馆子里吃饭的人,比在其他的地方显得安静不少,走动也小心谨慎得多,店员收拾桌子也不会把遗落的东西直接抹到地下……有点不习惯了,怎么回事?莫不是因为这块地毯?

这让我联想起在校尉胡同美院那会儿,有日本留学生,每回乘电梯,日本的女留学生一定闪在一旁,让老师先进,然后再让别人。进到电梯里也是溜边站,到了该下电梯时,还会冲老师鞠躬,然后低身退出去。一时让大家感慨良多,甚至有男生说,得考虑将来娶个日本老婆了。

几个月后,还是日本女留学生,嫌电梯开门慢,竟用脚踹!判若两人的这种情况,是怎么变成的?我猜是她们"随俗"了,电梯门上从来没干净过,总会有鞋底印子……倒未必是版画系学生干的,因为他们有地方印东西。

版画的"定价"

1985年,美术史系有个美国留学生,女的,她爸爸来看她,临走要买版画。系秘书分别找教师说这个事,来到丝网工作室,让我和张桂林自选两幅,再报个价。那会儿不知道一幅版画应该是多少钱合适,只听说在美国的画廊,版画可以卖到400美元,五五分成,画家能得200美元。我想,人家又不知道我几斤几两,就报个150美元吧!

过一会儿,系秘书跑回来说:"副主任说了,他卖150美元,您怎么也卖150美元?""是这么说的吗?""就是这么说的,您懂是什么意思吗?"我说:"我懂。"

我没卖。

命题创作

要办"勿忘国耻"展（纪念抗日战争和世界反法西斯战争胜利50周年），主办方要我参加，起初犹豫，怕入了俗套：就是借着老的新闻照片说事，烧杀抢掠、血丝糊拉，没新意，后来，还是答应了，因为在那几天里有了一个主意——

一是要发挥版画特性，二是不借助历史照片（虽说没有版权问题），三是要设法造成一种感官刺激和心理压迫。

画了一个正面举枪的日本兵，刻好，重复印出几个来，裱成一幅大画。

我想象自己就是一个即将被枪杀的中国人，在面对日本人的枪口的那一刻，会有什么样的心理感受呢？

展览开幕后的第三天，展厅服务生告诉我，说有一个老者在我的画前走来走去的，还自言自语道："怪了、怪了，走到哪一边他都瞄着我！"服务生问了他，老者年轻时当过八路军，打过日本人，看了这幅画，他大概在心理上产生了一种压迫感，还因此想起过往的许多事……

我想，这种由别人出题目的创作，动了这个脑筋还是对的。

遗憾

在丽江，玉龙雪山南麓有个玉峰寺，是藏传佛教的喇嘛寺，听说这寺里有"万朵茶花"正开得旺，萧淑芳先生按捺不住兴奋，催着吴作人先生赶快去！据说这"万朵茶花"虽在一棵树上，开的花却不相同（后来知道是两棵树长成一堆了），因为这个，我、姚钟华、袁志良也是想见识见识。大家慌慌地出发了，天尚早。

在寺里，钟华找到喇嘛，向他介绍了吴、萧二位先生，喇嘛竟从树上掰下来一大枝茶花送给萧先生，萧先生乐得像个小女生。

回到城里，我们坐的中巴开得不快，因为是星期天，街上行人多。行至一面大墙前面，吴先生叫司机停车："麻烦你开一下门，我要拍照。"开了门，我们几个也跟着下了车。

大家站在人行道上，远处有两个穿黑裙、头上戴着黑布帕子的姑娘走过来，一个身材高挑，一个矮一头。高挑的好看，实在太好看；矮的也并不丑，只是被比得平常了。等她们来到跟前，吴先生问道："小同志，你们是什么民族呀？打哪里来的？"

"我们是彝族,从大凉山来。"高挑的姑娘柔弱地回说。

"我能给你们拍张照片吗?"

"可以的。"矮个儿的姑娘爽快地答应。

吴先生给高个儿姑娘拍了几张,又拍了矮个儿的。大家一起随吴先生道尽了感谢,看着姑娘们款步走去。吴先生已经坐回车里,我们三个仍是盯着姑娘们的背影看。袁志良指着她们感叹着:"仙女呀,仙女下凡呀!"

那天也是巧,因为匆忙,我们三个人都没带相机,幸好离招待所不远,让司机赶紧开回去。进了门就奔上楼取相机,然后,狂奔到街上四散去找"仙女",结果"仙女"像是飞走了似的,我们很是失望。回到招待所,便一起去找吴先生,央求他,等回了北京把照片多冲洗几份给我们吧,先生说,他拍的是"反转片"。怎么才能变成照片呢?谁也不懂,于是,遗憾了这么多年。

大理想

"文革"中,西城区清洁队有个"造反派"头头,淘粪的,有一回口出狂言:"等哪一天我要是当上副总理,他娘的,全北京的大粪都归我!"

评选妇联的标志

20世纪90年代初,全国妇女联合会请中央工艺美术学院的两位教授、中央美术学院的我和张骏一道评选妇联的标志。

妇联负责这项工作的女同志介绍说,征集来的稿件有两千多份,连她们都觉得没多少好的,所以,把那些实在看不上眼的先就"砍"去了,剩下的由专家选吧!

给我们看的那几百份,多数是套用国徽、政协会徽的元素,齿轮、麦穗、长城、太阳、天安门、三面红旗……再加一个妇女的头像;也有套用人民币形式的,老、中、青、幼一字排列;最逗的是有一张画了个女式高跟长筒靴,一个梳大辫儿的女人头塞在里面……

扒拉来,扒拉去,也是没有合意的。怎么办?陈汉民教授(中国平面设计的大师级人物)提出要从筛选掉的里面找找,我们几个也表示同意,妇联的同志一脸愕然。

在另一间房子里,满地堆着稿件,我们就从那里面找。找了一阵,几乎同时看到了一份设计稿,陈教授惊呼:"就是它!"我和张骏也有同感。这个设计就是后来启用的那个。站在一旁的女领导完全糊涂了:"不大符合我们的要求吧?没体现出党的领导、妇女团结、男女平等、'四自'精神——"另一位教授(记得是余秉南先生)当即说:"一百年也未必出得来这样的设计!"

汉文"女"字和英文"woman"的字头巧妙地嵌合在一起,又像一朵花儿,妇女佩戴了一定很美,这一点,真是令我们赞叹不已了!查了一下,设计者是中央工艺美术学院的在读研究生。

我们几个人的意见完全一致,最后,四个人签了字,并说服领导也接受了。

"设计费是多少?"我们问。"四千元吧。"领导说。"太少了吧?!两万元都值!"我们叫起来。

过后听说给了那学生七千元。

去年,为了写这一件事,想确定一下那一次评选的时间,在全国妇联官网上提问,回答我说,这个标志产生在延安时期,扯不扯?真是扯!胡扯!

煤矿所见

大概在1983年,受大同煤矿十三矿工会之请,我们版画系几个老师去了那里给他们画几幅丙烯大画,就住在矿上的招待所。从窗子往外看,屋后紧挨着一座山,山上搭了许多简易的棚子,说是工人自己搭的。这里的矿工都来自农村,不少人还带来家属,就在那里将就着住。

有一天清早,后山动静很大,出去看,山上有人在跑动,跑在紧前边的是女人。招待所的人说:"这是在抓'超生'哩,那些女子在家里生过了,想再多生,可你要是敢生下来,村上就敢来扒你家房子。男人在这边干营生,那就来到这边生,想是没有人知道呀!你看看,计生委的还不够,武装部长也带着民兵上山来了。"

只一会儿,就见两个民兵架着一个女人走下山来,并径直走进招待所,我们正纳闷着,走廊尽头房间里走出两个"白大褂",接手把那女人架了进去。又是一会儿,就听见房间里传出哭喊声。"这又是咋的了?""结扎呀,'就地正法',哈!"

过不多一会儿,一阵嘈杂,又抓来一个女人,刚才进去的那个女人低着头,捂着肚子,一脸痛苦地走出来,贴着墙,走得很慢……

抓超生

妇联没有男厕所

1977年冬,到全国妇联办事,那时妇联在灯市东口。在那等我要找的人的时候,想上厕所了,问一位女办事员,她说:"我们这可是妇联,哪来的男厕所?!要上,出门往东胡同里有!"

我谢了她就起身出去找厕所,尿过就没心思再回去了。

去常熟

庞涛先生要我到常熟帮她忙,那边给她父亲建了家庞薰琹美术馆,老人家的许多画等着装框,材料都是从法国买回来的,怕那边的人装不好,便让我立刻赶过去,因为我有从法国带回来的工具。

我去买机票,只剩了公务舱,在当时,我是没资格坐的,我就打电话问庞先生这票买得买不得。"单等你来了,哪怕再贵也得买!"遵命买了,并立即赶到机场。

登机。其实,所谓公务舱的位置也就只四五排座位，隔着一道布帘后面就是经济舱。我的座位就是靠布帘的，回头看，我的天！艾中信先生和夫人黎莉丽就坐在我后头，我赶紧过去打招呼。原来他们也是被庞先生请去常熟的。我又解释如何就买了公务舱的。"艾先生，您或者师母到前面去坐，我换到这儿来——""我们俩在一起好说话，好照顾。谢谢你，不用换了。"我再三再四请，先生也是不肯。回到座位，心里老大地不安，后脑壳像有个虫儿爬。特别是吃东西时，空姐"哗啦"拉上了帘子，接着，又是热毛巾又是饮料，端上来的是可口的热菜热饭，配以微笑和细声慢语。我这时想的是艾先生老两口吃什么？回头从帘子缝儿往后看，所有人面前都是一份三明治、一包蚕豆和一颗橘子。老人怎么咬得动蚕豆呢？我真想把我的一份端给他们，可又想，那岂不更尴尬？

　　看来，设置那道帘子是有讲究的，后部经济舱，前部公务舱，虽是一帘之隔，却是在标明政治地位或经济状况的优劣有别的，被我糊涂坐了。听说某外国首脑偏坐经济舱，他是怎么想的呢？！

艾先生的胳膊

　　油画系学生由艾中信先生带去大鱼岛写生,历时月余,个个晒得黢黑,艾先生也如是,只是有一点与众不同,就是胳膊内侧比外边还要黑。起先也是令人不解,待看到艾先生走路,便懂了,原来先生走起路来两只胳膊是向外翻起的。

体检

　　1993年3月某日,全院教师到协和医院做体检。轮到我走进耳鼻喉科,大夫示意我坐下,刚坐定,那大夫突然对着我耳朵大声喊道:"耳背不?!"
　　"来时没背,这回背了!"
　　不能怪他,那年我55岁,看到花白的胡子,他习惯地认为我必是耳背的。

起名字

某人得了个儿子,请黄永玉先生给起名字,黄先生说,不必有什么意义。

"那可怎么起呢?"他问。

"你就找一本字典,随便翻开一处,闭眼不看,用手指一点,就是它了。"

猴子看人

有一次在动物园画速写,猴山上的猴子有很多,各行其是,围观的人也奇多。那猴儿任你呼喝、拍掌也不为所动。忽有一辆黑色轿车开近(游园的人是不允许驾车进园的),从车上下来一男一女两个黑人,穿着讲究,一望车牌儿便知是某非洲国家的大使及夫人,或者至少是个参赞什么的。人群自觉让出一个空当,让他们靠近围栏。就在这时,我看到所有的猴子齐齐地把头扭过来冲着那两个黑人,看得专心专意,仿佛冻住了一般,原本看猴子的人也顺着猴子的眼光盯住了那两个黑人发呆。

耿乐不画素描

耿乐现在是颇有名气的演员了，早年是在我们美院版画系学过的。他读本科四年级时，我给他们班上素描课。一天，我见他画板上的纸还是空白的，就问他："还不动手？""我真不想画了。"他无奈又有点痛苦地说。我说："哎呀，怎么跟我想到一块儿了，我也不想教了。"

学生离毕业不远了，这时候不去熟悉版画的"本体语言"准备做创作，却还占着时间继续解决造型的"全因素表现"，这绝对是不对的。

于是，我又跟他说："你去干你应该干的事吧，我不扣你分，收拾了走人！"他一时没反应过来，脸上流露出疑惑和慌张。"真的，我说话算数。"他离开教室走了。毕业以后，他去拍电影了，那是他乐意做的事，便有些成绩。

到我做系主任时，头一件事就是减掉两年素描基础课。

耿乐说不画了

老版画家游白洋淀

学弟张志友在保定师范专科学校工作时,有一年夏天,他邀请了李桦、古元、王琦三位先生游白洋淀赏荷。那天晴好,船在万朵荷花丛里穿行,那荷花竟然较一般池塘里的高大许多,看得几位先生高兴!起初,有晨凉,很是悠然自在,渐渐地,骄阳当空就感到闷热难耐了。学弟疏忽了,忘记备下遮阳的东西,哪怕有把蒲扇也好,却忘记了,虽然心里不免起急,却也无计可施。恰在这时,古元先生伸手折下一棵连杆儿的硕大的荷叶举在头上,极像一盖"阳伞",看先生那脸上立时漾起愉悦,一旁的王琦先生也不怠慢,折了一棵更大的举在头上,立时一块阴影罩住了半身。李桦先生独坐船头,腰板挺直。学弟问:"我给您也来一个吧?""什么东西?""大荷叶。"李先生停了片刻说:"不动群众一针一线!"

李先生纹丝不动地坚持到登岸。

"前三门儿"

"前三门儿"是崇文门、前门、宣武门的总称,从北京火车站往西的马路南侧一水儿的"板儿楼",始建于20世纪70年代。那时,在工地上最为显眼的地方要挂标语,上书八个大字"百年大计 质量第一"。在当时,那是北京值得夸赞的大工程,不仅让北京市民觉着牛,如果有外国人来北京,也少不了拿车拉了他们走一遭,也让他们感受感受这个"牛"气。

有一回,瑞典的建筑代表团来访,北京建筑设计院有人陪同参观了各处古建、胡同,最后就去看"前三门儿"。陪同人员特别对客人提到那句"八字口号",瑞典人说:"在我们瑞典,如果要新建一座城市,必先盖些你们这样的楼给工人住,一旦建成,就要拆掉。难道还要使用一百年吗?"又有一次,新加坡建筑代表团来访,客人最后留言:三十年前我们也是这么干的,拆掉旧的建筑,包括一些古迹,现在后悔了,却再也找不回来了!但愿你们不会这样。

"前三门儿"是在填平护城河的一部分和把古运河、漕运水系改为暗沟以后盖起来的,这和拆城墙一样是挺蠢的。最近听说市里计划要把水系露出来,"百年大计"的房子将要泡汤。

谭平画展

谭平在美术馆办个人展览,那是该去助阵的。

走进厅里,远远地见许多人围住谭平,我想走近一点跟他打个招呼,却被一个中年人拦住(不知是哪路神仙),他指着谭平那一边对我和身边的几个人说:"那位就是本次展览的主人、中央美术学院教授……当代美术大师谭平!"

"谭平大师"这个名号也听系里一位领导说过。那年意大利美术学院送了一台超大型的铜版印刷机给版画系,我很想见识见识,便顺路走到地下室,正巧领导在,他简单说明了一下,最后说:"准备以后邀请'谭平大师'来创作版画,一般的不给用,最近就想让谭平来作点画——""唔、唔,那真好。"

当与谭平走个对脸儿时,他眉毛一扬,伸出手来跟我握:"谢谢、谢谢!"那个"介绍者"吃惊不小:"你认得谭大师呀?!""是是,他成为大师以前是我的学生。"

西安的关中民俗艺术博物院

到西安就被人拉到关中民俗艺术博物院参观。这是一个据说占地500亩的大园子。内中好看的东西实在太多。馆主叫王勇超，甚有魄力和胆识，据说他老早就开始到各地蹚摸民间的宝贝了，比如老宅子，相中了，就原封不动地搬到他的园子里，密密麻麻挤到一起，像大城市里新建的别墅区。我忍不住建议他，宅子与宅子之间能不能有些个疏离？比如当中隔一块菜地、一片树木、竹林什么的，太密，只可近视而不能远观，便缺了徜徉里外的自在，犹如呼吸之不畅。他只是笑笑。他还积了几千根拴马桩、几千块上马石以及名人墨迹，孙中山、蒋介石、吴佩孚、张作霖、张学良、杨虎城、于右任、蔡锷……甚至还有洪秀全的。他还有不计其数的汉画像砖，在一间屋子里，正有几个妇女做着朱拓。

临出园，去了一趟厕所，只见在厕所门两边的墙上砌进去两方画像石，也是精彩至极的！这不免令人感到遗憾，是不是多了就不珍惜了？这么宝贵的东西呀！

"官园"的马桶

北京有一个地方叫"官园",据说当初被某领导相中了,就常在那里住宿、骑马。园子四围设高墙,墙体上部中空,警卫可在其中走来走去,墙的上端还有观察孔,可供监视用。"四人帮"倒台以后,这园子要改为中国儿童少年活动中心。管理部门请美院担当室内装饰任务,各系都有人参与,版画系有我和张桂林,雕塑系有钱绍武先生,也许还有曹春生先生,加上其他系的几位,总有十来个人。

到了那里,先是由管理人员带领参观各处。来到某领导住所,还专门看了卫生间,估计有60平方米大,东西长、南北短,西北角有一个大澡盆;东南角离进门处不远有一个小便池,管理员说是为"面首"所备;再往里,顺南壁有两个白瓷马桶,大家看着心里纳闷:"拉个屎一个足够了,多出的干什么用?"钱先生好兴致,弯下身子探看其中的一个马桶,摘了眼镜对着内中细看,不甚明了。马桶侧边有几个按钮,先生随便揿动了某一个,一股清水猛然自内中喷出,喷得钱先生满脸开花,他跳起来叫道:"呸、呸!哈哈、哈,明白了,这、这、这是洗屁股用的！"大家也觉得应该是的，随后纷纷称赞钱先生勇于探索和不怕牺牲的精神。

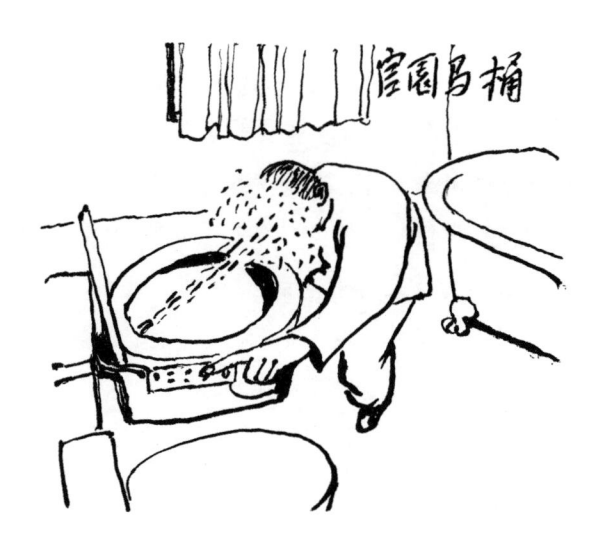

自以为是的错

1995年,我尚为系主任时,开学后,按规定,学生要找个去处进行秋季写生,系里在前一年的国庆假期曾组织教员去过坝上,我印象极好!于是,就定下来让学生们也去那里。谁带学生去呢?正好那时杨越(青岛市美术家协会主席)来代铜版课,教的就是康剑飞那一班,他与学生们相处得十分融洽,像是一个大哥。

学生出去一个星期了,杨越打回电话称,那边很冷,怕是待不下去了。我倒是记起那年十月去那边,汲水凉得都不能用来刷牙,可是才九月,不至于吧?我跟杨越说,让同学们坚持坚持,年轻人正可锻炼一下!

没几日,杨越又打来电话:"先生,还是冷,学生都到小卖部买了塑料布披上了,还是不行!刘丽萍老师带的那一班已经撤走了。您给个指示?"

我忽然感到这是犯了"经验主义"的毛病了,没有再调查研究过,弄得学生都成了"小要饭的"了,不像话!

"杨越呀,那就赶紧撤吧!跟同学们道个歉!由于我不知情,让大家受了罪!对不起了!"

事后,我还是夸了杨越和学生们,我一个疏忽,几乎使他们成了空等"集结号"的牺牲者。

斯德哥尔摩地铁里的油画

1986年5月，刚到斯德哥尔摩，就听人说这里地铁站的壁画各个不同，因为当初都是由画家个人申请，等到被认可了才承担下来的。我怀着好奇，路过的每个车站都要下去看，至今还有印象。其中有一个车站最有意思：站台一侧的墙面上挂了六七幅油画，听说是由一个精神病人画的，画应该是属于原生态的那种。关于这些画，还有个故事。在一个精神病医院里，有个病人，安静极了，只愿意画画，每天画病友。终于有一天，医疗专家们在一起研究认为，这样的病人没有过激行为，对社会不构成危害，就让他出院了。他回到家里以后，果然还是一心画画。有一回，一个老太太找到他，说是他的病友，请求他说，在精神病院你没有画过我，我现在来找你，是要你也为我画一幅。他说"好吧"，就开始专注地画这个病友。老太太始终保持着兴奋的状态。最后，他说画好了，老太太就走过去看，一看就激动了，跑到窗子跟前，一迈腿跳了下去，画画的人跟过去，往楼下看了一眼，也跳了下去……后来，人们就把他的一些画放在地铁里。

我觉得这件事有点凄美。

前些日子，关于这件事我问了久居斯德哥尔摩的王春犁，她说在瑞典患精神病的画家有很多，实际上连挪威的蒙克也是个精神病人。她认得一位患精神病的画家，叫 Erland Kullberg，11 年前去世了，才 81 岁。至于我说的那个故事，她说一点印象都没有了。那么，我是听谁讲的呢？她又说可能是我记混了。这在我身上可是从来没有发生过的，我仍坚信我的记忆没错，那就存疑吧，如果还有机会，我一定要再去找到那个车站，把事情搞清楚。

高荣生和气功

我和高荣生整个 20 世纪 90 年代都住在东大桥，他经常练气功，因为他每去医院检查，总能查出些小毛病来。那时我也有严重的胃病，老高就截长补短地到我家给我发功治病。他伸着巴掌对着我的胃部发功，抽支烟的工夫，就开始对着我的胃部空抓，抓过了又甩，还问我感觉怎么样。说真的，我没有感觉，却没说出口，怕伤了他的好心、戳了他的心气儿，我就说舒服得很呀！

有一天,他说:"你不如跟我一块儿到日坛公园练去,怎么样?"我当时就跟他去了。七拐八拐来到公园里一棵松树前边,他说:"如果我没下班回来,你就先练着,就在这棵树前面,气场好。"

第二天,我自己去了。费力找到那棵松树,却见松树前坐着一对谈恋爱的男女,我怎能对着他们练功?遂转到其他地方。后来跟老高说了,他说:"你管他呢,就对着他们发功,走的不是你,是他们!"可是,从那以后,我也再没去过。

有一天,他推着自行车过马路,被"夏利"撞了,磕掉了两颗门牙,可是日后这气功没断了练,他笃信能治病。

2020年他得肺癌没了。一个好人。

安定医院

"文革"中单位同事参观过北京的安定医院。听他们回来讲,楼外围墙里的人在晒太阳,有的演讲,有的沉默不语;有的东奔西窜,有的脸贴住墙……

病人住宿的是个两层楼,楼梯在两端,男的在下,女的在上。有一个病人每天临睡前都要上二楼巡视一番,这边上去,那边下来,一路嚷着:"都睡啦,都睡啦!"他生病前是个行政处长。一个病人老是出现在取药窗口,跳上凳子对排队的病人家属喊话:"我是捷尔任斯基!你们拿的药有毒!我是捷尔任斯基……"他生病前是某中学的化学教员。一个女病人一天到晚写诗,造句生僻、绮丽,却只有小学四年级文化,很奇怪。一个病人每天都沉浸在思索中,似有所悟时就在纸条上写,他再把纸条往小洞、窄缝里塞,清洁人员经常能打扫出一堆。他说,那是他的"提案",一定要递交给国务院(据说上面真拿去研究过,有的还被采纳了),可不能烧了……他病前是个桥梁工程师。

他们怎么得的病?没问。

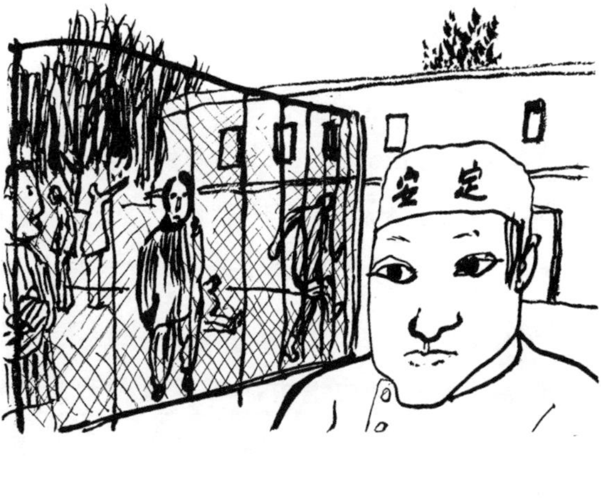
安定

不明白

1997年,国家准备发行百元人民币了,钞票厂就派人到美院来找院长靳尚谊,说新钞上需要有毛主席头像,靳院长让他们找我画。

钞票厂的人给我看了侯一民、周令钊先生过去的设计稿,看各种纸钞上的雕版印样,讲解钞票用纸、水印儿、防伪标记,然后提出,这次要画的毛主席像,是根据1949年第一次政协会议的照片画的,但是,那张照片的光线是用了闪光灯从下往上打的,需要调整光影的角度,等等。

我把美院仓库里的毛主席石膏像都找出来,有刘开渠先生的、曹春生先生的……打了灯,按要求拍照,之后才试着画稿。画了三幅,再把满意的一幅重新画过。

完成之后叫造币公司的人取走,他们派了四个人来,拿到画当即放进档案袋里封好。走后,他们又拿了我的画去找靳院长看,问这画画得怎样。靳院长说:"他是我的学生,画得很好,没什么问题!"

过几天,我收到六千元稿酬。

两年以后，新版人民币在市面上使用了，有个学生在火车里还听到广播说，人民币的毛主席头像是我画的。但是，再后来看到报纸上说，毛主席的头像是刘文西先生画的。

我至今还保留着当年造币公司的收条——

收条

今收到：中央美术学院广军教授创作的毛泽东主席（1949年）人像素描作品一幅。

中国印钞造币总公司

经手人：刘 × 江

1997年3月3日

刘文西先生回忆，1997年他参加全国人大会议（八届五次会议3月14日召开），造币公司的工作人员（在拿到我的稿子11天以后）又找到他，请他来画。

不采用我的也没问题，可是，你怎么也得知会一声呀！不管怎样，总有一个说法吧？

知拒绝

宋源文先生做系主任时,谭权书和我是副主任。有一次,老宋冲我说:"你呀,'脸儿太小'(东北话,意思是脸皮儿薄),帮了这个帮那个,我恨不得把你关到庙里去!准能出一大批好作品!"

听老宋说,我可是这耳朵进那耳朵出了,直到有一件事让我猛醒!

H省一位油画家,也是一名教师,经常来北京,和美院的许多老师都熟,所以,我也算是认识他的。后来知道,他在省会办了一个美术考前班,来学的人很多,每年他都会陪一帮学生来北京报考美院,如果有人考上了,来年报名的更多。考试的那一天,他就在学校操场上候着,既尽了教师的责任,也兼顾了替家长关照孩子。

有一年,他打来电话,说他的一个在天津美术学院学国画的女学生即将毕业,准备考美院国画系主任韩先生的研究生,请我引见一下,让韩先生看看对不对路子。

若是放在往年,我或许就帮了,可是想想,这是明摆着借我的关系打招呼呀!再说,你在家里照常办班,却遥控着我替你办事,也太不近情理了吧?!所以,我在电话里跟他说:"你先听我说说办这件事的过程——你看啊,第一，我要打长途和你的那位学生取得联系；第二，我要和韩老师联系，如果他愿意见她，得约个时间；第三，时间定了，我再打电话告知你的学生何时来京；第四，到了那一天，我等你的学生来，还要打一次电话通知韩老师，我带她去，总不能空手去吧，毕竟是我求了人家；第五，你学生见韩老师，我陪着，韩老师与我也是好久没见了，他会很客气，谈到近午了，他也许要留下我们一块儿吃饭，我说，那不成，我请你（最近就是全聚德）；第六，事后，我还得问问韩老师对这学生印象怎样；第七，不管他说了什么，我都要如实向你汇报……听明白没有？麻烦不麻烦？我要搭很多时间吧?！"我心想，你以为我是H省驻京办事处了吧?！"是是，够麻烦了，听明白了，听明白了，不好意思，不好意思……"他再没让我办，我觉得我做得对。

另有一次，一个曾在版画系进修过的人打电话给我："您认识谭平吗？"我说，当然，其实他也知道我认识。"我儿子今年想考设计系，您带我儿子见见谭老师，指导一下——""你不带你儿子来吗？""我最近太忙，腾不出空儿来……""实在说吧，我最近也特忙！"听我这么一说，他把电话撂下了。

老宋的话对，从那以后，我知道拒绝了。

翁同龢孙子

我只管叫他"老翁",不知名,他在中华医学会工作,很幽默。

那时我在中医研究院工作,为了设计医学书籍封面,常到那里的资料室翻阅书刊。有一回,见老翁的同事说到要镶牙:"上边好好的,下边的坏了;下边好好的,上边的坏了——"老翁很正经地说:"这就是'犬牙交错'啦,哈哈!你不是要镶牙吗?跟你说真的,听人讲,现在有用真的象牙做的假牙,比一般用的材料好用到不知道到哪里,也好看——"那同事说:"那得银子了!我这嘴搁不下那东西!——""可也是,不是有句话说'狗嘴里吐不出象牙'吗?算了、算了!""你小子想涮我呢,你才是'狗嘴里吐不出象牙'哩!"老翁头一回遭怼。

批判会

1963年,美院经常开全院大会,主题只有一个——"批判十九世纪资产阶级艺术",要求学生积极参与,但是，各系都只愿意挑选工农家庭出身的学生做准备。

其实，"资产阶级的艺术"长啥样？老师没讲过，我们学生也是无处可见，倘若是见到过，那就要挨批判。现在，连基本的历史事实都不了解，还要分辨"糟粕"和防止"毒害"。

一次，礼堂里又开批判会了，照例还是由工农家庭出身的同学发言，那天，上台发言者是国画系的一位女同学，她先"忆旧社会的苦"，又说"新社会的甜"，接着再感谢党和国家培养她上美院读书，突然话锋一转，她差不多是捶胸顿足地说："'一年土，二年洋，三年不认爹和娘'，我忘本了呀！呜呜、呜——我现在竟然穿上尼龙丝袜了，呜呜、呜呜、呜——对不起国家对不起党，对不起爹娘把我养呀！呜呜——"这时，坐在我前排的石恒谟同学突然把一只光脚举过头，还大声说："我比你强吧？一年到头都不穿袜子！"这倒是不假。这一来，会场里的气氛就有点不严肃了，主持会议的老师喝了一声："谁再发言请先举手！"大家真是乐不可支了，会议只好草草结束。

飞来飞去

1973年，我刚从江西"五七干校"回京，有一天，在街上遇见了黄永玉先生，彼此都感到意外，他指着我说："你就像尼斯湖里的怪兽，想找呢找不着，没注意的时候又出来了！"我告诉他我在"五七干校"干了四年半，才回来。"那好，跟我一起画壁画吧！"先生说，"北京饭店的壁画，我已经想好，画个鸟岛，有要落下来的鸟，还有飞走的鸟，饭店的性质不就是这样吗？你来吧，当我的助手。"

我想，黄先生画这个题材那该是"手拿把攥"的了，他说过，他能背着画出几百种鸟来。若是做了他的助手，定然能够学到许多本事，何乐而不为？

可是，没多久，先生因为"睁只眼闭只眼的猫头鹰"那一幅画被批判了，壁画的事也随之告吹。

先生的构思很好，只可惜没能实现出来。2012年，我在深圳的"观澜版画基地"做创作时，为了纪念那一件事，便作了一幅木版画，起个题目就叫《飞来飞去》。

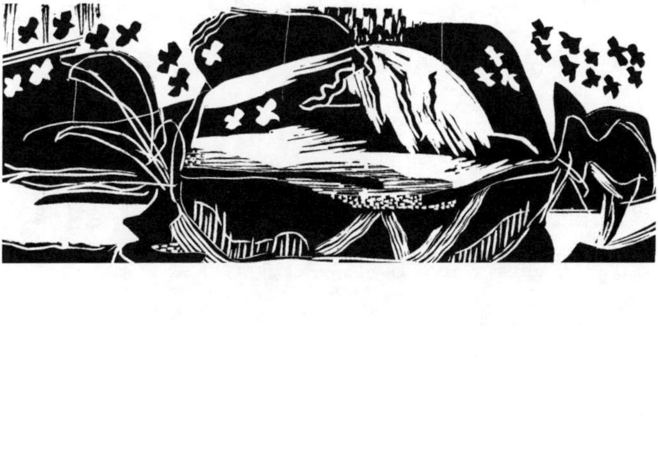

丁绍光签首日封

为世界妇女大会，丁绍光设计了首日封，他要签名送给在京的画家们。他花钱租了人民大会堂的一间大厅，摆了10个大圆桌，请了100多人。

他在靠近门的一张长条桌前坐定，让来宾在他面前排队，等他一个一个把名签上。我看见队中有中央工艺美术学院院长常沙娜，有我们的老师、著名版画家王琦，还有许多年纪都比老丁年长的老师和知名画家。

我看着心里不很舒服，就叫住跑来跑去帮忙的姜旗，跟他说："你替我向老丁建议一下，反正是花钱，让服务小姐端个盘子跟着，老丁到每个桌签名，签一个打声招呼，既谦虚又透着对大家有一份尊敬，好不好？别自己坐着却要老师和老辈儿人站着排队呀！快去说，快去说！！"

姜旗走过去了。他跟老丁说没说不知道，反正老丁仍然那样坐着继续签名。

我和几个人没去排队，站起身走出大会堂，分别打车回家了。

画法

大约是在1984年，辽西的一些年轻的油画家来北京办画展，开幕式过后，画家们请靳尚谊先生在民族饭店用餐，顺便请教。那天我也被邀。

青年画家问到靳先生油画的画法，先生说："过去，我是用'扫'的办法，后来改用'点'的办法直到现在……"

我画油画，就知道胡涂乱抹，没个准章程，听先生这么一说，却步了，我哪里有那个耐心分儿？

靳院长评菜品

美院还在校尉胡同时，搞后勤的徐宝禄承包了食堂。有一次，开完系主任会，在食堂吃工作午餐，宝禄嘱咐大厨露一手给领导看看！

正吃着，小徐走过来，站在靳尚谊院长旁边俯身问道："这菜味道您吃着还行吧？"

靳院长说："味道还是可以的，但是——"他竖起食指横着一挥，"色彩不行！"

"得嘞，我改进，我改进！"说完退下。

和"詹大"去通县

正是在美院上大二的时候,有一次,为了画村史,詹建俊先生要我同他去一趟通县。那时往郊县去的公交汽车都很旧,我猜想没准儿是日伪时期或是民国时期的遗留。车厢低矮,靠窗有木制的通椅。人多,能上了车抢到座位的都高兴,剩下的站着,头都快顶了棚。詹先生个儿大,一米八九(人都叫他"詹大"),我一米八六,因此,他和我在车上只能大"鞠躬"。郊区的路不好,一路颠簸,许多人因为颠到了头都要骂,我和詹先生除了碰得后脖颈子疼,脸也控得通红,脑袋发晕。一位大娘拉一下詹先生的袖子:"小伙子,看你这罪受的,坐我这儿吧!""不用、不用,大娘,谢谢您了!"我身边的一位大爷指了指车顶棚:"气窗,俩,一人一个。"果然,在车顶棚有两个气窗,在前一个,在后一个,詹先生头边上就是一个,他推开气窗,把头钻出去,车里剩下一个无头人戳在那,怪吓人的!我走到后边,也把头探出去。车顶上有俩头,很滑稽!前面的头还回过来对后面的头说:"不错,挺凉快!"

跟詹大去通县

"红色风暴"

"文革"初期,最早到中央美术学院造反的是中学生。离美院最近的中学是南长街南口附近的第六中学,这些中学生"红卫兵"闹得凶,掀起了一股"红色风暴"。学校里有一间屋子,墙上甩上一片片的红颜色,还挂了各式刑具,连"老虎凳"都有,一走进去,犹如进了日本宪兵队的刑讯室。

学校有一位20世纪50年代从印尼归国的教员,学生说他是"特务""资产阶级狗崽子",开大会批斗他,又说他不老实,拉到澡房,让他站在水龙头下,先放冷水冲,继而用热水冲,反复折腾,之后,让他在操场上爬,跟在后边的"红卫兵"用皮带狠抽,大叫:"谁让你回来的?!"这只是一例。

"文革"后期,我和单位的同事去参观过,所以知道。

画刘少奇

20世纪90年代,有一出版社要编一本纪念刘少奇的画册,也约了我。等画册印出来,洋洋大观,作品以中国画居多,比较之下,只觉得大家都好,自己反倒差些。原因很简单,领袖跟我一个普通群众的关系是个概念,"伟大"也是很"抽象",心里没底。

画家里却有一位能把领袖"生活化",好像他是见过似的。画画要有想象力,免不了虚构的手法,其他倒没有关系,画人人皆知的领袖,怎好虚构呢?逗死我了!这位先生画的是刘少奇手托笼子在公园里遛鸟,这就有点瞎掰了,会有这档子事吗?或许是我孤陋寡闻了?

车说人话

那还是在20世纪70年代,单位有位司机小刘,有一次跟我说:"最近从德国进口的救护车会说中国话。"我问他说什么。"你看在大街上跑的,那个动静是不是'躲开——躲开——'!人家怎么琢磨的,讲究吧?"

托朋友买书

1976年秋，有朋友要去香港探亲，临走时问我要买点什么不。我说，听说日本新编了《世界美术全集》，十分精美，问问有没有零售的，回来给钱。他说没问题，只是因为他不懂美术，要我开个单子给他带着，到时"按方抓药"。我只开出三个人名来，塞尚、凡·高、毕加索。

数日后，朋友归，带回两本又大又厚的画册，一册塞尚，一册毕加索，我喜极！感谢一再。朋友却连连道歉说："还差着一本。您猜怎么着，临回来前，我要去书店给您买画册，却找不到那张单子了，还好，尚记得有'塞尚''毕加索'，却记不清第三个是什么了，我想，或许到了书店就能想起来。买书的时候报出'塞尚''毕加索'的名字，人家找出来，又问我'仲需要哪一个？'，我就使劲想，似乎就在嘴边上，又使劲想。突然想起来了，大声说'高梵（睾丸）！'，人家说：'书店唔卖呢样嘢！'因此就没买成，真是对不起！"

温普林淘气

温普林在美院学美术史，思想活跃，不拘一格。毕业以后，由着性子做了不少事，从20世纪80年代开始就拥着行为艺术了，实在是贴着又护着。现在的情况不清楚了，偶尔看到他的文章，观点清新，还有霸气（他的表情经常是不屑），我只剩了点赞。

想当初，他当学生时，很淘气，那种淘气是和才气混在一起的。

有一回，他弄了一条小狗玩儿，让保卫科的姚老师碰见了："你怎么在学校里养狗呀?!"他平静地说："又不是我养的。""那是谁的狗？""广军老师的，我替他看一会儿。""……"保卫科的老姚没再说话，走了。事后，他们问过我："您还带狗来上课了？""没有呀？""不是温普林给您看着的吗……""啊——"我想回头再问吧，怕对不上茬儿，于他不利，就说："是有那么回事，我是让学生照着画速写的。"

后来，见到他，我提起这件事，他坏笑。

孙伯翔先生的烟斗

孙伯翔，书法大家，天津人。1979年我和老同学姚钟华陪吴作人和萧淑芳二位先生去丽江，孙伯翔先生搭我们的车走了很长一段路，一路说说笑笑，十分轻松。车从公路开上一个高岭，地平处有卖茶食的摊子，大家下车来休息。孙先生喜吸烟，只用烟斗，这时正好享受。他抽烟斗有讲究，烟丝装在一个小皮包里，打火机喷火能拐弯儿，点着了烟丝，立马一阵香气散漫开来，这时你再看孙先生那一脸的愉悦，令人羡慕！他包里还有个金属的物件，小巧而别致，那是由三件东西合在一起构成的，他说，一是用来压实烟丝的，一是通烟斗的，一是挖烟斗炭的。大家都围拢过去看，他在装填新烟丝前，拧下烟斗钵，给我们看烟斗的滤芯子。"银的。"他不无得意地说。这时，司机凑过来："孙老师，可能让我尝尝？没吸过。"孙先生把揉好了的烟丝填进去，把烟斗递给司机，又帮他点上。司机咂了第一口就大声说："好香，太香了！"孙先生向他讲说吸烟斗的好处和如何把握燃而不灭……

吴、萧二位先生逛罢了茶食摊回来，跟司机说："该

烟斗

走了吧？"大家急忙上车。司机口里应着，再赶紧吧嗒几口，然后，把一只腿盘曲来搭在另一只腿的膝盖上，拿烟斗在鞋底子上用力地磕。"砰、砰、咔嚓！"烟斗钵子落地，银制的烟斗滤芯儿蹦出老远，只剩了半截儿烟嘴儿还攥在手里，他"啊"了一声，孙先生也"啊"了一声，一脸的无奈。司机一边慌忙地在草稞子里找那个滤芯儿，一边说："我以后买一个赔孙老师，一定赔孙老师。"孙先生在背后说："哎呀咳！好吗，你当是旱烟袋了?！这是英国的'登喜路'哇！……上哪儿买去?！"孙先生从司机手里拿过零碎儿装到烟斗包里，坐回座位，一路上再无话说。司机师傅开着车，还不忘道歉，不断地说对不起。

看到这种情况，我便来打圆场，我跟孙先生说，我倒是有个"3B"的，虽说不如您的"登喜路"，也聊胜于无吧，等回了北京，我寄给您。"谢谢您，不用、不用，我家里还有。"

孙先生云南之行的后一段没得烟斗吸，必是极其郁闷的了。

在巴黎遇刘秉江

1985年，入秋时分，在巴黎遇见刘秉江师兄，听他说，前几天黄永玉先生路过巴黎，见了面，跟他说了一段话："以后，还是要回到有你尊敬的人和尊敬你的人的地方去。"这话，我一直记着。去年在黄先生家又遇见刘秉江，我问他可还记得，他说："当然。"

做了就做了

1966年，在《健康报》工作，住鼓楼大石碑胡同宿舍。一日，归来晚了，乘5路公交"斯柯达"，将近地安门，忽大雨，很多人到了站都不想下车，我也是犹豫。到鼓楼站，雨更大。有聋哑夫妻下车，男人在先搀扶，女人怀抱婴儿无遮无拦，任风吹雨淋。见状，于心不忍，我也紧跟着下去，并将雨伞递与聋哑男人，他怔了一下，我说："拿着，别让孩子着凉。"他不断"啊呜啊呜"地叫着，像是说感谢。我引他们过了马路，看他们往东走去了。雨像是从路灯那里喷出来的……

学雷锋活动刚开展一年多，我愣没想起他来。

又一次，骑车由石景山回，快到鼓楼了，被一位大姐叫住："兄弟，我求你一件事，我呢，上双寺看我姐姐来着，晚了，末班车都没了，这老晚的，没辙了，看能不能送姐姐一趟？""哪儿呀？""不近，广安门……你要是有事儿呢，我再求别人。""我也是刚打西边过来，腿有点软，弄不好半道儿就把您搁到那儿了……您就坐上吧，骑不动了再说。"

费劲巴拉地骑到广安门附近，在一个胡同口，那位大姐说，到了。我下车来了个趔趄。"大兄弟受累了，今儿个要不是遇见你这个好心人，就得找旅店了，家里人还得担心。谢谢了！""您赶紧回吧，我还得往回赶呢！"我吃力地蹬上车掉头走，身后听她喊叫："大兄弟，忘了问你叫什么了！""您回，回吧！"

事情过后并没有"后怕"。搁到今天，都不敢答应。

戒台寺门外的松树

北京戒台寺是有名的旅游景点,老话说"先有戒台寺,后有北京城",疫情刚有点缓和,人就乌泱乌泱地往那里赶。

那天游罢出来,大门外有两棵伏地的松树,枝干伸曲,像人的长袖作舞,走近些看,却见影隐处从地下冒出数根"树干",突兀得很,明显那是为了支撑用的,却不该用水泥做个假的,还追求逼真,有纹理,颜色也极其"写实"。和树混在一起,争着让人注意,岂不知这就"鱼目混珠""画蛇添足"了?其实,用金属支架不是很好吗?质感不同,更能衬托出树的独自美好,就该让,不做干扰,反而会相得益彰,就像一个有些残毁的出土陶罐儿,补缺的部分是白的,明确地告诉你那一块是怎样的缺憾,而于美的体现并无大碍。

各处走走,就会发现种种人为的愚蠢。然而,比起那些蛮横的拆毁还算不得事,只会遗憾,不会心痛。

慎行

1967年，同报社的老许同志到浙江的嵊县外调，走到老街人多的地方，老许急着找人打听县革委会在哪里。有人往远处一指说："笔直、笔直。"吴语吴音，老许听成了"骗子、骗子"。

他低声对我说："听见没有？人家说路上有骗子，咱们绕着走！"

这一绕就多走了十几里路，找到县革委会时，人家早下了班……

生活的滋味

我爸爸的大哥，我叫他大爷，是我打小就佩服的人，他通俄语、韩语、日语，会画画，会踩风琴，特别是会修理钟表、发电机什么的。有一回，去了一趟哈尔滨，回来就仿制了沈阳的第一辆俄式马车。

我大爷的老伴儿，我大妈，没文化，不识字，连墙上的挂表也认不得几点几分，更何况是罗马字？但是，相夫教子这件事，又没得说，生了六男二女，个个孝顺。

有一次，我大爷帮朋友修表，修好了，要调时间，就大声问在里屋的大妈："看看几点啦？"我大妈在里边回答："差一筷子，长针儿也该落底了——""啊啊，知道了，六点半。"无论我大妈说成哪样，我大爷都懂。比如我大妈说"差一个韭菜叶儿，俩针儿在顶上找齐了"，我大爷就知道是十二点了；我大妈说"小针躺左边儿炕上了，大针儿从右边炕上掉下来一拳头"，我大爷知道是九点二十分。

老两口的日子过得有滋有味儿的。

生活的滋味

修道院嬷嬷

"中国国际美术年"计划1998年展出罗马尼亚画家科尔内留·巴巴的作品,这之前中国展览交流中心委托我协同他们的人方齐到罗马尼亚选画和交涉借展等事宜。等一切都办妥当以后,罗马尼亚文化部安排我们参观了多家博物馆,还参观了几处教堂和一间修道院。

留给我很深印象的是那处修道院,它坐落在一片森林里,周围有石头砌的墙。偶尔会有修女从你面前走过,匆匆地,像一个影子。我们见到了修道院的嬷嬷,她像是六十几岁的样子。她把我们引到二楼的露台上,那里摆放着一张长桌。坐在那里可以俯瞰整个院落,最大的一块地方是草坪,阳光抚摸着每一根小草,有两只雪白的羊羔在那里卧着……我似乎在看凡·爱克兄弟的《根特祭坛画》。有修女送上来樱桃酱,是盛在厚实的水晶玻璃杯里的,一个小而精致的银勺插在里面。

那天,我们彼此都怀着尊敬,谈话既真诚又不失热情。于今,我还记得嬷嬷说的两段话。一段是,她说,世上一切的宗教的终极目的应该是一样的,就如同从不同的方向登山,最后都到达一个顶点;另一段是,她不赞成中国实行的计划生育,她认为那是违背人性的(我估计她要说"违背神的旨意",她没说)。

我不了解宗教(嬷嬷也知道我们不了解),但我知道登山,我们的生育也都是被"计划"过了的,无可奈何,没话好说,话也不好说,因为出差计划里没有。

各有千秋

"五省版画联展"的第一站是在哈尔滨举办,每省都有版画家来。开展以后,黑龙江省美术家协会、美术馆、版画院组织大家走了一趟北大荒。车行走在大天大地之间,四顾无边无沿。贵州的几位版画家议论起来:"'目空一切'呀,就是一条地平线!画啥子呢?哈哈!"这话让北方的画家听见了,就说:"你们那里'地无三尺平,天无三日晴',倒是有变化也含蓄,可是要想换换眼光,让心里敞亮,那还得往这边来。"

我想起新疆师大的莫赫德尔老弟说过:"走进大戈壁里,你就走吧,跟天说话吗,它不理你,跟地说话吗,它也不理你,那么,怎么样呢?这里人都习惯拷问自己。"这种感觉换了地方似乎就不大一样。

画家常年窝在"小桥流水人家""一山放过一山拦"的地方,是顶顶需要再出来看看"大漠孤烟直,长河落日圆"的。

关于"异化"问题的讨论

1984年,读过报纸的社论以后,教员们在系办公室里讨论什么是"异化"的问题。关于马克思的"异化"理论,关于人性、人的本质、人的主体性,等等,我不知道别人懂不懂,反正我是坠入雾里云中了。座中有伍必端先生,少年时代即在延安生活,老党员,又去过苏联留学,大家便指望从他那里听一个明白。伍先生说:"我只知道'绿化',哪里晓得什么'异化'?"他既然这样讲了,我等就不再怕说错,不过,讨论也就更加进行不下去。

伍先生不懂不装,这一点倒是可爱。

师生情谊

1993年7月2日，黄永玉先生在香港大会堂办画展，请柬上写到："请来欣赏我的新作。照老习惯，不搞剪彩和演讲，以免影响兴致。艺术面前，人人平等。"事先，丁井文校长告诉了我。

记得先生是在1986年去的香港，时间太久都没有联系，我们这些老学生心里就有种惆怅生出来。现在先生要办画展，祝贺是一定要的。我把消息告诉天南地北的同学，要他们在展览开幕的那一天，同时打电报过去祝贺，有一点行为艺术的意思，大家都乐意做。

后来听参加过开幕式的丁校长说，那天，不断有老学生的电报发来，先生甚是高兴！先生原本是要给来现场的嘉宾、未能到场的朋友签名赠画册的，却改变计划先给老学生签妥，又嘱人带回北京分赠。丁校长说，多有地位的人物、多有盛名的人物通通排在了后头，可见先生对学生的感情是很不一般的了。

我拿到画册时，内中还有一纸先生的信：

广军弟：

　　托新华社的吴威立先生带上画册十二本，除你和杨澧的之外，另十本都是老同学的，望你和他设法通知他们前来取回。

　　其中的签名本，只为应付画展会场签名之烦而设，附上的书，有或无的偶然，望请不要介意。

　　这一批是给诸同学的，另一批给庞涛、朱乃正……的，要再托好心而耐烦的朋友带上，没有办法，见面望作解释。

　　祝

　　好！

黄永玉

一九九三年八月于香港

是真的

1964年,被分配到卫生部党委机关报《健康报》工作,编辑室组长老叶同志让我先读半月的报纸,再看有关医药卫生方面的刊物。

找了一个稀软的沙发窝在里边,开始看那些东西。我从来没有看过这一类的文章,倒也新鲜。

那会儿,东单体育场外还有杂耍,像什么吞铁球、吞宝剑、吞活蛇什么的,都在那儿打场子挣点小钱。那么,吞这吞那的,是真的呢还是假招子?在我看的刊物上有照片吸引了我的注意,某医学研究所的科研人员曾经把两个艺人请去,让表演吞铁球、吞宝剑。给他们照透视,一看,那大铁球真就在胃里边!看表演时,那艺人的手放在腹部,是为了托住铁球不往下坠,假不了。宝剑也是插进胃里,吞的时候喉咙要抻直。原来都是真玩意儿!

淘金博物馆

黑龙江边上开出一片地，修了个淘金博物馆。据说这里过去是个淘金的好地方。今天，在河岸边盖了好多"木刻楞"的房子，有饭铺，有酒馆，有大烟馆，有窑子，有当铺，有澡堂子，有邮电所……大约也是按着地方志或是老辈人的传说设计的，做成当年淘金人销金的去处。

饭铺、酒馆也不过摆些桌椅板凳、锅碗瓢盆而已；窑子有铺大炕；当铺有高柜台……

走进大烟馆，在一个展柜里摆放着一个银质的水烟袋，标签上写的是"大烟枪"！还有一个抽黄烟用的竹根子烟袋，也说是抽鸦片烟的用具！真是瞎扯！筹办这个博物馆，实物最是重要，可以征集嘛，没有，也可以到古董旧货市场去找，再没有，就照图样复制一个也行，总不能这么对付呀！钱也花了，地也占了，文化在哪？

驴唇马嘴

吸毒工具
大烟枪

帘子

1980年以前,汽车的窗子是没有贴膜的(没地方贴,因为没引进),领导干部坐在轿车里,要不想让人看到怎么办?有辙,就是在车窗上挂一块茶色的绸布帘子,凡是给领导用的车,里面一律拉帘儿。那时人们就有议论:"害哪门子怕嘛?有什么见不得人的!又没人刺杀你!"

古代当官的坐轿子,要拉轿帘儿,那个帘子也就成了区分"主人"和"仆从"的屏障。不想这个习惯也会遗传。

不把这个事记下来,以后的人未必知道。

"活学活用"法语

罗世平老师携夫人游法国,罗老师将自己所知日常用的法语教与夫人周老师,如"pardon",相当于汉语的"劳驾""对不起"。

"可是我记不住,怎好?"周老师说。

"你就记成'扒个洞'好了。"

后来,周老师真的用了,她说"挖个坑",法国人没懂。

认错人

前年,在高铁上,一个女青年打我身边走过时,突然走回来站住冲我说:"您是王洛宾老师吧?'西北歌王'!我最爱听您的歌了!"还伸出手来要握。这可把我吓了一跳,我赶紧说:"对不起,我死了好多年了!""啊——"我把她也吓了一跳!

还有一次,当我走进一家瓷器店时,一个女售货员快步走到我面前,兴奋地说:"我看出来了,您是葛优他爸!"我说:"嚯嚯,姑娘,你好眼光呀!差不多,我是葛优他二大爷。"

画石窟

1984年，我们版画系8位教员被大同矿务局13矿工会请了去，要我们画8幅大画给俱乐部，分派我和张桂林老师画的是"云冈石窟"。为此，我跑到石窟对面隔河画了速写，每个窟，远远看去，就是一个黑洞，所以，到正式画的时候，画的也是黑洞。中途，工会请了几个矿工来提意见，他们看了画，说："哎呀！您这洞子咋是个黑的？我们游耍到跟前都能看得到佛像呀！"他这一说，我的脑袋像开了窍。"是、是，你说的真对，我给改了你们再来看。"

他们走后，我跟桂林说："咱们太'学院派'了，顾了'空间感''虚实感''透视'什么的，该说的没说。真是应该在每个洞里添个佛，你不觉得这就有点'现代'了吗？"桂林说："就是，改吧！"

后来，矿工又来看，上次提了意见的那位说了："哎呀，这就对了！跟我们看到的是一样样儿的，好看！就是个这！"

注：1984年速写

吴竞说展览

吴竞师兄是1953年或1954年美院毕业的，学的是雕塑，读书不少，看问题有见地，1957年被打成"右派"。20世纪80年代初的某月，他们前后脚毕业的几十个同学办了个画展。我去看了，在陈列馆外，看他一个人在树荫儿底下抽烟，我就走过去跟他说话，我说："吴兄呀，有句话不知该不该说。"

"有什么不能说的？"

"我觉着各位师哥师姐的作品有些陈旧呀，不知所云啊，为什么呢？"他狠嘬了一口烟屁，掐了。"其实呢，我们在生活中不是感受不到美，我们也有想表现的欲望，只是一进入构思、构图就犯了嘀咕，这么画领导会怎么评价呀？有没有政治性错误呀？群众通得过吗……就这么顾左又顾右，想前又想后，不断地修改，最后，自己也不喜欢了，知道那根本不是自己想要的！要办展览了，还得拿这个。你说能好得了吗？你还问为什么？你说为什么？！"

画的下场

有朋友一定要我给他画一幅油画，不必太大。说了几次，推却不了，画了，给了他。他当时夸得有点过，感谢的话也说了不少。

他搬了新家，大约有半年了，几个朋友说，去他家看看，算是找补贺"乔迁之喜"的缺席吧，实际他们图的是他媳妇做的一手好吃的日本菜。

他家里的摆设都是稀罕物，想必是花大钱买的，可也是俗气集大成了。大家坐在舒适的沙发里侃得冒了烟儿，存在感渐渐增强。

这时，在卧室门口出现了一个小孩儿，两岁多一点的样子，是我那朋友的儿子。他正在地上推着一个东西玩儿，上面摆着许多的积木块，嘴里"呜呜——"叫着，高兴地到处转。我看了一眼，忽然觉得，那小子推着的不就是我送的那张画吗！画面贴着地，"丝丝拉拉"地响动，如同钻了我的牙眼一般难听。

那天的日本料理看上去既美味又精致，可我没觉得有多好吃，心里的不是滋味直接影响了胃。

从那以后，我不再轻易送人画了。

友谊商店

一个20世纪60年代在我们美院国画系本科毕业的尼泊尔留学生布尔贾巴底,1981年又来了,要进修。他汉语水平不低,对在北京的生活也相当习惯。

有一天,他要去友谊商店买东西,问我愿不愿意同他一起去。我说:"我又进不去,让我在外边等你?"那时候,友谊商店是专为在北京的外国人服务的,中国人不让进。"没问题的,我说你是我的老师、好朋友,没问题,我保证。""可我也没有外币或外汇券呀!""你想买东西,我付款。"

进门的地方有警卫检查护照,他们把他拦下,大概是因为他皮肤较黑,长得太像西藏人,他们连看都不再看他一眼就说:"不能进!"并伸手拦着,见我站在他身后,又冲他说:"别挡道儿!"然后,看着我往身后勾了勾手,示意我进。我稀里糊涂地就走进去了,回身从玻璃门里往外看,布尔贾巴底正拿着护照在手里扇着:"我是真的外国人,你不让进;他是中国人,倒进去了,这是怎么搞的?"

集装箱遭遇

"文革"期间,大家都不上班,每个单位都分成了两派,都觉得自己最革命,是革命派,一天到晚地批这批那搞"运动"。参加"运动"叫"在大风大浪里干革命",哪派都不愿沾边儿的人就叫逍遥派,也因此两边都不待见。某工厂就有两个逍遥派,闲着也是闲着,索性去了一个港口,偷偷钻进集装箱里,打算出国玩一趟,带足了吃喝,就剩下睡觉了。

后来,不知过了多久,"哐当"一声,集装箱落地,两个人知道到外国了,心里不由得高兴起来!当集装箱被打开的那一瞬,阳光晃得他俩不敢睁眼。这时有人围过来,缓过劲儿来睁眼一看,"妈呀!",发现面前站着一帮黑人。"差了、差了,"一个说,"上他娘这种地方来干嘛?比咱们那儿还穷!你不是说能到欧洲吗?"另一个说:"我哪知道坐岔劈了。""这是怎么话儿说的,赶紧回吧,怎么着在家也比在这儿强!"

问题是,不能再钻回集装箱了,而是被送交给了大使馆。一见了这俩"宝贝",三秘(使馆的三等秘书)吼了一嗓子:"你们想叛国呀,啊——!!"两个人顿时蹲在了地下,心里想,要是能让回工厂,不管是哪一派,好歹得加入一个才是……

"红卫兵"和翻斗车

1967年,北京地质学院的"红卫兵"要赶去工人体育场开大会,几十号人没交通工具,他们四处踅摸,最后从一个工地弄到一辆翻斗车,却找不到司机。谁会开?一个愣小子说他开过两回"大解放",大家说,不是一样的事嘛,试试呗! 大家赶紧上车。着急呀,翻斗车"呼呼"地从甘家口开出去,拐弯儿上了长安街,开到木樨地铁道前,开车的错动了哪个机关,那车的翻斗前部就翘了起来,越升越高,只见车上的人沥沥拉拉的,一个、两个、三个、五个……边走边往下掉,卸渣土一般,开车的听不见后面的呼喊,只管狂奔。等到了工体停了车才发现,只剩了一个人挂在翻斗的顶上,面如土灰。

翻斗车翻斗

美院留学生

20世纪50年代，美院招收了一些留学生，多数来自东欧国家，如波兰、保加利亚、捷克等，后来才又有了埃及、伊拉克、委内瑞拉和蒙古的。

美院特为他们设了食堂和小卖部。

有一个留学生要在小卖部买鸡蛋，他跟服务员说："我要一个圆的、白的……"服务员回身拿了一个乒乓球。"不是这个……"留学生说。

"这不就是圆的、白的吗？那你倒是要什么？"

留学生想了一会儿说："鸡的儿子，对，鸡的儿子。"

"啊，鸡蛋呀！你说'鸡的儿子'，也对，'鸡子儿'嘛。记住了，这个正经叫鸡蛋，摊了就叫'摊黄菜'了，煮的叫'窝果儿'，和肉一块儿炒的叫'木樨肉'……"

"都是鸡的儿子吗？"

留学生很愿意学说中文，也敢用。有一回，吴作人先生在楼门口绊了个趔趄，一个留学生赶忙过去扶，还一再说："老师小心感冒，老师小心感冒！"吴先生回说："谢谢同学，你也小心感冒！"

新年夜

每到过新年,美院外办都会请留学生在外边饭店吃一顿。外办老师让每个人点一个自己喜欢的菜,一个点了"辣子肉丁",第二个随着说"辣子肉丁",第三个也是,第四个……全都是。原来,他们来中国的第一顿饭就有这个菜,好吃,记住了。后来,美院有了留学生食堂,专请了会做西餐的温师傅料理,留学生不再拘束,都很高兴!特别是有酒喝,情绪高涨得很快。每每礼堂那边的晚会都结束了,留学生食堂还在热闹。我们的学生有好奇的,就会去偷看。那实在也是少见:有说的,有笑的,有哭的,有闹的,还有趴在桌上睡觉的……有一年新年,我从那里走过,也看到差不多的情景,只是多了一个跪在墙角祷告的。又后来,我们各系的学生就拉他们一起活动了。设身处地地想,他们在异国他乡留学,逢年过节必是想念亲人,必是感到孤独。

那以后,不再有看头了。

阿傅和饺子馅

1985年秋,我在巴黎,阿傅也在,他大概是参加电影节吧。见面挺高兴。大师姐宋怀桂请我们去她在巴黎的家一块儿包饺子。在国外,吃一回饺子能解馋,还能解乡愁,联络友情。

阿傅说他做馅是一绝,揽过去了,我和面,师姐备酒和小菜。

饺子包了不少。桌子上的盘子、碗、红酒杯都摆好了,阿傅就去厨房下饺子。不一会儿,他在里边说:"这水怎么回事?"我进去看,那锅里的水直往外翻泡泡,我说快把饺子捞出来吧!端上桌,都急着想吃。大师姐咬了一口,急忙吐出来:"味儿不对!"我的那个饺子是吞下去的,没觉出来。阿傅细细地吃,也觉出有些不对。"怪了,肉没问题,菜没问题……那就是油的事!"他急急起身进了厨房,大师姐跟了去。就听阿傅在里面说:"我用的就是你这瓶油。"大师姐说:"我的天,那是洗洁精,洗碗用的!哈哈!"

(阿傅,傅靖生,美院附中毕业的,后来从北京电影学院毕业就搞了电影,拍过《黑骏马》。他画得也好，他早年创作的《斯诺》，载入了中国版画史。

宋怀桂是美院的大师姐，丈夫是保加利亚人万曼，他们的结合是经周恩来同意的，后来他们去了法国。宋怀桂是皮尔·卡丹服装的第一个中方代表，第一位把中国模特带到西方舞台的人，还在北京马克西姆餐厅当老板……）

犯浑

力群先生的大儿子叫郝明，能画，在版画系插班学过，但似乎更喜好写。"文革"后期，他的工作单位在中国社会科学院。后来，不知怎么他就跑到香港去了。走时，收集了许多文艺界的名人的资料，到了外边，为了混生活，就写一些小文章，抖搂一点鲜为人知的事情在报刊上发表，笔名方丹。

某天，黄先生收到他的一封信和几篇剪报（我在场），先生边看边叨咕："他写裘盛戎，'裘'字都不会写，怎么是'丘'呢？这里还用'共匪'两个字，那你爸就是'共匪'，骂你爸，像什么话？犯浑了！"

第一次开车进美院

70岁到驾校学车拿了驾照,很兴奋!有一天,决定开车去上班。我有新鲜感,估计别人看了也会觉得新鲜。我注意过,平日里,美院的门卫看到老师开车进校门,是要举手敬礼的,我今天开车来,也是为了体会一下。

车在进校门之前,我特意把窗玻璃都放下来,坐得自然、舒适,手放在方向盘上,很放松。吊杆抬起,我把车慢慢往里开,冲门卫微笑了又挥了挥手,门卫毫无反应,当然更没有敬礼……

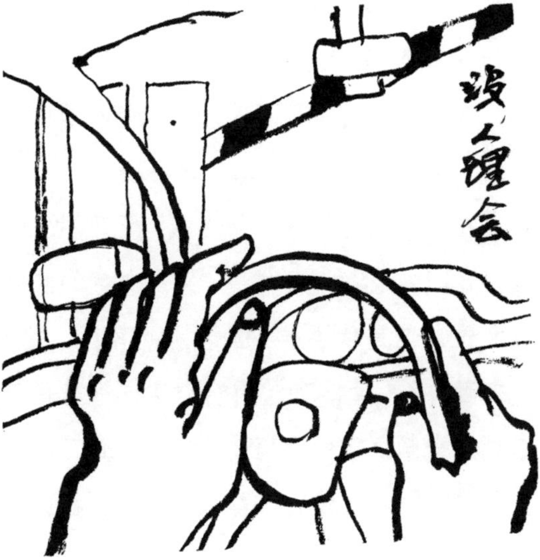
没人理会

访巴巴夫人

那年,我跟中国展览交流中心的方齐到罗马尼亚去选柯尔内留·巴巴的画,为1998年在中国美术馆展出他的作品做准备。跑了三个地方,把画找齐了,临回国前,我们提出了访问巴巴夫人的想法(巴巴在两年前去世了),罗马尼亚文化部就去联系。

我们在一条颇为僻静的街上找到巴巴的家,巴巴夫人给我们开门,她满头银发,一身浅灰色的衣服,人显得非常文雅,但是猜不准年龄。那间客厅,约有60平方米,东西向长一些,西边有窗,靠东边对着门的地方有一把看起来颇沉重的座椅,南面有一道门通向另一间屋子,这道门的左面墙边立着一个画架,右边墙上挂着一个调色板……

我跟巴巴夫人说,在中国,至少有两代画家是受到巴巴艺术的影响的,包括我自己……还说了许多话,说得她拿了手帕直劲儿擦眼泪,我赶紧打住不再说。我们想为她拍张照片,她说,巴巴在的时候,无论走到哪里,她都是和他在一起的,包括接受采访和拍照,但是,巴巴不在了以后,她再也没让人拍过照,所以,很对不起我们。

　　她带我们到另一间屋子去，从书柜里拿出两本速写簿子，封面上，巴巴写了一行字："和伦勃朗对话"。巴巴夫人讲了关于速写簿子的事，她说，在齐奥赛斯库统治时期，罗马尼亚文化部要巴巴给领袖画像，巴巴不乐意做，就说他已经不再画画了，拒绝了上面的要求。而他，从那以后也就真的不再创作油画了，因为，一旦动笔，就会有人告密。每天，他就只能在速写簿上用各种工具临摹伦勃朗的画，即是他说的"对话"，用这种方法排解他不能创作的痛苦……

　　从她那里离开，我们去了五一广场，在那里的矮墙上看到有弹孔，齐奥赛斯库在某一天垮台了，巴巴也不在了……

美院的"小人物"

二十世纪五六十年代，美院在校尉胡同时，礼堂对面的东墙下有一间理发室，理发的师傅叫李福，老北京人，梳个背头，发质好，又粗又硬，好像能数得出多少根儿来，嘴大，兜齿儿，老是笑。全校的师生员工通通找他理发，院长吴作人先生也会去。他那间小屋，干干净净的，有股子湿湿的肥皂味儿。到冬日，蜂窝煤炉上那只大马口铁水壶永远冒热气，尤显温馨，在那里坐等着，是一件很惬意的事。

李福穿一件白大褂，像是浆过的，左胸口袋里老是留一把白色的梳子在里面。要坐的那把理发的椅子是木头的，扶手的白漆脱落得像奶牛皮，椅面上蒙了一块黑漆布，一圈儿铜扣钉锃亮。

一边聊着天儿，一边轻轻地把一块白布围在你脖子上，之后，他戴上口罩，开始推头。他站在你的身后，离你很近，你能听见他喉咙里发出的"嘶嘶"的喘息声。

"您这是支气管发炎了？"

"老毛病了。"我总会想，没准儿是因为吸进去不少头发渣子吧。

那时没有流行发式，分头、背头、平头三样，他都剪得规矩，人人没话说。

听后来人说，"文革"时期，取消了理发室，李福被调到学生食堂，也掌过勺，但是，学生反映他做出的菜不好吃。他一定是很失落的吧？

与李福的交往，顶多是一两个月一次，对于他更多的情况我就不清楚了，但是，想记下这一笔，是因为在美院的日子里缺不了他。

给留学生做饭的师傅姓温，广东人，身材矮小，做西餐的手艺非常好，留学生都喜欢他。他有个儿子叫温丁珊，也是瘦小，在校尉胡同小学读书。爷儿俩住在石版工作室旁边的一间小屋里，感觉并不逼仄。

有一天早晨，我在校门口看到温丁珊连蹦带跳地往外走，突然就摔倒在地，我跑过去看，小孩子嘴里吐白沫，身体抽搐着。我赶紧把他抱起来，跑着送到老温的那间小屋，幸亏老温还在。我把温丁珊放到床上，老温急忙从一个小皮箱里拿出一粒药塞到孩子嘴里，那孩子慢慢地苏醒过来。"多谢你咁（这么）快送嚟（来），他有咁（这）样的毛病，如果有（没有）被你睇（看）

到，时间耐咗（久了）会死！"

"那总得有人跟着他才行呀。"我担忧地说。

"他冇咗（没了）母亲，他还要上学的呀……"

我在美院读了五年直到毕业，又回来考研究生，美院传达室有几位"先生"（作为学生，想不好该叫他们什么）都很感亲近，较熟悉的，一位是老郑，郑实中，一位是老佟（忘其名），还有一位是郭长明。

老郑有一手绝活，会学老北京叫卖，嗓子好，会随着叫卖的花样翻新，闭起眼睛听，我像是回到了儿时，黑洞洞的胡同里，昏暗的路灯下，有一只猫走过去，远处传来叫卖声，"烧鸡——熏'白果'（鸡蛋）——"，"人艺"老演员唱的都没他的全，味道也比不过他。1961年，老郑在总务处工作，暑假我跟着老郑干活，勤工俭学，挣学费。他让我用黄油漆往礼堂的椅子背上印号，擦玻璃，扫棚顶，可是他也跟我一起干，钱却给我一个人挣了。

老佟的家在门头沟农村，那地方旧时就产琉璃瓦，供皇宫使用。老佟光头，哑嗓子，传达室如果有电话找人，他就拿个喇叭筒围着楼叫喊，不管是老师还是学生，都直呼其名："×××，电话——不在，得嘞。"

最有意思的是郭长明，他原来在图书馆做出纳，后来，因为嗜酒，一笔糊涂账，就被安排到传达室。他每日在上班前必到学校附近的小酒铺喝二两，从来不买下酒的菜，自带咸萝卜，也不坐，只在门背后站着喝。喝过了酒，一上午二目圆睁，大门口进只蚊子都难，可是，接近晌午了，就变得通身发茶，哪怕是大象进来他也不管了。所以，中午还得二两下肚，才能坚持到下班。20世纪80年代美院礼堂常放映内部电影，附近胡同里的小孩就候在大门外，专等郭大爷发茶了就蜂拥而进，他眼睁睁望着，也只是挥挥手，毫无含义。后来，听说他在传达室也干不成了，病了，酒精中毒，不喝不成，喝一点儿就高，手颤抖不止，没几年就去世了。

美院南墙根儿有木工房，一个老师傅，版画系的梨木板都要靠他拼接。他使唤刨子，"嗖嗖"几下，不偏不斜，用鱼鳔胶粘起来严丝合缝，再无第二人可比……

美院的小人物还多，都是容易被忽视的存在，然而，记起他们的那点芝麻绿豆的事，回想起来也是弥足珍贵的。

问题

　　1986年夏,在巴黎,去毕加索博物馆的路上,过一个门口,一股冷气扑到身上,不由得扭头向里面望了望,居然看到在偌大的一间房子里上上下下挂满了中国画,有长有短,像挂在船上的万国旗。想借机凉快一下,又想里面的画家定是国人,正可以捧个场,就走了进去。在那间屋子的一个角落里,坐着一个人,低着头。见有人走进来,慌忙站起身,像从梦里醒过来。"啊呀!怎么是你?"我认出他是高我两届的国画系学长。寒暄过后,我便打问他的情况,他说:"我在法国已经四年了,生活得不易。我在这里办展览,也有四天了。""画卖得怎样?""没人买的。""为什么呢?"我问。"我这几天一直在想,为什么多数人只是看一眼却不走进来?一个原因可能是巴黎有东方博物馆,在那里人们能够看到古代的中国画,所以不陌生,等看到我的画,他们没觉得和他们见过的有什么不同,就产生不了兴趣。我已经迷茫了,不知往下该怎么走了。"我也不知道,所以,连一句安慰的话都想不出来。

　　走出门,外面阳光灿烂。

周建夫真事

老周那时是版画系教员,每日上班都坐公交。一日,被挤在车中间不能动。他看见后门那边有人把胳膊架在一位老人的下巴底下,掩护着他用另一只手掏衣兜。老周想叫一声引起老人注意,但是,话刚到喉咙就滑下去了,眼瞅着贼人作案,自己连一声喊也不敢。

到了班上,他说起这件事,很是自责:"我还是个共产党员哩!"

后来,老周当上了美院的教务处处长,年年管招生,有一回他说:"我就像端着杆机关枪,每年都要'突突突','我'突突'了多少学生呀!看着那么些没考上的学生,真是于心不忍呀!"

老周儿子定居在美国了,有一年他去探亲,回来就打电话给我:"哎呀老广,咱们过去老说美帝国主义这不好那不好的,不对了,我这回看见了,可不像听说的那个样子呢!这一回,还坐飞机从东部到西部,看见下面有好多圆圆的地块儿,不知是做甚用的。等我下回去了问问……"

他退休以后我很少见到他,不知过得如何。

巴黎看展览

1985年秋,巴黎。由在法的中国摄影家王志平陪着我们四个人(我、王公懿、程丛林、费大为)看在大皇宫的"国际当代艺术博览会"(FIAC)。第一次看到这样大型的国际性艺术展览,震惊不小!内中的展品真是琳琅满目的,从古典到当代,种种形式混杂在一起,看得脑袋大,可是又生怕落掉哪一件。

当我们走进一间较小一点的展室时,里面竟空空如也,一束光从上方照射到我们背后,我们便回头看,竟看到一个光屁溜儿的女人兀立在空壁前,纹丝不动,这可把我们吓了一跳!像做了亏心事一般木头似的杵在原地不动,要不是后来瞥见她旁边也放着一块说明的牌子,真是不敢走过去看。

做那个女人体的人是澳洲的超写实主义雕塑家让·穆克(Ron Mueck)。他做的这个女人体也忒逼真了!毛发是真的,皮肤上的汗毛孔都清清楚楚;蓝眼珠子盯着你,盯得你心里发毛;脸上有雀斑,前胸、后背、下身留下了泳衣的晒痕,手指和脚指甲上的深红色指甲油有一点脱落(让你想象她是在海水浴场嬉耍过的)……听说,价值20万法郎!

不久,王志平回北京,受邀在美院做了场讲座,放了一大堆幻灯片,其中还有一张是拍我看女人体雕塑的。说来也是巧,那天,外办主任到场,她看到了,脸红脖子粗地叫起来:"太不像话!是去做中法文化交流的,竟然去了'红灯区'!怎么可以,啊?赶紧把他撤回来!!!"

让我说她什么好呢?

北小街公厕牌子

东四北小街南口的东边有个公厕,牌子钉在北墙上,上面有个箭头往右指示。每天骑车打那过都不怎么注意它。四月的一天,再过那里,仿佛有什么不一样。细看,原来那牌子掉了个钉儿,箭头就朝上了,意思变了:上边是天,厕所在天上,上边儿解手去?!解手"难于上青天",又是"高处不胜寒","雨纷纷(尿)兮天使(屎)下凡"……哑然失笑。

老同学上当

在新疆师范大学当教授的孙增礼是我美院附中的同班同学。有一年,他要回老家玉田,从乌鲁木齐坐火车路过北京,被我"截留"在家里住了两天。白天,我上我的班,他就到处走走看看。

头一天晚上回来跟我讲,他差点上了当。他说,在东四的无轨电车站,一个年轻人在他跟前从地上拾起一个鼓鼓囊囊的信封,当着他的面拆开,里面是一沓子钱。

"大爷,是您掉的吗?"

"不是,兴许是刚走的那辆车上什么人掉的吧。"

"车既然走了,再上哪儿找那个人去?就咱爷儿俩看见了,不如分了吧?对半儿劈。"

"可别,你要么等那个丢钱的人回来交给他,要么你就交给警察,要么——你爱咋儿处理就咋儿处理吧!"

我说:"你做得对,没上当,净是这种骗人的事,你可当心了。"

第二天回来说,买了一块衣服料子,质量不错,也便宜。在王府井八面槽对面一家店门口,一个女的拦住他,说她要做出国服装,特批给她上好的衣料,可是用不了那么多呀,如果他说是她的亲戚,剩下的就归他,便宜。他就跟着她进了那家店里。交了钱,卖布的在他面前一米一米地量好,剪了,包好交给他。"就是这个,你看看怎么样?"他说完就忙着一段一段地扯开给我看。可是,那料子没扯到一半就断了。"不对呀,是一整块呀!我眼看着他一尺一尺量的嘛,怎么就半截儿断了?"

我说,拦你路的那个女人是个"托儿",蒙人呢!

老孙好大一会儿没言声。"你说咋就专门儿骗我呢？是我这身打扮吧？"他出门穿着一身的黑，头上戴一顶茶色呢子礼帽，"是了是了，是这顶帽子的事，'傻帽嘛傻帽'，就是这顶帽子，一看就土气，你说，不骗我骗谁！"

"忘我"

美国的一个画廊委托一个华人朋友找到我，说想要代理版画系教员的作品，办个展览，卖了的就给钱，卖不了的退回来。我跟所有老师说了，大多还是希望给了钱把画拿走两清，咱们不在美国，他卖了不给你钱，有什么辙？

那时期，能挣点外快还是蛮有用的，为了成全这件事，我说，我担保了！这么着，大家才各拿了几幅画给我。友人走的时候要我把画送到机场交给他，我在家做了个表格，把作者、画题、尺寸、年代都登记好，又把画仔细地包装好就直接去机场把画交给他。

回到家，发现我自己的那一份还在床上……

卖了画的老师还满意，没卖了画的老师可能不大高兴。下次不再做这种事……

听广播

1967年11月,单位指定老许(编辑组长、共产党员)带我一起外调。

途经浙江金华。街里纵横的小巷,到处都是火腿店和老酒铺,虽然在"文革"中,酒铺晚上12点以后才打烊,人总归有个说话见面的去处。有天晚上无事,和老许走进一家酒铺,一人要了一碗黄酒,那碗是个土碗,我觉得很好看,酒,是打一个尺把高的大肚儿坛子里提溜出来的。老徐又要了一份火腿肉,我要了一碟茴香豆。酒是真好喝,我连着干了三碗,浑身暖烘烘的;老徐一碗下肚,像吵过架似的,面红耳赤了。

回到旅馆,老许倒头睡下,旋即鼾声如雷。我找出带来的小半导体收音机,躺在被窝里听,挨着个儿地换台,也没有什么不一样,无非是"最高指示"和一样的新闻以及"样板戏"。一拨又拨,突然听到"共党"二字,我登时吓了一个激灵,收音机脱手掉到床底下了!赶紧俯身抄起来,关了。我听到的可是"敌台"了!如果有人知道了,举报了,不管你是有意无意,定罪就是"反革命","吃窝头"多少年,弄不好还要重罪。幸亏老许睡死了,我想,他即使醒着,也未必会去揭发,只是我自个儿担心,怕他万一是"事儿妈"就麻烦了。

人形模特

我读研时,有一天,走过操场,远远看见打礼堂那边有人推着一辆平板三轮车走来,上面站着两个人,像跳交际舞。走近了,看清那女的是庞涛先生,她两只手搭在她面前的那个男人肩上,简直像是站在通过天安门的彩车上。再走近,才看清那个男人是个人形模特。

"文革"期间,美院归入五七艺术大学,课程取消了画西洋石膏像,更不能画人体,那还画什么?不知是谁的主意,做了一批真人大小穿工农兵服装的关节能活动的人形模特,庞先生扶着的就是其中的一个。

"您这是上哪儿呀,要不要帮忙?"我问她。

"不用、不用,跟教具组借来用一下的。"

后来,有一次我也到教具组借东西,一拉开里间的门,满地东倒西歪的人形,着实吓了我一跳!一个人形四仰八叉躺在地上,两只胳膊和两条腿都朝上举着;一个人形斜靠在衣柜边上,瞪着眼睛看人;一个人形撅着屁股,脑袋顶在暖气片子上,还有好几个是摞在一起的,犹如一堆死尸……

假作真时

嗑瓜子

小时候最高兴过年,除了有好吃的,年味儿的浓厚也是其他日子无可替代的。年初一清早,几个要好的同学碰面,相约去逛沈阳的中街,那一带有故宫、电影院以及接连不断的老字号,可游、可看的太多。在出门时,少不了把两个衣兜装满"毛嗑"(俄国人喜欢嗑葵花子,东北人管俄国人叫"老毛子"),再装两把小炮仗、摔炮,每人都如此。

年味的"浓",是空气里久久弥漫着的硝烟的味儿"浓",年味的"厚",是脚下踩着的炮仗的碎纸屑和瓜子皮。只有闻着硝烟的类似铁锈的刺鼻余味和踩得脚下的瓜子皮"喳喳"作响,那才算得上是过"年"瘾。在"浓厚"之上必须尽自己的一份力,就是要继续放爆竹和不断地吐出瓜子皮。

放鞭炮没人不会,但是,嗑瓜子的技巧却不是都有的。

把一颗瓜子扔进嘴里,用舌头帮忙,它就立在上下牙之间,稍一合齿,瓜子仁儿掉到嘴里,同时吐掉皮,这一过程不超过两秒,接着又一颗放进嘴里……最高级别的嗑法,是扔进嘴里一把"毛嗑",然后,就只看见不断地往出吐皮儿。不吐不快,不会这个,简直不敢大模大样地四处逛。

马雅可夫斯基式的头发

上初中时,我喜欢读外国诗歌,书店里能买到普希金、别林斯基、莱蒙托夫、涅克拉索夫的诗集,也有英国的《勃朗宁夫人十四行诗》。普希金的诗句"假如生活欺骗了你,不要悲伤……""再见吧,自由奔放的大海!",我在家里会大声地充满激情地朗诵,还要背诵。这样一来,平日里,一些诗句就常挂在嘴边,比如,冰天雪地里,会指着别人的鼻子大叫"严寒通红的鼻子(涅克拉索夫诗名)"!

后来,马雅可夫斯基的诗风靡了,就去买他的诗集。"向左、向左!",一行一行诗句排得像台阶,太别致了!封面上他额头上方那两撮头发羊角一般,最是特殊,我以为他这样的长相,只该诗人有,也以为如果有了那样的头发,自己也许会写诗的。十分羡慕之下,就跑到理发馆找师傅。我把诗集的封面给师傅看,师傅说，那是天然的。

"不能整成那样吗？"我问。"除非烫烫。"师傅打量过后说。

生平头一回烫头发，愣挺着让师傅耍那把火钳子，还是有点害怕。

总算鼓捣完了。"你看行不？"师傅拨拉一下吊在我额头两边的小辣椒一样的头发问我。

我自己摸了一下，硬硬的，我心想，"这是两根屎巴橛子……钱是白花了！"

走出理发店就一直用手捂住脑袋，生怕被人看到。

进了家，我妈说："哎呀！咋这样了，谁给弄的？"

"让理发师傅试试手的，他也没弄过。"

"牛头马面，真寒碜。"

"是、是。"

想想明天上学，怕被人笑话，就赶紧烧了一壶水，洗了四五遍，总算平复了，心里很高兴，像是捡回一条命似的。

良策

1979年，我们版画系研究生班的同学们都在准备毕业创作了，按规定，得去体验生活。临走，一些同学去请教古元先生：现在到农村去，使用的生产工具，比如老牛拉犁，还是跟汉画像砖上的一模一样。落后的生产方式如何能产生先进的思想呢？您看，这老牛拉犁还能画吗？古元先生回答说："好看就行。"

万万没有料到他能如是说，本来大家是要讨良策的，这算不算呢？

代大权发言

在十几年前，如果有版画的理论研讨会，清华美术学院的代大权教授准备得最是用心，讲稿是事先就打印好的，落座以后，就从老牛皮公文包里拿出来摆在面前。趁着还未开会，还会轻松地同周围的来宾打招呼或说些悄悄话。

可是研讨一定是从年纪大的、资格老的人开始发言，即所谓论资排辈了。大权认真地听人讲话，偶尔还要记录一下。

会议进程一口一口地"咬"短了时间,大权开始低头写东西和扬头想事情,眼睛闭着,眼镜推在脑门上,而手放在讲稿上,像是准备按下原子弹起爆的按键,"十、九、八、七、六、五、四——",他偷看一眼手表,适时地把讲稿收进老牛皮公文包里,没一会儿,主持人宣布会议结束。

这样的会有很多,却很少能轮到大权说话,看着都心疼,于是,我就建议他以后一定印一本《厚积薄发集》来。

时过境迁,他也退了休,辈分也升了,再遇到这样的会议,总算有了发言的机会。准备得依然十分认真,打印好的雪白的A4纸,从老牛皮公文包里拿出来,摆在面前,轮到他,这回才是"口若悬河""滔滔不绝""一泻千里"了。

出了会场,走起路来像个翻身的农奴。

对味儿

大概是在1980年,黄永玉先生同彦涵先生去了一趟菲律宾(那时彦涵先生刚摘了"右派帽子"),听黄先生讲,彦涵先生在国外看见什么都觉得"不对味儿",结束了活动回国,在深圳落地,两个人一起上洗手间,黄先生问他说:"这回对味儿了吧?"

采冰

直到20世纪的60年代初，每年冬天，后海都有人采冰。那时候没人知道有冰箱，用的冰都取自河里，把河里的冻冰割成块儿，运到冰库存放起来，到第二年的夏天就可以用了。记得在东华门大街的路北，挨着义利食品店就有一个冰库，码一层冰，再码一层草袋子，那冰看上去好像没有多少融化。夏天总有汽车、马车来拉冰，据说，连北京的大使馆也是要用的。

在后海的冰面上有一排人，人手一个有横木柄的钢钎，都倒着走，退一步就用钢钎往冰上戳一下。这么来回在冰上凿出方格儿来，最后使撬棍一撬，那冰就分成了许多块。岸上早有马车等在那里准备装车，凿冰的人拿铁钩子把长方体的冰块拽到岸边，上面的人再借着跳板把冰弄上马车。

我曾跑到跟前看了他们的操作，我注意到他们的鞋很特别，我问了，说脚底下是骆驼掌，暖和又不透水。

冰取海右

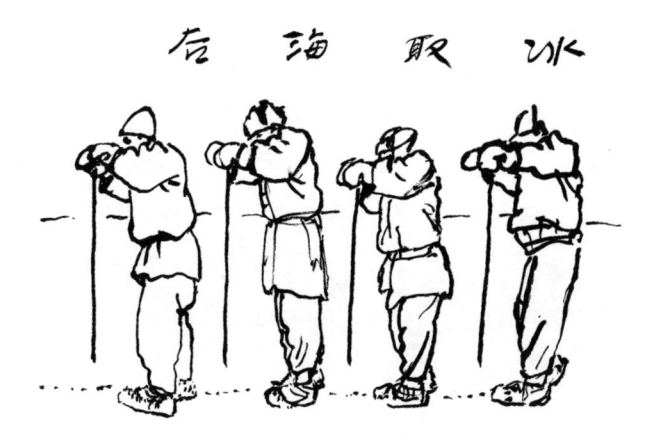

头像的命运

司徒兆光是我在美院附中时的同班同学,后来他到苏联学了雕塑,回来就在雕塑系当了老师。

1985年9月初,他说要为我做个头像,我爽快地答应了,然后,就是坐在工作室里让他对着做,一坐就是一上午。他把大形用泥巴堆起来,看上去有一个小型保险柜那么大。做到第四天,"大荒"儿像我了,下一步应该深入刻画,把一些细节定准了。休息时我说:"我后天就要去法国了,这两天能完活儿吗?"

"那哪里完得了?!你怎么不早说?"

"都接近完成了,你今天就拍些片子吧,各个角度的,我不在,没关系……"

"只好这样了。"

我在法国工作了将近两年,回来以后就去找他,想看看我那头像做得如何。

"咳,别提了。"他有些遗憾地说,"你那个头像我做得很有感觉,可你刚走,我就接了一个大活儿,是郭沫若故居要个郭老的全身坐像,我开始忙活那个了,你那个就没有接着弄。做呀、做呀,做到郭老屁股底下的时候,泥巴不够了,我就把你的脑袋塞到底下去了——"

"这、这、这,这可是'永无翻身之日'了!"

"以后再找个时间做吧!"

后来,他让他儿子小春给我再做一个哈密瓜大小的脑袋,七分像,然"神不守舍"。

去年,司徒去世了,成了永远的遗憾。

登鸡足山

1994年在昆明举办了"版画年会",会后谭权书、王维新、张志友和我去了一趟大理的鸡足山,听说那里有个"受戒法会",很有看头儿。

走到山根下,抬眼上望,都是树,游人走进去像被吞了一般,前程漫漫,不知多高多远。走近有卖甘蔗的,老王说口渴,他买了四根,一人一根。我小时候吃过甜高粱秆,啃皮子拉破了嘴,再不敢吃。我接过来甘蔗,正不知从何处下嘴。但见老王已经嚼掉了尺把长一截。他的牙齿真好!看他先是平举着那根两米来长的甘蔗,从一头咬开一撕,再咬,再撕,露出一截来就嚼得"喳喳"响,甜水儿咽进肚里的同时咂吧几下渣滓,"噗!"地吐出来,真真"短、平、快"!

老谭不敢用当关的假牙去试,说了句:"天时不早了,我和老广路上慢慢吃,先走一步了,你两人吃罢从速赶上来可矣。"

山路崎岖,登到半山已然夜幕四合。那天,星月俱无,也未备手电,只能细听前路的人声急急追赶过去。幸亏手中有一根甘蔗,虽是深一脚浅一脚,毕竟稳当不少，我和老谭一路上念叨老王的好。走着走着，听见流水汩汩，用甘蔗四下里试探，原来脚下是一条水沟，再试探，探到水沟之上搭的窄窄的一块石板。小心移步过去，心里仍是惊恐万分。

"就在这儿等他们一下吧，危险！"老谭说。

一等二等又等，就是不见维新和志友上来，我和老谭多了一分担心。

又抽了一根烟，我清清嗓子向下大喊了一声，竟然听到老王从底下回应。"好的、好的，在这里，我们到了、到了，马上来。"

"前面有条水沟，当心了。"老谭起身说道。又等了片刻，终于依稀看见王、张二人正在吃力地手足并用地爬上来。

"甘蔗呢，为什么不拄着甘蔗？"老谭问。

"哈、哈、哈、哈、哈、哈，老早吃掉啦！后悔呀后悔！"老王笑着说。

正装

现在有许多的活动都要求与会者着正装,这正装,今天指的基本是西装革履了。在民国时,孙中山先生指定人设计的"中山装"被称作"国服",那应该属于正装了,可是,那时一般的男人还是喜欢穿长衫,把个"中山装"留给当官的了。中华人民共和国成立,天安门上的中央领导人也穿"中山装",但不是立领的,改成立翻领,其他都一样,都有四个带盖儿的明兜。后来这种衣服就普及开了,老百姓也能穿,一穿就穿了几十年,算不上是正装了。现今的正装西服,却也并非人人都备着,就如同参加个遗体告别仪式,讲究穿一身黑,连袜子也是黑,可你见有几个是这样打扮的?毕竟是国情有异呀!至少一时半会儿行不通。

陈逸飞在美术馆办展览,请柬上就写着"着正装出席"。开幕时,有一个哥们儿光着膀子去了,还要躺在入口处,自然被保安请了出去。他这么做,有抗议的性质,因为有群众基础,多数人会说:"别装大尾巴狼,爷来了,就是捧你的场,还事事儿的!"

黄永玉先生办展,人家问他要穿正装吗,他说,最好什么都不穿……

"正裝"

上山难，下山更难

某年秋日，天朗气清，同老婆登香山，走走停停，至半山腰，向东远眺，便可见北京城笼罩在一片朦胧之中。到最高处只见有一帮半百以上男女在那里"喊山"。那声音发自肺腑，就好像每人都有一肚子的怨气，不声嘶力竭不足以荡气回肠地宣泄，粗音、细嗓都拢在一起，堪称"野性的呼唤"了，也随了他们一起喊，喊到嗓子疲了，却也似乎得到一种莫名的释怀。

看看远方，北京城已然虚化，赶紧下山。见道中有人牵驴兜揽生意，10元一位送下山。

年届七十，上山已经耗去我一大半的力气，听到吆喝，剩下的那一少半便也泄了，于是，走过各选了一匹驴子骑上。在我，这是生平第三次骑驴，前两次皆滚落，这一次有人牵引，能放心安坐，听驴蹄儿在石板路上细碎的磕击之声，自有一番悠然自适。

行不足三里，那牵驴的人"吁"了一声，便不再走："就到这儿了，您呐。"

"这就10元？还没到山底下呀！"

"不远儿就是汽车站了……"无奈，下驴，那二人即刻抹头返回去了。

　　一双脚虽说落了地，天黑黑，四顾无人，又万般寂静，心里就有些不踏实，但见下方极远处有汽车灯光闪烁，便朝向那边走去。幸有一角月牙儿在天，在草莽中捡一条浅白的小路走。走着走着，那路竟断在一面矮墙之下，看两边又不见有其他的路，只好翻墙而过。转过身来时，但见前面顺坡都是大小的墓碑，原来是一处墓园！心里少不了发紧。于是，慌不择路，忽而南忽而北地寻找出处。好不容易看到一扇铁门，它两边的墙高有两米，再翻过去是没可能的了，走过去看，那铁门幸好并未上锁，赶紧推开，一步跨出去，感觉仿佛从阴间逃回了阳世！

　　坐在回程的公交车上我还在想，不知有多少游人都是这么下山的，所以，那铁门一定不锁。

医疗广告

1980年我去昆明办事。那天，大概走到圆通街边，见一间房子的北墙上有一大块油漆写就的广告，是关于外科手术的。那时候，全国各地到处都张贴"包治性病""专治不孕"的小广告，所以，这种正经的油漆广告实属罕见。广告为蓝底，碗大的黄字，竖排，四字一组，罗列各种手术症状，包括"切除阑尾""割治包皮""痔疮肛瘘"，等等。在最后一行，有"胆大心细"几个字，足让我琢磨了一路。这"胆大"如果是要患者有个思想准备倒也说得过去，"你既然找到我，你就要充分相信我，不必'讳疾忌医'嘛！"，何况下面还有我这个"心细"保证呢。可是这"胆大"要是大夫说给自己的，那无疑就是在给自己打气了，"下定决心不怕牺牲，排除万难去争取胜利！"，来了病人，说我治不了，那还会有人找上门吗？什么情况的病都敢接下来。至于手术起来做得到做不到"心细"，就是个问题了。看了"胆大心细"四个字，足以断定，这个诊所里的大夫大约是"二把刀"。倘若有敢于找上门来的，那才叫"天不怕地不怕"的人呢！

登泰岳

又二年，登泰山。"文革"时期，1974年登过一次，全凭脚力，现今再无可能，这一回便坐了缆车。而下了缆车，仍要攀登。"会当凌绝顶"却还有不近的一段路。老婆怕我劳累，拦了一个滑竿让我坐，我边说"怕坐了这，'晚节'就难保了"，边把屁股挪上去。

"大姑娘坐轿——头一回"，让人抬着，感觉无异于趴在人家后背上，心里不大落忍的。

滑竿走了百多米，转过一块大石，看得见南天门了，却是很远的所在，我估计，再下一个坡，拐两个弯儿，上坡，左拐……正琢磨着，滑竿撂地。"到了，你给俺25元吧。"

"这才走了多点儿的路呀？不再往前走走了吗？"

"到这就是25元，你想往前走，就再加25元。"不能惯着他，赶紧交了25元，自己走！

他唤醒了我的不服输的脾气，坚持走到了底，也算基本保住了"晚节"！

阿维侬美术学院的女教工

1985年，法国文化部安排我到阿维侬美术学院为一个展览会创作作品，院长克莱蒙向我提供了一间画室，但是，不把钥匙交给我，每天需要由一位校工开门。这校工是位女士，三十几岁，相当的胖，因脸上常带微笑，便给人以好感，令人愉快。

到法国必须入乡随俗，第一次见女士，握握手即可，要是见了第二次，不施行贴脸儿就说不过去，是没礼貌的表现。要贴脸儿，也有规矩，是左边两下、右边两下，才算周全。听说马赛那边还要多一下。

第二天去美术学院，找到她，见面赶紧贴脸儿，贴得有点匆匆，因为听一位法国朋友说，贴脸儿的时间还需把握好，过长了，女士会以为你对她有意思，过短呢，会认为你不真诚。我把握的火候刚好，却仍是匆匆的，原因是在贴的那一刹，我的脸颊被扎了一下，起初我以为那应该是我自己的胡子反过来扎了我自己，忍着进行了左两下、右两下以后，我瞅见，我瞅见她也有胡子！从唇上绕到下巴，密密的，好像刚刚刮过。从那天以后，再见面，贴脸进行得越发匆匆了。

关于写序

王鲁桓,毕业于美院附中,分配到故宫博物院。他爱在石头上刻东西,俗称"巧色"的。他用一块青灰色的青田石刻了一盘蛇,精致到每一片鳞片都不放过,猛然见到会吓一跳!他也刻些甲虫、癞蛤蟆之类,件件逼真。

日文版《人民中国》要介绍他,请黄永玉先生写个序,黄先生就写王鲁桓这个人怎么好玩、怎么有趣。总编看了,请黄先生再从艺术方面多讲讲,黄先生说,那是你们的事了。

"文革"期间的《人民中国》,中间页都有美术作品发表,作者姓名之后在括号里会注上"战士""干部""工人",等等。据说,日本的读者不满足于这样空泛的介绍,常会问到作者的具体情况,比如家庭状况、个人喜好等,这挺合情理。因为了解了更多,使一个概念性的人立体化了以后,对了解作品有帮助。黄先生写人,这人就活起来,让人想象这么好的作品是出自这样一个人之手,便有意思了。

过多地剖析作品、评说艺术,真就像了庄子和惠子扯"鱼之乐"一样，你怎知作者就是那么想的？你不是我，你怎么知道我不知道作者是怎么想的……能让你说得明白的画，还是画吗？画，实在应该留给看画的人自己品味，不要剥夺了人们审美的权利。写个序，弄得跟导游一般："各位领导，请往这边看，远处那山像不像'猴子观海'？各位领导再请往那边看，那就是'望夫石'……"

钱绍武先生做孔子像

钱先生受台湾专请去做孔子塑像。回来后，我问他孔子像做成了什么样的呢，他说："呵、呵、呵，就像你的样子。"我说："怎么会呢？"他说，第一，孔老夫子一定有胃病，你想想看，他周游列国，出门的交通工具就是老牛车，一路颠簸，慢慢就胃下垂了，跟你一样吧？第二，因为有胃病，人也会瘦，是不是也跟你一样？第三，孔子是山东人，个子一定高，也和你一样。所以，我就想着你的样子做了。我用这些理由也说服了他们，做得很顺利。

艾克斯普罗旺斯高等艺术学院院长

我们四个人都到了法国南部的艾克斯普罗旺斯高等艺术学院,法国文化部的官员让·比亚基尼要学校安排我们分别住到教师家里。院长先生主动提出要单独接待王公懿,这就很尴尬了,他是光棍儿,怎么住法?让·比亚基尼和几个教授研究以后决定,由我替换"玛达姆(女士)王"。

院长居家在学校的东北隅,校园像只大船,院长家在高处,像舰桥,俯瞰全院。

天渐渐昏暗起来,我站在院长家门外,按了电铃,院长兴冲冲地跑出来,身后跟着一条大狗,小牛犊子一般大。一见是我,院长立即闷了,连一句"绷苏瓦(晚上好)"都没说,做了个手势,引我进屋,狗走前头,进了屋,又示意我坐在一把高靠背椅里,再无话,自己走到旁边的餐桌吃晚餐了。换了在中国,主人哪有不问一声客人是否吃过饭的(我确实也没吃)。

我面前有台电视机,看什么都压不住刀叉的响动和咀嚼声。那只大狗颇有些警惕地走过来坐在我对面,电视机的屏幕立时被它的大头遮挡住了一大半。我盯住它的两只黄褐色的眼睛看，不深邃，却也看不出它在想什么。忽然，它举起两只大爪子搭在我的肩上，它的大鼻子几乎顶着了我的鼻子，嘴张得老大，舌头耷拉下来，对着我喘粗气，又腥又臭！我不敢扭头说话，待了一会儿，院长咂了一口酒才对那只狗厉声叫道："完当（走开）！"那一声令，分了岔，似乎有一半是让我听的。

他吃好了，带我看我的住房（十几平方米），又指给我看隔壁的洗澡间，他道了晚安就上楼去睡了。我理解他的失落。

我要洗澡，推开门见那只大狗就蹲在外面走廊上，如何从它面前走过去呢？还好，想起背包里还有半包饼干，拿出两块使劲丢到客厅里去，趁那狗跑过去的一刻，我跨步到走廊，又快速闪进洗澡间。洗过，门缝里看那狗东西还在，便再丢两块饼干出去，它又去追，我急忙闪进卧室，关门。

每天我都要备下饼干，晚上回到住处，在门口就开始抛撒，直到睡觉前。

住到第五天，院长对我一直冷淡，狗却对我很殷勤奉迎。我跟让·比亚基尼说起处境，他就"认真"地与几个教授商议，最后说，可以给他弄点毒药，掺在饼干里给狗吃,那我明天就可以安生了。我知道他们在开玩笑,我就说,院长大人是个馋鬼,万一被他吃了,岂不弄得大家都不安生?这事,大家哈哈一笑就过去了。终于有一天,我们要离开了,在告别会上,院长大人握着"玛达姆王"的手不放,在会场角落里说了不少话。

王公懿摆脱出来,走到我面前拱手说:"老哥,受累了,谢谢!"

"他跟你说嘛了?"我问。

"欢迎下次再来,一定好好尽地主之谊。"

现场看足球赛

那年,足球联赛,北京国安在主场工体对阵上海申花,儿子请我去看。进场前,买了小喇叭、飞镖、亮光手镯。

我们前面坐了三位北京国安球迷,都赤膊,后背宽阔,胳膊粗壮,披在屁股后面的汗褟儿走油了,汗味儿蒸腾。那一晚也是怪了,上海申花一再失球,到终场,竟然输了八个球!那一晚,我真正看的不是球赛,而是眼前这三位北京爷们儿的激情表现。看着场子里,他们会大声骂"傻×",看哪个脚下不利索,倒是不分谁,一定哄一声"臭——",继而大笑,嗓音洪亮,配以振臂、击掌、原地跳、挠背、擦汗,无一刻消停。之后,还有随机的点评,比较之下,体育解说专家宋世雄也要相形见绌了。听了他们侃的那些,才了解这样的球迷对足球懂得透彻,爱得壮烈,如果辜负了他们,他们又会悲痛欲绝。

裁判吹了终场的哨子,全场起立,吼声震天,我前面的三位冲到看台边上去了,把手里的小喇叭一干玩意儿通通扔到场子里去,看台上的人也跟着往场子里扔,我和儿子也高高地扔出去,痛快!

看电视转播足球比赛

有一回,中国和吉尔吉斯斯坦比赛足球,那晚上如不是中秋月圆之夜,也相差不了几天,老学生董梦阳几个人拉我到他们同学费俊家看球赛,说边看边吃螃蟹多美!

开赛前,我跟他们说,无论中国队同谁比赛,经验证明,只要我认真看,中国队准输。他们说,那可怎么好?看来得请足协来人呀,找个地界儿把您隔离起来,好吃好喝好伺候,等赛完了再放回家。

上半场双方都无建树,下半场开始不久,中国队被吉尔吉斯斯坦队踢进一球,他们说,还真是的,我说,不假吧?"那您就歇一会儿,洗手间里抽袋烟……"

我洗手的工夫,就听他们在外边欢呼!莫非扳回来了?细听,果然是!我想走出去看个重放,他们见我要出来,就求我再"稍绷"一会儿,我说,你们还真信,不让我吃螃蟹了呀?!

出了洗手间刚坐下一会儿,吉尔吉斯斯坦队又破门而入!这可是麻烦,我立即起身告辞,丢下一句话:"再输再赢都不关我的事了,听天由命吧!"

第二天,听说中国队赢了!

捡漏儿

好久没去潘家园转悠了，找个礼拜天去了。先是在旧书摊那边趸摸，买了本画册，之后就瞎逛了。逛到东北角，一个人面前铺了块包袱皮儿，上边摆了些七零八碎的玩意儿，都不入我眼，倒是有个镇布角的拳头大的石雕人头非常的质朴可爱。我想，这种用砂岩雕的东西必是西北那边的出土，也许是西夏的遗留。我有心把它买下来，却是不敢直接问价，怕那个摊主看出我的心思，价钱就再砍不下来了。我问东问西，有褒有贬，最后才指着那个石雕像说："这破玩意儿也卖？能换俩冰棍儿吧？"

"您老可别打嚓，介可是老玩意儿，没个一两千年成不了介样。要吗？"是个天津卫。

"说个价。"

"您老要是诚心要，给500元吧！"

我听人说，卖货的报出的价至少有一半的谎，谁知道他呢？"30元！"我说，自己觉着有点狠。

"隔着海了。您再给个价？"

"50元！再不能多了。"

"您拿走!! 真是的，赔就赔了……"

回到家颠来倒去地看了个够，那东西的造型实在是古拙，我断定，真是没个千八百年成不了那个样。小心地把它摆进了玻璃书橱里。

有一日，董梦阳来，那东西被他看见："您在哪儿划拉来的？"

"潘家园。"

"多少钱？"

"50元。"心里有几分得意。

"您亏了。"

"哈？"

"我昨儿个在一哥们儿家也看见了和您这个一模一样的东西，可人家是一套，十几个由大到小……"

"花了多少钱？"

"也是50元。"

听他这么一说，我心里就懊恼起来。"这么着吧，你把这个拿去给你那哥们儿，没准儿他那一套里正好缺一个，成全他了，白送啦！"

"虎子"

1967年，我在史学家翁独健先生家里见到一位名人之后，富收藏。听他讲一件事，他家住上海，有一次，里弄委员会（简称里委）一帮人到各户检查卫生，来到他家，戴着白手套，四处摸来摸去，却找不出什么毛病。回到里委，大家讨论，有人说，他家样样好，就是壁炉上放了一把夜壶不够讲卫生。"就是，就是，太龌龊了呀！"大家有同感，于是，让人去劝说改放别处。他听罢告诉来人，那的确是把夜壶，可是有年头了，是汉代的东西，叫"虎子"，不是用的，是件文物，摆设而已。

来人回到里委如实汇报，大家才放心，于是决定把"模范卫生户"的小牌子给他挂在门头上。

虎子

平谷"的哥"

北京满大街跑的"的士"刚由"黄面的"换成"夏利"。那会儿，有一次，我要去中关村图书城，在东大桥招手叫住一辆车。上了车，司机师傅问清了去哪就再不言语。

"您家住哪儿呀？"我找话儿说。

"平谷。"他说完这俩字又不言语了。司机少有不爱说话的，因为一天的活儿，"扫"得着了，一高兴，话就多，"扫"不着，憋得也想找人说个话。这位师傅却少言寡语。

车行至北太平庄，师傅把车缓缓地往边上靠，最后停下来，他说："觉着离合器有毛病，得看看，不敢再往前开了，真是对不住您了……"

我说："安全要紧，我没要紧事，再打一辆就是了。那您就把这一段的钱结了吧？"

"您可别，我能要您的钱吗？"他说，"您上了车，我就该把您送到目的地，半半截儿的把您给撂下了，算怎么回子事呢？耽误了您的大事，是我的不是，不让我赔偿损失是您的宽宏大量，我还能要钱？"

我多少有些诧异,因为在生活中少见这种情况,今日反倒成了不寻常,颠了个儿,着实让我感动了!这便是一种"契约精神"吧?

模特和特型演员

1958年,美院的李宗津先生画过一幅油画,表现的是毛主席在看一截"无缝钢管"。据说李先生画毛主席是找了模特儿的。那个人是前门西南角一家银行的职员,长得像极了毛主席,每天下班要斜穿过天安门,有一回被群众撞见了,把他围在当中,直要喊万岁,要不是发现他下巴颏上没有那颗痣,事态就要闹大了。但这事让领导知道了,要求他从今往后,无论冬夏,上下班必须戴口罩遮颜。这个人没被电影厂看上,实在是因为他的气质太像一个窝囊的职员,于表演又是一窍不通,教也不通。

"文革"期间,在河南又发现了一个人,也是长得太像毛主席了!无论是个头儿还是发式,行动坐卧都像,浓重的河南口音倒是可以教他改,实在不行还可以用配音解决,唯一的不足是单眼皮,也好办,动手术呗。当时,"八一""北影""西影""珠影"等几家大制片厂都急切地想得到这个理想的特型演员,归谁再说,先请郑州一家医院给做个手术,各厂都派了专人去盯住。手术做完,到了拆线的那一天,各厂的人都候在一旁等结果。大夫一圈儿一圈儿慢慢解开绷带,先露出一只眼来,双眼皮!众人鼓掌。大夫接着再往下解绷带,大家提着一口气,紧紧地盯住。当大夫抖开了绷带闪在一边的时候,众人齐围拢过去,旋即又转身散开,怎么回事?原来这只眼没整好,成了睡觉都闭不起来的"疤瘌眼"!

  各厂的人走出医院都还在不无遗憾地说:"遭毁了、遭毁了,可惜呀!"

死无对证

"文革"第二年,隔壁一个单位的老刘被"革命群众"扭送进派出所了,说他污蔑伟大领袖毛主席了。警察问那几个群众:"你们听到了?他是怎么说的?"群众说:"我们不能再重复那句话了,太反动!你问他。"警察就问老刘,老刘反问警察是哪句话,警察说:"你自己知道!"老刘一拍脑袋:"咳呀,是哪句呢?等我想想——""不许再说了!你就说你是在什么时间、什么地点,跟什么人散布过吧!"老刘说:"那压根儿就不是我说的!我是听别人说的……"警察往下问:"是谁?""是个女的。""谁?哪儿的?""我不认识。""不认识,不认识她能跟你说吗?"老刘说:"那天我在公厕蹲坑,那句话是女厕所那边儿传过来的,我上哪儿知道是谁呀?"

警察不敢再追问,就让大家继续提高警惕,各回各家了。

改变

参观广交会，住在旅馆里，四个人一间，另两个人是江苏某印染厂的，他们只住了一晚就退房走了。听他们说，去年参展的床单被好几家外商看好，设计的图案是一个汉画像车马的"四方连续"，订单很多。回到厂里说起来，大家都很高兴！可是被书记否了，说那是"四旧"，是"封建主义"的东西。那怎么办？书记说，改成人民公社社员赶马车运麦子！设计人员遵命修改了，还按订单数量投产了。这次来就是让外商过目货样子之后，打算结了这笔买卖。可是没想到，外商一见改了样儿了，很惊讶，很不满意，当即退了单，不再要。那两个人干着急，说千道万，人家摇头摆手就是不要了！到这个地步，还待着干嘛？赶紧回去向书记汇报吧！

领导要改

广交会门口

1967年随卫生部医疗器械局的一位老兄到广州参观广交会，我俩都是头一回到广州。在会场门口，门卫指着我们这位仁兄的公文皮包说："抬抬哈！"老兄就把皮包提起来，门卫又说："抬抬哈！"老兄再往高了举过胸。"我讲抬抬……"老兄再举过头。"还往哪抬?！"这时排在后面的人说："他说'抬抬'是要看看，看看你的包！"

原来广东话的"抬抬"，写出来是"睇睇"二字，念出来是"抬抬"。露怯了。

卖鸡蛋的老汉

7年前，去泰山玩，先在泰安街上吃了个中饭，只一盘炒豆腐，饭馆儿就要了我70多元，怕坏了情绪，不想理论，再看店家和店小二都好似《水浒》人物，知道跟他们理论也是白搭。

47年前，同外甥远远、画友老乐等四人登泰山，走到岱庙外的街上，找了个茶摊，喝茶就鸡蛋，算是早点。摆摊儿的大爷少言寡语，笑容却总是堆在脸上。

吃喝罢，到岱庙里游逛，一个汉代的虬龙镂空石雕令我们几个驻足，直劲儿地赞叹！看毕，要直接上山，我摸摸书包，似乎相机不在了！想了一溜遭，断定应该是落在茶摊儿上了，一股急火冲得太阳穴嘣嘣地跳！即刻便要回去找，却被老乐拦住，他说："且慢！如果那老汉给'密了'可怎办？得想个招儿——"另一个说："他要是拿出来，不见财起意，肯定是个老实人，那就破费点儿钱。"

走回茶摊儿，大爷有些纳闷儿："不上去了？"

"那什么，怕路上饿了没地儿找吃的去，"我有点儿扯，"再多买您一点鸡子儿备着。"

"那好、好，捡个儿大的挑。"商量的口气。

"大爷，您老见到一个照相机没有？"

大爷拧过身去，从一辆蒙着布的小孩儿竹车底下拿出相机来。"是不是这个匣子？""是是是，是是是！"

大爷递给我。

我兴奋得太阳穴又嘣！心里感激不尽，想说点诚恳又好听的话，又怕玷污了人家的一片真心，只好在鸡蛋上落实，每人买10个，筐里只剩了仨！

这件事永不会忘，而那7年前70元一盘的炒豆腐，也是不会忘的。

"286"

1983年,梦阳跟我说,咱们去玩玩儿电脑吧,就带我到了北京电视台。在顶楼一间房子里,摆了几台电脑,是"286"。没人教,我想画个东西,手里拿个鼠标瞎转,转得屏幕上的那个小箭头倒像只老鼠,乱窜,不听使唤,连个鸡蛋都画不圆。可是说实话,电脑的色彩绝对好看!

去到第三次的时候,认识了华北计算机终端公司的两个人,听说我是美术学院的,他们说一直有个想法,就是开发一个画速写的软件,人坐在那里,电脑来画,风格可以模仿某一位画家的,比方像叶浅予的速写味道吧。这可把我的兴趣吊起来了,我说有意思。他们说:"要不一起来做吧?您只要在学校找一间教室,相关的设备由他们提供,至少30台电脑,等开发成功了,这些电脑通通归你们,怎样?"那会儿我刚做系主任,觉得这件事可以做,但是,牵涉房子,就得找院长侯一民先生商量。

第二天去见侯先生,跟他一五一十地说过以后,他笑眯眯地说:"广军呀广军,你就是爱出幺蛾子,要是计算机能画画，还办美术学院干嘛？"

我找不出更好的理由说服他，这事就搁下了。

现在想想，那可是1983年呀！

模特儿标准

20世纪80年代初，美院在报纸上登广告，公开招聘模特儿。

报名那一天，学校真的是门庭若市了。来应聘的人大多不明白美院要招的模特是干嘛的，还以为和时装有关，所以，女的都穿得花枝招展的，脸上也描抹得相当夸张。而男士中以练健美的为多，觉得有本钱。等到听说是做人体模特儿，立马就走了一多半。教具组小田老师开始跟剩下没走的人谈话，讲重要性，甚至用了毛主席"不怕牺牲"的话来强调。有懂的，有无所谓的。但凡同意受聘的，一律要签一份合同书，其中有一条是院方为应聘人保密。

各系要有人帮忙筛选，版画系委派了我和高荣生两人去。因为从未经历过这个，心里没个数，于是就请教其他系的老师有个什么标准。

问油画系的孙为民，他说："皮肤色彩要有冷暖。"
问国画系的郭怡宗，他说："腰身要有线条美。"
问雕塑系的曹春生，他说："我们更重体积感。"
我回头跟老高说："那咱们还是'以黑白为正宗'吧！"

不曾索画

不少人问过我，从当学生到当教员，在美院混了这么多年，就没得过几张老师的画吗？我说没有，因为那时当学生的，不敢开那个口。读研时，胆子大了些，有一回遇见苦禅先生的夫人，校医室的李大夫，我鼓足勇气说，等李先生不忙时，求先生一幅小画。李大夫说，老学生了，没问题，但是呢，得过一段时间，因为苦禅先生最近犯了小肠疝气，不能站，所以……我赶紧说，再说、再说。就是这么一个"再说"，以后也就再没说过。还有一次是在1980年，陪吴作人先生去丽江那一次，走到剑川，在一个木器厂，他给一个年轻的学徒画了一幅骆驼，因为那人（实际年龄也就是十六七岁）喜欢吴先生的画，从小就喜欢从报纸杂志上剪下来,都贴在《中国青年》杂志合订本里。吴先生说,有许多他都记不得是在哪里发表的了,很是感动,就让那个小学徒弄了纸笔来画。厂书记醒过味儿来,赶紧请吴先生给题了个厂名,准备刻成大牌子,吴先生也写了。事后真想求一回先生,但是没敢说。过了两年,一次,在美术馆见到吴先生,觉得是个机会,就厚着脸皮跟先生说想要他一幅画或者是字。先生当时从上衣口袋里拿出一个小本本儿:"我记下了。"大约求画的人不在少数。后来,再遇见先生也是不好再问了。经过这么两次,我就觉得讨画这事是大大不该的,拿了画,虽然不会为其值钱,却也是"偷"了先生的时间和心血,从此就断了这个念头。

得黄永玉先生画

前年，黄永玉先生问我："你有没有我的画？"我说没有。他想了想，没说什么。过一会，他倒是说："我还没有你的画哩，万荷堂里有许多空处，没有学生的画。"我说，我会给您的。

2021年2月，先生办版画展期间，在宾馆里摔了一跤，骨折了，"伤筋动骨一百天"，可是不到半个月，先生把二十一个学生叫去他家附近的咖啡馆里聚会了，说是答谢大家新年的祝福。

那天，先生要大家玩一个游戏，他事先画了四幅画，准备了二十一个阄儿让大家抓，谁抓到写了画题的，就得那幅画，剩下的继续抓，直到那四幅画被四个人得到。

我同先生说，以往无论是在学校还是在工作单位，运气总不佳，从没抓到过什么，这一回怕是也要错过。

游戏开始，轮到我抓，漫不经心地打开，竟然有字！写着"别管螃蟹怎么走，记住自己怎么走"。我愣住了，有点不大信，先生说："这不是有了吗？"他还悄声地跟我说："你应该抓到另一个，那个更适合你，

'你不惹我，我也不惹你'，画蜜蜂的。"

当我拿到画时，先生说："这一阵有些累，画没画好，你这幅上面的闲章还盖倒了——"我说："其实这也挺好，相当于钞票里的错版。"

终于得到先生一幅画，而且"得来全不费工夫"。

程丛林趣事

1985年在法国，我们四个人（我、费大为、程丛林和王公懿）在巴黎以南的各个有美术学院的城市游走，住过修道院、古时的"大车店"、旅店、私人家里……"玛达姆"王公懿住的地方总是比我们仨的要好些。

那次，我们住在一家修道院改成的宾馆。程丛林每天起得最早，头一件事就是如厕，可是，他进了洗手间一时半会儿不出来，我怀疑他坐在马桶上又接茬儿睡了。直到我憋急了，去敲洗手间那个门。"嘿，你是吃麻刀拉线儿屎了吧？快、快、快出来！"他在里面不紧不慢地说："还有一段儿，还有一段儿，稍等，马上就完。"我心想，这小子肚子里到底有多少"货"，还分段儿？他终于边整理衣服裤子边走出来，腋下夹着一本琼瑶的小说，"就差一段。今天终于把这一本看完了。不好意思，让你久等了"。"Merde！"我前一天看电视，卸了职的法国文化部长在电视节目上咬牙切齿地说了这个词，我问费大为什么意思，他说，相当于"妈的！"。

"粉子"

我们每到一个新城市,程丛林都会收到从国内寄来的信,少则两三封,多时五六封。他拿到信并不急着看,直到忙过一天到了要入寝时,洗了澡,换上干净的睡衣,坐在被窝里,再点上一根"万宝路",这才拿出信来看。而他的那种看法也很是有仪式感。先是把一封信轻轻捏在手里,翻来覆去地看,然后用他的行军刀一点一点地启封,再小心地抽出信瓤儿,简直像极了排雷。他开始看信时,眼珠子左右转动,犹如测心律时在滚动的纸上画道道的那根管针,把一阵一阵的高兴画在了脸上。

"嘿,谁的信让你看得这么高兴?"

"粉子。"

"'粉子'是什么?"

"爱戴我的漂亮的女学生。"

那是我第一次听说"粉子"这个词,后来,过了好多年,有了"粉丝"的说法,它是不是由"粉子"变出来的?或者都是英文"fans"的不同中文说法,只是被四川美术学院早早挖掘出来了?

师兄蒋正鸿

师兄蒋正鸿在美院版画系,高我四届,我上一年级时,他即将毕业。1959年在维也纳举办的世界青年联欢节上,他的水印木版画《新城市》得了个金奖!当时在美院可是一件大事了,我们版画系的新生更是钦羡得很!

蒋正鸿兄从美院毕业后被分配到中央工艺美术学院当了教师。那时的工艺美院归属于轻工业部。

到了"文革"时期,轻工业部下属的许多工厂的产品,要举办汇报展,每个单位都要"突出政治",向毛主席"献忠心",但是,在政治要求之外也还是有个艺术水准的衡量,轻工业部就聘请蒋正鸿师兄当了个"顾问"。

开展前,部长要亲自审查,"把好政治关",让蒋正鸿兄陪同。

有家搪瓷厂,生产了一种脸盆,盆底上有"大海航行靠舵手"一行字(林彪题写的)和一艘轮船及红太阳图样。部长看了一眼,回过头对跟随的人说:"这些人,政治觉悟很成问题,就不动动脑子!你说说,这脸盆用来洗脸、和面还好,人家买了去,要是用它洗了脚洗了屁股,那成什么事了?!这种脸盆就不要再做了!"最后还找补一句:"你说是不是呢,老蒋同志?"老蒋兄一连说"是、是、是"。部长又看到一家工厂为幼儿园做的床单、枕巾、围嘴儿,上面绣着"毛主席语录"。"这也有问题!"部长说,"小孩儿尿炕怎么办?!小孩儿流哈喇子怎么办?撤了!……你说是不是这个理儿,老蒋同志?"

这以后,再有这种事,蒋正鸿兄就会擦亮眼睛,知道注意各类产品的政治要求了,至于艺术标准,是排不上号的,基本靠了边。

1974年,黄永玉先生尚在"罐儿斋"住。一次,我去看望先生,蒋正鸿兄也来了,坐了才一会儿,他就急着请先生看他的高丽纸画。

他画的是只"下山虎"。

先生问那老虎眼睛是用什么颜色画的。"荧光黄。"他说。

"难怪这么俗!"先生拿烟斗指着老虎的眼睛笑着说,"为什么用'荧光'色呢!你要想法子画得让人觉得亮才是,不要用'荧光'色,到底不如装个灯泡儿来得亮。下策、下策。"

蒋正鸿兄赶紧把画卷起来装进了书包。

出人意料

　　学生耿乐那一班的学生到外地考察、写生,来到一个火车站里候车。候车室里乞丐很多,凡成年的乞丐似乎都有残疾,还有些小孩子,拽人衣服讨要,不理他就抱大腿,搅得旅客心烦意乱。有个乞丐爬到学生们跟前,举着手里的又脏又瘪的饭盒冲着学生磕头。

　　等爬到耿乐跟前时,只见耿乐弯下身子,很认真地往那个饭盒里看,看罢之后,从里面捏出半个咬过的包子来,张开嘴,扔进去,吧嗒吧嗒,咽了。那个乞丐愣住了!生生看着这个学生把包子吃了,说了句"你咋这样呢?!"立即抽回饭盒子,翻个身,站了起来,被那些小乞丐簇拥着走到外面去了。"是个假的,哈呀,腿脚不是好好的吗?啊?"看见这一幕的人都哄笑起来。

陈文骥看房

美院在东大桥的"蓝岛"对面盖了栋楼,用去了六年,这正好让像我这样的一些副教授以下的人熬出了资格。据说楼是由一帮退了休的建筑工人盖起来的,建筑公司连个吊车都不给配一台,还是靠了脚手架子,愣生生地盖了 20 层!

壁画系的陈文骥也有望分到一套,找一天,他说他要先去探看一下究竟。

回来,大家问他感觉如何,他撇了撇嘴说:"太压抑。"

他身高只得一米六,尚嫌压抑,我一米八六,一举能擎天(花板),岂不更加压抑?!这房子还能要吗?

李桦先生家

李桦先生早年住在离北海公园不远的银闸胡同,在那儿,接待过墨西哥画家西盖罗斯和丹麦版画家麦绥莱勒,也是版画系同学们最爱去的地方。他家屋里北墙下有张条案,条案正中摆了一只很大的白瓷天鹅。那天鹅,其实是个糖果罐子,每次有同学到家,先生一定会从中拿出糖果来分给大家吃,如果同学当中有抽烟的,他还会从中拿出一盒"恒大"烟来招待。他平时不吸烟,因为有学生来心里高兴,自己也会点一支(每到这时,我都会想到鲁迅同版画青年在一起的那张照片)。

对于我们这些学生来说,好像回到家里一样,吃着糖,心里甜甜的。李桦先生的工资,从做教授开始大概就有二百几十元一个月吧,那可是五六十年代呀!所以,有时李先生就会留大家吃饭,我们蹭吃蹭喝的,从未觉得会给李先生带来负担。

一晃,中国进入"商品社会"了,李先生也老了,后来搬了家,搬到红庙北里,老学生们从天南海北来北京,仍是爱往他家里跑。

那个白瓷天鹅还在,里面也仍是装着糖果。到20

世纪90年代,却不知他的工资有多大的变化。

有一次,师生聊到近中午了,李先生拿了10元递给师母:"你去买点菜,留他们在家里吃饭。"师母接了钱在他背后小声说:"不够的。"先生说:"一直都是够的呀?!""啊啊,是的,是的,我去办。"我们都看出来了,李先生不问待遇,也不谙市场行情,以为什么都同过去的日子一样。于是,我们跟李先生说,不吃饭了,下回吧!

走出李先生家,大家半天都不说话。

人到了一定岁数,就要离开工作岗位,国家有个规定,一种叫离休(1948年以前参加工作的人),一种叫退休,两种待遇不同,相差不少,李桦先生属于退休。我以为李先生是不太在意这件事的,就像他不知市场行情一样,可我觉得这事不大公平。

1947年,在上海虹口区李桦先生家里,常有几个搞木刻的人(黄永玉先生也在其中)连夜刻印传单,第二天交给大学生们上街张贴以配合游行,窗子要用毛毯遮起来……再早先,李先生创作了那幅《怒吼吧!中国》……大家都知道,大家都不忘,这还不够资格吗?退休!这是什么事?!

茶缸子

1978年我在美院读研,导师是李桦先生。入冬的一天,李桦先生准八点来上课。进了教室,他先把手里的搪瓷茶缸子放在近门的一张桌子上,随后脱下那件大概是从民国时就有的人字呢灰大衣,叠好,放在旁边的椅子上,再开始上课。

那天的课将结束的时候,李先生看了一眼腕上的表,开始穿大衣,低头时,看到了那个茶缸子,他说:"这个跟我家的一样。"同学们说,那就是您的。李先生想了一下,拿起那个茶缸子去系办公室了。

后来听在系里的人说,那天出门前李先生喝几口茶,师母见他大衣纽扣没对齐,就重新帮他扣好。李先生转身走出门,排队上了无轨电车,到王府井下了车,走进美院,直奔教室,一路上只是想上课的事,全然未觉出手里还端着个茶缸子……就这么着来上课了。

凑数

1982年暑天，北京电影学院的唐远之教授到美院找我："林汝为正在拍根据老舍先生的原著改编的电视剧《四世同堂》，出演神父一角的法国专家的母亲病重，回国了，林导演急得头上冒烟，我跟她说，甭急，我给你找个人来！我就来了。"我说："老唐呀老唐，买个西瓜你也得拍拍生熟不是，我这生瓜蛋子你也敢用？""救场如救火，救场如救火，走吧！"我跟他去了，也拍了。

1985年开播，第二天，在学校碰见油画系的林岗先生，他说："昨儿晚上牙掉了。"我问那是怎么了。"看你演的神父，把牙笑掉了！怎么看都还是你，转不过弯儿来！"

之后不久的某天，有电视台的人打来电话："广先生，知道您给《四世同堂》帮了大忙，特棒！我们现在也想请您帮个忙——""拍什么？""《西游记》。""《西游记》有我什么事？""有一场是'弼马温'牧马，选在内蒙古草原，我们是在实景里拍，可那位演员怕骑马，我们导演就想找一个牵马的人，还必须是胡人模样，这么着，就想到您了——""有台词吗？""这个，对不住了，就是没台词——""啊，是吗？那你听好了，今后如果有大段独白的，至少不比《哈姆雷特》说得少的倒是可以考虑，现在也太忙了！"

黄先生的色彩课

1963年初，美院版画系成立了两个工作室，古元版画工作室和黄永玉木刻工作室，每个工作室有10个学生，我在黄先生工作室。

黄先生有一个完整的教学计划，包括基础训练。

开学不久，我们就上色彩课，课的内容是这样的：把一个老汉打扮成猎人的样子，取坐姿，道具是一杆猎枪（黄先生自己的捷克产镶银的双筒猎枪）、皮帽子和旱烟袋。作业要求：想象夜晚老猎人坐在篝火前。大家有些发蒙，因为教室里的光是从天窗照进来的，没有正面平射的光；人的全身应该都是暖色，背景冷色，一切自然关系通通没有参照，最可靠的造型依据就是想象。难了，但是，画过这一张作业，开启了一种新观念——照搬不灵了。

如果能按着先生的计划把这样一类的课程继续下去，敢说我们这 10 个同学会比较早地领略到艺术的真谛，也会确定下我们未来的艺术走向。可惜，它被当成了版画教学的另类，说脱离了大纲，不被允许。

好奇的后果

1976 年，市面上有卖削发器的，就是在一把梳子的背面安个刮脸刀片，要是掌握得好，梳梳头，等于理了发，这是小贩说的。我买了一个，顺便还买了旁边摊位的切菜神器，眼看着小贩把个萝卜瞬间削了皮，一会切丝，一会切片，"唰唰唰"十分爽利……

30 岁以后，我就不再进理发馆，头发长了，自己拿剪子摸着铰，不免长短不齐。前头看得见，还好，脑袋后边的，只好随它，"眼不见心不烦"，过些天也就忘了。这回有了削发器，急切地要试试效力。

把一整张报纸在中间撕个洞，套在脖子上，用它挡头发渣子。准备妥当以后，便开始试用那削发器。在头上只轻轻地梳，头发便"唰唰唰"地落下来，照照镜子，眼见得薄了不少。从前面梳到后头，再从后头梳到前面，觉着似乎干掉了两个月的长量，便住了手。待洗过头，看镜子里的样子还算不赖。

第二天上班，老张拍着自己的秃脑壳跟我说："兄弟，这是怎么了？赶上老哥我了，打算提前退休是吗？"

"怎么了？"

"给你自己看。"

老张递给我一面小圆镜子，背对着屋里那面老式穿衣镜，一照，把我吓了一跳！整个一个后脑勺，白花花的了……

治花眼"良方"

某年，同詹建俊先生、朱乃正先生，还有葛鹏仁同去海南岛三亚评画。先是乘火车由北京至广州，硬卧，詹先生下铺，我中铺，对面下铺为老朱，上铺老葛。夜车，开车不久大家便入睡。次日醒来，我往底下看了一眼，见老朱醒着，正仰身躺着在用两手的中指揉着眼睛，左几下、右几下，揉起来没完。

"老哥，这是何为？"

"有人给我推荐了一个治花眼的偏方,说是有奇效。"

"你倒是说说。"

"清晨醒来,不刷牙,在中指肚儿上吐口水,闭目,在眼皮上按揉,左五十下、右五十下,口水随干随续。每日早晚各一次,月余后,眼力恢复如初。你眼花不花?若花,不妨一试。"

听朱师兄所言,他既是信的,必是不妄。于是我也学做起来。但觉两眼刺痒,又不似滴眼药水。左右开弓五十下,然后,看东西,竟是双影绰绰,遂起疑,晚上便不敢再做。

回京以后,在一次学术委员会议上,见老朱佩戴一副金丝边老花镜翻看信件,方知偏方不灵啊!

当代商城广场

记得是在 1996 年，人民大学的东门对面的当代商城开业了。商城前有一个广场，放了许多鸽子在那里，都不飞的，我猜那老板是去过欧洲的，见过广场鸽子，回来便也学着做。可是，这个广场上的鸽子，自放了的那一天开始，就日渐减少，后来有人发现，是被几个大老爷们儿"袖"走了，回去必是当了下酒菜儿。"菜墩儿上的蛤蟆——大小也是块肉"呀！直到某一天，商城传出话儿来说，鸽子都是吃了避孕药的，才再也没人去"袖"了。

不见可爱

在东大桥的一家超市买菜,路过儿童部柜台,几件布艺玩具引起我的注意:那个颜色鲜艳的毛毛虫玩具,肚子两边各有八只脚,每只脚上都套着一只鞋,哈哈,好有趣!还有一个老母猪玩具,戴了三个胸罩,很得意的样子,哈哈,看得我好开心!我问店员这玩具是哪里产的,他说是日本的版,由香港制作。

在墙上还挂了几个布娃娃,都像是"Made in China"的。在一堆五颜六色当中特别显眼的是黑猫警长!被吊在那里,四条腿耷拉着,眼睛瞪得老大,着实不可爱。

"近视眼"

儿子三岁多一点,他听人讲"近视眼",不解其意。有一回,他给邻家小女孩儿讲故事,说有一个大人光着膀子,自己用手顺着胳膊从下往上一捋,整个一条胳膊"尽是眼(近视眼)"!邻家女孩听了说:"真吓人!"

异想

　　我在课堂上讲过的一些话,自己早已经忘记了,至今,却还有学生记得,再说给我听,想想,似乎是有的。学生说我是这么说的:有一个穿连衣裙的姑娘,长得好看,好看到她在街上走,来来往往的人都会驻足观看,眼睛像是给黏住了一般。女孩儿回到家以后,你们猜,她做的头一件事是什么?是——脱下连衣裙来——使劲地抖——抖落下来的是什么?一地的眼睛!哈哈!

滿地眼睛

马西多说家规

法国南部的艾克斯普罗旺斯高等艺术学院,是我们四个人(王公懿、费大为、程丛林和我)必去的地方,因为除了交流项目,还有一个法、日、中三国艺术家的以"时间·空间"为主题的展览,我和王是要参加的。

雕塑教授克里斯蒂安(Cristian)热情接待我们在他家里住。他自建的半个球形的房子像个大"蚂蚁冢"。克里斯蒂安不是法国人,是西班牙人,他人非常耿直,但是有趣,长得壮实又高大,不算帅气,微胖的脸上半个脸是褐黄色的胡子,克里斯蒂安的夫人也是西班牙人,叫马西多(Marsido)。看那些跳弗拉明戈舞的女人们,眉眼都很"爆"的,毕加索也有一双那种眼睛,但是,马西多不"爆",个子小小的,热情得像个在地上打转儿的陀螺。

这一天的午餐有牡蛎吃,是克里斯蒂安清早从海边的市场买回来的,足足一大木箱。除去要吃生蚝,马西多还准备了许多道菜肴。

他们一家四口加上我们四个人,分坐在一张长条桌两边,每人面前都摆好了餐盘、刀叉和汤勺,餐巾箍着一个漂亮的金属环。

马西多、克里斯蒂安和两个孩子做了餐前的祷告，而我们这几个"无神论者"只是低着头静静地听着。

在开吃之前，马西多站起来跟我们说："很对不起，我不能不先申明一下我们家的规矩，那就是：每一顿饭都要吃光！"她耸了一下肩膀，"你们大概是没有见过像我这样要求朋友的吧？"接着她说，她小时候生活在佛朗哥的统治下，遭遇过大饥荒，死了很多人，她的父母教育孩子要珍惜食物，直到她自己成为母亲，她把这个规矩传下来。她指指她的两个儿子："他们从小就一直这样做。"

我们几个人应该都想起了中国的三年困难时期，就说："不成问题！"

那一顿饭吃得干净，也吃撑了，以后的那些时日，顿顿都吃撑。

文国璋忌口

20世纪90年代,我、文国璋都住在东大桥的美院宿舍。院子外不远处有一家韩餐馆(实际上,开店的是延吉的朝鲜族人),我在那吃过冷面,但是,印象总不如西四北的那家老店,那可是北京的第一家呀!老文说,这一家的狗肉汤还是不错的,他每星期都会去喝一回两回,说是对身体大有裨益。

老文有个朋友远嫁丹麦,两口子邀请老文到那边写生。

老文住在朋友家,朋友家养了一只拉布拉多犬,相处得熟了,老文每次写生出去,它都会跑前跑后地陪伴。

有一次,朋友两口子吵架了,真是"硝烟弥漫子弹横飞",老文不明就里,不便劝解,站也不是,坐也不是,留在屋里不是,走出去也不是,很是尴尬。就在这时,只见那只拉布拉多跑到男主人面前,直起身子用爪子拍打男人的大腿,然后又跑到女主人那边,直起身子用爪子拍打女人的大腿,它就这样在男人、女人之间跑来跑去,很快,夫妻二人冰消雪融,复归于常。老文看在眼里,心里十分感动。

回国以后，老文再也不喝狗肉汤了。我问起来，他说了这段事。

没有的事

"文革"初，我正在山西大同县参加"四清"运动。工作队员每天都读报，有一天，一个队员拿着一张《光明日报》给我看："你什么时候写的文章呀？有两下子啊！"我看报上有一篇文章，是批判苏联作家肖洛霍夫的小说《静静的顿河》的，署名是"广军"。我赶紧说我没写过，或许有人重名。他还不相信："这又不是丢人的事，我要是有你这两下子，咳呀，也发它两篇，哈！"

不久，就有几个老同学写信来问，我一一回复，说没这事。

后来，又有"广军"发表文章，再有人问起来，我当没听见。

一阵误会过后，在广州美术学院的大师姐王丽莎来信告诉我，"广军"是"广州军区"的缩写，"广州军区"有个写作班子，发文章就用"广军"做笔名。

你看！

不安防盗门

家住东大桥10年,那栋楼里的住户被小偷光顾的很是不少,怪就怪在被盗的人家都装了防盗门的,不管你装的是多高级的,小偷如履平地,照入不误。我自打住进去,就没注意防盗这件事,可直到搬走也没丢过东西。邻家大嫂说:"全楼上下就你一家没安防盗门,大概小偷想了,这一家连个门都装不起,进去了也是要走空,不值得。所以你家反倒安全了。"

没准儿真是这样。

余味未消

过年前后,总会有学生来看望,平日里大家都各忙各的,能聚一聚,见个面,也是难得的。

那天,在我这儿,一个老学生见到了另一个老学生:"久违了、久违了,拥抱一下吧!"两个人拥在一起,一个说:"你吃海底捞了吧?"旋即分开。"不错,"另一个说,"你也吃了!"哈哈!一乐也。

洁癖

1970年我在江西"五七干校"。我们《健康报》和"红十字会""中华医学会""卫生出版社"的宿舍都安置在一处,这几个单位人员本就不多,渐渐混成了一家,一提到谁、谁、谁,大家都知道。"红十字会"有个老祁,瘦高个儿,是个洁癖,一天到晚用酒精洗手,那手苍白得像面做的。

每月发工资时,他总要备一个景德镇的大花瓷碗,倒进去几两"四特",再将工资袋里的整票、零票悉数抖落进去泡上。过一会儿,才用镊子一张张拎出来,再甩到窗玻璃上去(窗玻璃事先也是用酒精擦拭过的)。直等到钞票干透了,他再一张张地揭下来收起。

那一次,又逢发工资,他把钞票贴上窗玻璃就下地干活了,等收了工回来,发现窗上的钞票镚子儿没留!他急忙报告军代表,这事旋即传遍了几个单位。没多大一会儿,几个大人领着自家的小孩儿来找老祁,说是孩子们在窗下玩,瞥见窗上贴着钱,很觉奇怪,就走进宿舍把钱一张张地揭下来,一人拿一点走了。一听说是老祁丢了钱,孩子们没等人问就跟父母说了……

军帽

20世纪50年代,样样学苏联,有一阵子,解放军战士戴上了船形帽,可是怎么看怎么不对劲儿。在反映二战的苏联电影里,红军战士戴船形帽,美国兵也戴,却是浑然一体的。谁也说不清是为什么,有人说,大概咱中国人的脑袋偏圆了,不像外国人的"酱块子头","前奔儿喽后勺子",歪戴在脑袋上"合辙押韵",很是精神!咱们战士不会歪着戴,老老实实地摆正了往下抹,帽子上的那条褶缝被完全撑开,看上去就不对劲儿了。

木偶戏(一)

黄永玉先生曾讲过一个名叫图恩卡的捷克木偶艺术家的事儿,他的编剧最受儿童欢迎,而且不断有新的节目编出来演出。他哪里有那么丰富的想象力能不断地创作剧本呢?原来他自有办法。每到星期天,他都要请住家附近的小孩儿到家里来,他听小孩子轮流讲故事,但是有个要求,讲的故事一定是自己想出来的,不是从别人那里听来的。桌子上摆了许多糖果,讲过一个故事的小孩,可以拿一块来吃。图恩卡从不打扰,在一边把那些奇奇怪怪的故事记下来……等送走了小孩子,他就编一出新戏。

木偶戏(二)

还有一位也是捷克的木偶艺术家,他的"木偶"实在算不上是木偶,只是两个木球而已。木球比乒乓球大,有一个圆洞,手指头可以放进去。木球刷了白漆,一个球上画个黑"十"号,表示是男性;一个球上画个黑"一"号,表示是女性。要表演了,就用两只手的食指顶着两个球,大拇指和中指当作手臂,对话时,一会儿男声,一会儿女声。一开始,看到的就是木球,想不出是别的什么,但是,很快就把它们当成了"人",并且会进入剧情里去受感染,跟着笑、跟着哭,十分神奇!

两个球一台戏

木偶戏（三）

　　1956年，我在王府井北口西北角看见有人用一根扁担支起一个"台子"来，上边是有顶子的。在北京，旧时称"咕丢丢"的就是这个，因为艺人嘴里含着个哨子，吹起来"咕丢丢"的，因此得名。那人钻进一圈蓝布帐子里，举手操纵木偶表演。那天我看的是"武松打虎"，武松头脸已很模糊，脏兮兮的，手持木棒打虎，一棒一棒"哐哐"作响，尽显威武。那虎就惨了点，因为老是挨打，那个头更是面目不清，差不多就是根烂木头。艺人表演得很卖力，紧急地吹哨子，"咕丢丢，咕丢丢"，武松每打一棒，他还要用力跺脚，惹得在外面看的小孩子跟着喊："加油！打死它！"

　　关于木偶戏的两件事，让我领悟了，写实有时并不重要。

寄茶叶

热天，我就住在郊区山里。有一回，姚璐说周吉荣要给我寄点茶叶，说是"今年的新茶，'云南高山云雾'，大叶，日照时间长，早晚温差大，劲儿大……弄得不多，大家分分吧"。我把详细地址发给了姚璐，还告诉他地图上能查到，在怀长路上。他把地址告诉了周吉荣。

周寄出的快件单子上地址一项标注的是怀长路和门牌号，没有小区的名字。这怀长路全长25.574公里，上哪里找我住的小区呀?！我赶紧让他更改，他说是照姚璐给的地址填的。他说，一准是姚璐犯糊涂了："特像我的一个同学，从贵州来北京找他舅舅，一出北京站就喊'舅舅——舅舅——'，还当是在村儿里呢！"

"日场"

吉祥戏院1993年以前还在金鱼胡同西口。美院要是组织员工看电影，有俩去处，一是东边的大华电影院，一是北边的吉祥戏院。有一次，看内部电影，票子发下来，蓝戳儿上面盖的时间是"日场4:30"。到那一天，清早4点我就从和平里骑车到了吉祥戏院，但是，不见有观众进出，金鱼胡同里也没什么人走动。正不知问谁是好，就见戏院里走出一个披着衣服的老头，他手里端着个尿盆，弯腰把尿倒进路边的铁箅子里，趁这会儿，我赶忙上前打问怎么不开门。"干嘛？""看电影啊！""几点的？""日场四点半啊。""那是下午四点半。""日场不就是出了太阳以后的事吗……""您没寻思出来个月场就不错。我们这儿早上十点以前的电影叫早场，下午六点以后的叫晚场，中间儿的叫日场。您赶紧打道回府接茬睡个'回笼觉'吧！"

雕塑刘胡兰

京西有紫竹院公园,风景优美,环境幽静,是青年人喜欢去的地方。

北京市政府给美院雕塑系一个任务,要做一批雕塑放进去,理由是,在公园里不能光是游玩、谈对象,还应该接受革命教育。

过一阵子,各位老师的雕塑小稿子做好了,市政府来人审查,各系主任、院学术委员会委员都来看,挤挤插插,我和副院长叶毓中跟在后头。

掀开一块保湿的布,就是一件泥稿,掀一件看一件,件件看过去,大部分都是能想得到的和应该是的那种。只有一件作品的稿子是所有人没想到的!这件作品做的是刘胡兰,却是个裸体的!她坐在一把铡刀架上,铡刀张开架在她的肩上。作者是史美英,一位很有才华的女雕塑家。

众人围着那件作品议论纷纷,还夹杂几声"磨钝"了的笑。她是怎么回答领导的提问的,因为离得远,我没听见。当大家都走出去时,我知道了结果,否了。

我也并不觉得那样表现最好,可是,我非常想知道她是怎么想的。

林风眠画展

1963年4月,在美院陈列馆有个"林风眠画展",去看的人很多,我也去看了。院子里有两堆人,都在小声说话,走进陈列馆展厅的人和走出展厅的人都是匆匆的,少了一分悠游状态。走到展厅门口,我才看到门框上用白纸写就的对联,现在记不得所有了,只记得下联的最后几个字是:"……拼命吃河豚"。

我在展厅里来回走,所见的画给我以新鲜感,不知道这样的艺术的来处,也不知道它未来的走向,但我喜欢。

"这位同学,我冒昧地请教一下你,我是不懂啊,他的画好在哪里呢?"我被一个人叫住,看他精瘦的,脸上没有皱纹,是越长越像老太太的那种样子,戴一副金丝边小眼镜,文质彬彬的,我直觉他是江浙一带人。他说话的那点卑微劲头儿像是"挤"出来的。我说:"我也不懂,但是喜欢,打个比方,如果我的心灵像张六弦琴,他的画至少拨动了我的心灵的最后一根弦。"

下午,全院师生大会,院党委书记陈沛同志作报告,讲着讲着,就讲出一段让我听起来很熟悉的话:"有个学生说,林风眠的艺术'拨动了他心灵的最后一根弦',你看,资产阶级腐朽的艺术正在腐蚀着我们年轻一代……"我很是震惊,我上午跟一个不相干的人说的一句话,几个小时以后就从书记嘴里说出来,奇怪呀!

过几天,我们班里来了一个人,系副主任介绍说,他是文化部派下来"蹲点"的。我认出他就是问我话的人,就是他"套"了我的看法再去告诉书记的。

从那以后,我成了被批判的对象,说我的艺术思想混乱。

"中国故事"被截肢

1985年,在法国里昂,当地一家出版集团通过友人找到我,说他们要举办一场介绍中国文学的活动,有售书和讲座。为此要印海报,请我写"中国故事"几个字。一开始我有些胆怯,后来想想,这是在国外呀,身边又没有书法高人,丢丑也丢不到哪里去,还是写吧!

活动开始以后,他们把印好的海报给我送来一张,看着却有些别扭,法文都是横排,而我那几个字是竖着由上往下的,横长的一张海报搁不下了,法国人以为"事"字的最后那一笔竖钩,长一点短一点都无所谓,就给斩了半截儿,他们不懂得,不好怪罪。他们又是那么真切地表示感谢,另有4000法郎的报酬!那还说什么?

晚上,我请几位在一起工作的法国版画家吃中餐,点了不少"硬菜",要了一瓶好葡萄酒。一个法国画家用手在脑袋上比画了一下,意思是"你疯了!"另一个说,在法国期间你还有用得到的地方,把钱省下来吧!我说,这个收入是额外的,没有你们介绍,也不会有人让我写,吃掉吧!最后,大家都很高兴!

螃蟹

1973年国庆前,朝内菜市场大门口聚集了一堆人,摆在外面的摊子是卖螃蟹的,背墙贴了一纸,上边写着"大闸蟹,顶盖肥,4元一斤",人群中有两个高声说:"去年还2元呢,这还让不让咱老百姓吃了,啊?!……您就别凑那个热闹了,"挡住一个人的手,"咱们能不能就不买他的,大家一条心,就是不买!让它都臭了,看他们怎么涨这个价?"一些人听了便散开去了。那两个人继续"挡横儿"。不知后来怎样了。

晋阳饭庄

晋阳饭庄在北京是很有名的,一个原因是它占了个好地窝子,饭庄的那个院落是清朝大员纪晓岚的府邸,加上现而今又是国营的,自是比其他的饭店牛气!听说廖承志的夫人经普椿经常光顾那里。

1975年某日,我陪从太原来的几位朋友去了一趟。

好不容易等到位子,点了菜以后,便聊些不咸不淡的事。一个朋友说,要她给咱上点餐巾纸吧?回头就召唤服务员,三个女服务员正扎堆在五米外处说闲话,听到要餐巾纸,一个从台子上掐了一沓子,扬手就往我们这边一甩,越过人头,半沓儿落在我们这张桌子上,另半沓儿就"天女散花"了,周围的人都"啧啧"起来,那几个女服务员往这边看都不看一眼,继续说她们的闲话。

徐老师

1949年以前有童子军，那是令小学生向往的组织。逢"四四"儿童节，走在街上，那一身装束就很特别，黄色卡其布短衫短裤，戴宽边儿帽，结蓝色的领巾，看着很神气。我特别羡慕他们的露营和侦察活动。但是，要当童子军也难，家里总要殷实一些的，不然连那套行头都置备不了。1949年以后，童子军没了，有了中国少年先锋队（简称少先队），领巾变成红色的了，儿童节也改到六月一日。加入少先队也不易，必须是学习好、守纪律的乖孩子。

我小学的班主任是徐风老师，教语文，大近视，那时觉得他挺老，现在想，他至多三十岁，可是他特别会玩儿，花招儿特多，因此我们都很爱他，听他的话。

快到儿童节时，他就带领我们用纸糊一艘大军舰，到节日那一天，全班穿上小海军服（不知他是从哪里弄来的），抬上纸糊的舰船，走在街上，很引人注目。之所以引人注目，还因为我们全班都吹笛子。一根笛子吹起来就很响亮，六十个人吹，就是洪亮了！徐老师走在队伍前面，大家听他指挥，他不做手势，不喊口令，只敲小鼓,"嗒里拉嗒嗒——",我们知道何时起何时止。我们吹,他用鼓点控制着节拍……俨然似一个进攻的方阵。我们南昌小学出名了,徐老师一高兴,又教我们吹口琴。再有儿童节,满街站着人看,一会儿笛子,一会儿口琴,我们心里也相当得意。

我至今还会吹笛子、吹口琴,偶尔吹一回,也一定会想起徐老师。

西湖一曲

1967年5月去杭州出差,住进西湖宾馆,白天办事,傍晚回宾馆,在等待吃晚饭的那一会儿,我凭窗远望,西湖水光滟滟,有薄雾,在湖畔行走的人并不多,忽然传来悠扬的类似单簧管的声音,乐曲有浓浓的西藏高原的味道,在大唱革命歌曲的年月,简直就是天籁。谁人吹奏的呢?我循声望去,在湖边一棵树下,倚坐着一个人,就是他在吹着一件箫管样的东西,他身边摆着一个口袋,偶尔会有人走过去搭讪。我跑到湖边那棵树下,走近看,那个小伙子吹的原来是一根竹管,只是被他上过黑漆。他给我看口含着的那一头安着一个簧片,我试了试，吹起来并不费力。竹管上的那些洞眼同笛子、箫上的都不一样，他给了我一张油印的说明书，讲解了一回，我大致明白，便买了两根，一根D调，一根F调。

回北京，到单位交代过差事，回到家沐浴更衣，正襟危坐之后，找出那两根管子来，吹一下，当即让我大失所望，那声音竟然"哞哞"像老牛叫！怎么吹也还是像牛叫。细看之下，发现那管子自上而下裂了一条缝……想当初南宋偏安在杭州歌舞升平的日子，那些吹箫管、吹竽的，要是搁到北京，日子怕是不会太滋润的。

李桦老师

2022年6月10日，宋源文先生来电话，互相说了疫情和健康情况以后，又说了一点旧事，忘记了彼此话说到哪里，竟引出老宋的一段"三不沾"的话来。他说："你不知道，1980年，你研究生班毕业以后，系里开会研究要不要留你，教员的意见很不统一，当时李桦先生就表态说，他应该退休了，他愿意把空出的名额给你。"

"是吗?！"我吃惊了，从未听人说过！

"是。"

今天，老宋讲了这件事，却已经过去42年了！

李桦先生真是我的大贵人也！

注：1962年默写

后　　记

　　凑出一本《凑合集》来，原是沈培老兄的主意。所以，出了书，应该先给他看。疫情防控期间，他写信来说，他的眼睛"近乎瞎"，我一下子痛心起来，想着得赶紧弄出来！因为又多凑出许多内容，也要配插图，每日还要测核酸，时间拖了许久。今年，要感谢岭南美术出版社把这本书纳入了出版计划。

　　我还打算出了书后给老师黄永玉先生看的，郑重地写上"先生一笑"几个字，然后听他说怎样写才更有趣。可是这件事做不成了，真是个大遗憾！人再老，如果有老师在，心里就踏实，就觉得很幸福，可是，唉，去看看蓝天上的白云吧！

广　军

2023 年 8 月 14 日